kaffa

coffea

kahve

kaffee

caffè

coffee

café

가비

커 피

커피에 대한 정보 그리고
커피와 함께하는 사랑, 역사, 여행

정 욱 장편소설

청어

커 피

커피와 함께하는 사랑, 역사, 여행

정 욱 장편소설

프롤로그

커피를 마시며 커피 맛을 알았던 술레이만은 500년 전 세상을 호령하던 오스만 제국(터키)의 황제, 그리고 노예의 신분에서 황후가 된 록셀라나. 황실의 전통을 깨고 결혼까지 한 두 사람이 21세기의 두 주인공 한덕기와 진가비가 되어 숨 가쁜 사랑을 이어간다.

필연적으로 만난 이들에게 마술 같은 사랑을 선사하는 '술레이만과 록셀라나의 커피잔' 그리고 열 번째 황제였던 술레이만 때문에 행운의 숫자가 된 '10'.

커피잔과 숫자 10은 이들을 지배하며 마술 같은 사랑과 판타지로 이끈다.

커피의 기원, 종류, 황금 커피, 그린 빈, 커피 음료의 종류, 커피와 잘 어울리는 음식, 탄소중립 커피, 지속 가능 커피, 유기농 커피는 물론 중미의 스위스라 불리는 친환경 국가 코스타리카에 동화처럼 펼쳐지는 아름다운 커피 농장에 대한 설명이 잔잔하게 이어지며, 500년 전 커피를 마시던 술레이만의 고뇌, 오늘날 커피와 가장 유사한 방법으로 커피를 처음 마셨던 터키와 그 경쟁 국가 스페인의 대결국면 그리고 터키가 르네상스로부터 멀어지며 도태되는 역사와 현실 세계를 넘나든다.

터키에 핀 하얀 눈꽃은 과연 열대 지방 코스타리카에도 필 것인가?

지금부터 이 책을 펼친 모든 분들을 커피와 함께하는 사랑, 역사, 여행으로 이끈다.

차례

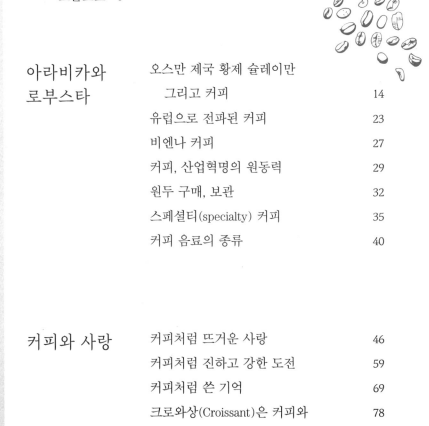

커피와 여행

아라비카(Arabica) 와 로부스타(Robusta)

오스만 제국 황제 슐레이만
그리고 커피

커피를 한 모금 삼킨 슐레이만은 쓴맛 때문에 미간에 깊은 주름을 잡으며 생각에 잠겼다.

'커피 맛이 왜 이리 쓴가…. 지금 비엔나를 포위하고 있지만, 넘어설 수 없는 것인가? 몇 년 전에 헝가리를 정복했으니 조금 더 서북쪽에 위치한 합스부르크의 비엔나를 정복하는 것은 당연한 일 아닌가? 그래야 판노니아 평원 전체를 차지하고 온 유럽을 점령하여 저들이 수 세기 전에 일으킨 십자군 전쟁에 대한 복수를 할 수 있을 텐데… 커피의 쓴맛 때문인지 생각에 집중할 수가 없구나.'

1529년 10월 14일, 합스부르크의 비엔나 성벽 밖 2킬로미터 지점에 위치한 오스만 제국 황제의 게르 안, 슐레이만은 아버지 셀림 1세가 자신에게 선물해준 새끼 양가죽 가방에 손을 뻗었다. 가볍고 부드러운 가방 안에 부착된 주머니에서 작고 예쁜 찻잔을 꺼낸 슐레이만은 이브라힘을 불렀다.

"이브라힘, 밖에 있는가? 잠시 들어오게."

"술탄, 부르셨습니까?"

"이브라힘, 이 사람아, 우리끼리 있을 때는 존칭을 사용하지 말라고 몇 번이나 말했는가? 자네는 내 가장 가까운 친구이자 내 여동생의 남편이니 가족이기도 해. 내가 황제로 있는 한 자네가 무슨 죄를 짓던 처형당하는 일은 없을 거야."

"슐레이만, 아, 여긴 군영이라서… 미안하네. 그리고 진심으로 고맙네. 밖에 때 아닌 눈이 흩날리기 시작하는데, 비엔나를 포위하고 있는 우리 병사들이 추위를 이겨낼지 모르겠어."

슐레이만이 작은 찻잔을 이브라힘 눈앞에 들어 보이며 말했다.

"이브라힘, 우선 커피를 다시 내오라고 지시해주겠는가? 이 잔에 마시고 싶군. 자네가 최고의 도자기 장인에게 의뢰하여 제작한 후, 오래 전 내 생일에 선물해줬지. 이 잔에 커피를 마셔야 좋은 생각이 떠오를 것 같네."

"슐레이만, 오스만 제국의 황제인 자네는 세상 군주들에게 왕위를 나누어 주는 위대한 술탄이자 이슬람 세계의 최고 지도자인 칼리프인데 하찮은 친구의 선물을 전쟁터에까지 갖고 오다니, 정말 고맙네. 당장 커피를 준비하겠네. 뜨겁게 마실 수 있도록 이왕이면 이 자리에서 준비해야겠어."

이들의 조상인 투르크인들이 동북아시아와 중앙아시아에서 사용했던 이동식 주택 게르, 이제 게르는 전쟁터에서 막사로 사용되고 있다. 그 게르 안을 이리저리 오가며 생각에 잠긴 슐레이만, 35세인 그는 키가 크고 마른 체형에 눈매가 날카로웠고, 운동과 무예로 단련된 근육질의 몸매였다.

그때 예니체리 부대의 젊은 장교 세 명이 커피를 준비하기 위해 게르 안으로 들어오자 슐레이만은 이들에게 천천히 다가가 차례차례 포옹하며 위엄과 따뜻함이 뒤섞인 눈길을 보냈다.

당황한 장교들은 황제의 배려에 감동하며 고개를 숙였다.

"이브라힘, 우리 오스만 제국의 3대 황제이자 첫 번째 술탄인 무라드 1세께서 예니체리(새로운 병사라는 뜻, 정예 부대-저자 주)를 만드신 것은 정말 훌륭한 업적 아닌가? 오스만 제국의 본토와 정복지로부터 어린이나 소년들을 선발하여 엄격한 교육과 훈련을 통해 이렇게 훌륭한 군인들로 키워냈고, 이제 만 오천 명에 이르는 예니체리가 모든 전투의 선봉에서 술탄과 오스만 제국을 위해 용감히 싸우지 않는가?"

"그렇습니다, 술탄. 데브시르메(다른 민족이나 종교인 가운데 인재를 발탁하는 제도-저자 주)에 의해 예니체리를 양성할 수 있었습니다. 지금 이 자리에 있는 장교 세 명을 비롯한 예니체리는 언제나 술탄과 오스만 제국의 영광을 위해 충성을 다할 것입니다."

이브라힘이 말투를 바꾸어 대답한 후, 장교들에게 말했다.

"술탄께서 드실 커피를 준비하라."

장교들은 뻘겋게 달아오른 숯불 위에 모래가 담긴 판을 올렸고, 큼직한 찻잔 크기의 주전자에 커피 가루와 물을 붓더니 주전자를 모래 위에 놓았다. 이를 본 슐레이만이 말했다.

"모래가 서서히 뜨거워지면 마찬가지로 주전자도 서서히 뜨거워지므로 커피의 맛과 향이 달아나지 않고 그대로 남게 된다. 이 방법은 우리 오스만 제국이 만들어낸 것이지. 앞으로 몇 백 년이 지나도 우리의 후손들은 동일한 방법으로 커피를 마실 것이다."

슐레이만이 예니체리의 장교 세 명을 부드럽게 바라보며 말을 이었다.

"그대들이 마실 것도 준비하라. 함께 마시도록 하자."

앵두와 유사하게 생긴 커피체리는 과일이다. 서기 300년 무렵 호기심 많은 사람들이 빨갛게 익은 커피체리의 과육은 물론 씨까지 먹어본 후에 잠을 쫓을 수 있고 활력이 생긴다는 것을 알게 되었을 것이다. 그 후, 인류는 커피를 과일로 섭취하는 것에서 벗어나 음료로 마시는 방법으로 발전시켜 왔다.

커피는 크게 두 가지로 분류할 수 있다. 하나는 아프리카 동부 에티오피아의 카파(Kaffa)가 원산지인 아라비카, 다른 하나는 아프리카 중서부 콩고가 원산지인 로부스타인데, 카페인 함량은 로부스타가 아라비카보다 두세 배 많다.

커피를 전달하고 발전시키는 데에 아마도 아라비아반도 사람들의 역할이 컸을 것이다. 처음엔 주로 기도하는 사람들과 전쟁에 나가는 군인들에게 커피를 먹게 했다. 그러나 서기 1000년 이후, 아라비아반도를 중심으로 한 이슬람 세계의 주요 도시인 메카, 카이로, 다마스쿠스, 바그다드 등에서는 일부 권력자들이 이미 커피를 마시며 일상사 및 세상 돌아가는 것에 대해 대화를 나누었다.

그리고 오늘 날 커피와 어느 정도 유사하면서 지금까지 사라지지 않은 가장 오래된 제조법을 고수하는 것이 터키식 커피이며 그 중심은 이스탄불이다. 기원전 7세기부터 비잔티움, 콘스탄티노플 그리고 이스탄불로 이름을 바꾸어가며 이어진 이 화려한 도시에서 커피는 16세기부터 이미 중요한 기호 식품으로 자리 잡게 되었고, 문화 교류 또는 전쟁을 통해 유럽으로 퍼져나갔다.

그때 비엔나 성벽 아래 곳곳에서 땅굴이 무너지고 있었다. 견고한 비엔나 성을 공격하는 것이 쉽지 않자 새로운 공격 방법을 모색하기 위해 땅굴을 팠는데, 무너지기 시작한 것이다. 땅굴을 파고 있던 오스만 제국의 병사들 그리고 이미 완성된 땅굴 안에서 작전을 펼치고 있던 병사들이 흙더미에 깔려 비명도 제대로 지르지 못한 채 파묻히고 말았다.

주저앉은 기둥에 깔렸으면서도 흙더미 아래로 떨어지는 부하의 손을 놓지 않은 한 장교는 몹시 고통스런 표정이었지만 눈을 부릅뜨고 있었다. 그리고 그 장교를 구하기 위해 달려든 병사들은 장교를 짓누르고 있는 기둥을 치우기 위해 안간힘을 썼지만 계속해서 떨어지는 흙과 돌에 깔리고 넘어졌다. 몇몇은 꺼진 바닥으로 떨어졌고, 이들을 구하려고 허리를 숙여 손을 뻗은 이들도 함께 떨어지고 말았다. 며칠 전 퍼부은 폭우로 땅굴의 천장과 지반이 모두 약해진 데다 비엔나 측에서 땅굴을 발견하여 기둥과 천장 일부를 파괴한 결과였다.

아직 눈이 올 시기가 아니었으나 제법 굵은 눈발이 날리고 있었다. 12만 대군으로 구성된 오스만 제국 진영에는 눈과 함께 불안감도 쌓여갔다.

커피를 마시며 대화를 나누던 슐레이만은 땅굴이 무너졌다는 보고에 망연자실했다. 아버지 셀림 1세라면 절대로 감정을 드러내지 않고 태연한 표정으로 말했겠지만, 그는 달랐다. 어려서부터 그의 어머니가 '내 아들 슐레이만, 늘 솔직한 사람이 되렴. 대화할 때는 신분의 높고 낮음을 막론하고 늘 솔직한 감정으로 경청하며 묻고 대답하는 것이 좋단다.'라고 말했기 때문이다.

"유대인들의 세 번째 왕인 솔로몬을 유대인들은 지혜의 왕으로 칭송한다지? 물론 우리도 솔로몬을 선지자로서 존경하고 있고… 솔로몬을 우리말로 하면 슐레이만, 바로 내 이름인데, 과연 나는 지혜의 왕인가?"

"위대하신 파디샤(왕들의 주인-저자 주)! 그런 말씀하시면 안 됩니다."

이브라힘과 젊은 장교들이 죄송스런 마음으로 어쩔 줄 몰라 하며 말했으나, 슐레이만은 이들의 말을 막았다.

"우리는 이틀 전 총 공세를 퍼부었지만, 실패했지…."

잠시 한숨을 내쉰 후 계속했다.

"유일신인 알라시여, 진정 이번엔 안 되는 것입니까? 비엔나는 다음에 정복해야 하는 것입니까? 이브라힘, 그리고 자네들, 잘 듣게. 언제나 그렇듯 모든 책임은 내가 진다. 지금부터 우리가 회군해야 하는 이유를 기탄없이 말해 보라."

"파디샤! 저희는 회군이란 단어는 생각조차 하지 않았습니다만…."

이브라힘이 말을 흐리자 슐레이만이 목청을 높여 즉시 말했다.

"회군은 내가 생각한 것이다. 하지만 내가, 자네들이, 여기 있는 십이만 대군이 그리고 우리 오스만 제국의 모든 백성들이 납득할 만한 이유가 필요하지 않겠는가? 자, 이유를 말하라. 그렇지 않으면 나 홀로 비엔나 성벽을 공격할 것이다."

"아… 술탄, 죄송합니다만, 무엇보다 눈이 많이 내립니다. 추위가 너무 일찍 왔는데 우리 병사들은 겨울옷을 갖고 오지 않았습니다."

이브라힘이 울부짖듯이 말했고, 장교들도 한 명씩 말을 이어갔다.

"10월 11일에 쏟아진 폭우로 비엔나 성 앞이 진창이 되어 기마부대가 어려움을 겪고 있습니다."

"우리의 주력인 기마부대는 공성전에서는 힘을 발휘할 수 없습니다."

"폭우로 많은 화약이 젖었기에 대포 300대 중 사용 가능한 것은

100대도 안 됩니다.”

이브라힘이 덧붙였다.

“술탄, 모두 제 불찰입니다. 제가 책임지고 물러나겠습니다.”

“그런 소리 하지 말게, 이브라힘. 자네는 우리 오스만 제국의 유능한 재상이자 용감한 우리 군대의 총사령관이네. 여기까지 쫓아와서 땅굴 작전을 제안한 내 잘못이 크지.”

슐레이만이 평정심을 되찾은 듯 커피잔을 들어 한 모금 마셨으나, 또다시 미간에 주름을 잡으며 말했다.

“음… 이 커피 맛도 상당히 쓰군…. 신맛이나 단맛이 전혀 없어. 방금 우리가 마신 이 커피의 씨는 어디에서 가져왔는가? 이집트 지역 총독이 그 밑에 있는 에티오피아 고산지대에서 가져온 것인가?”

“아닙니다. 고산지대의 커피 씨는 지난봄에 가져온 것이고, 지금 드신 것은 아프리카 중서부에 있는 콩고에서 가져왔습니다. 씨는 동일한 방법으로 말린 후 볶았는데 입맛에 맞지 않는지요?”

“아니다, 콩고의 커피는 지난번에도 맛이 썼지. 하긴 지금 이 마당에 커피 맛이 중요하겠는가. 하지만 이 커피의 쓴맛이 바로 지금 쓰디쓴 결정을 내리는 데에 도움이 되는구나. 회군한다! 지금 바로 회군하되 서둘지는 말라. 저 합스부르크놈들은 겁쟁이라 성 밖으로는 한 발자국도 나오지 못한다. 스페인이라면 모를까….”

이브라힘과 장교들이 게르에서 나가자 혼자 남은 슐레이만은 일기를 쓰기 시작했다. 전쟁터에도 늘 갖고 다니는 일기장이었다.

‘우리의 조상은 훈. 인구 대국인 중국과 대적했었고, 로마 제국을 벌벌 떨게 만들었다. 몇 년 전 우리가 정복한 헝가리도 바로 훈의 땅이란 뜻이다. 훈의 아틸라 대왕은 로마를 상대로 또 고트족과 게르만족을 상대로 수많은 전투에서 승리했다.

훈의 한 갈래이자 우리의 직접 조상인 투르크는 552년 동북아시아에 나라를 세웠고 고구려와 형제처럼 협력하면서 인구 대국인 중국에 맞섰다. 고구려가 약해졌을 때 서투르크와 동투르크로 분열됐고, 동투르크는 고구려와 함께 멸망했지만, 서투르크는 서쪽으로 이동하며 중앙아시아를 거쳐 아시아의 서쪽 끝 아나톨리아반도에 들어섰다.

600년 전 셀주크 제국을 세워 코냐평원을 곡창지대로 만들며 힘을 키웠고, 만지게르트 전투에서는 동로마 황제를 포로로 잡기도 했으며, 11세기 말에서 13세기 말까지 유럽의 십자군을 물리치는 데에 가장 큰 역할을 했다.

그리고 1299년 세워진 오스만 제국… 국력을 키워가며 아나톨리아반도는 물론 동로마의 유럽 내 영토를 조금씩 정복했고, 무려 1,100년 이상을 버텨온 동로마의 수도 콘스탄티노플을 내 증조부인 메흐메트 2세께서 1453년에 함락시킨 후, 콘스탄티노플을 수도로 삼으며 이름을 이스탄불로 변경하셨다.

내 아버지 셀림 1세께서 이집트를 복속시키면서 7세기에 이슬람교를 창시하신 무함마드 마호메트의 망토, 활, 턱수염, 발자국과 함께 칼리프 지위를 이집트로부터 가져오셨다.

나는 1520년 제위에 올라 헝가리의 영토였던 베오그라드를 함락시켰고, 헝가리와 북아프리카 그리고 로도스 섬을 점령했다. 현재 이스탄불에 50만 명이 그리고 오스만 제국 전체에는 2천만 명이 살고 있다. 위대한 대제국이다. 서두르지 말자. 내 조상들이 그랬던 것처럼 천천히 이루어 내자. 비엔나 정복은 잠시 뒤로 미루고 우선

지중해 동쪽과 에게해의 섬들을 확실하게 정복하고 관리하자.'

복잡한 생각에 잠시 멍했던 슐레이만은 일기장을 덮었고, 남은 커피를 마신 후 중얼거렸다.

"역시 쓰군 그리고 식어서 그런지 매우 텁텁하네. 록셀라나와 함께 마신다면 맛이 좋아질 텐데…. 이 커피는 고산지대 커피보다 맛은 훨씬 떨어지지만, 정신을 번쩍 뜨이게 하는 데에는 고산지대 커피보다 나은 것 같군…."

유럽으로 전파된 커피

지평선까지 설원이 펼쳐지고 있었다. 안개와 구름으로 휘감긴 설원 때문에 선명치 않은 지평선은 더 멀리 있는 듯 아득했다. 차갑다 못해 매서운 눈보라가 칼날이 지나가듯 병사들의 몸을 후벼 팠지만, 집으로 돌아간다는 기쁨에 모두들 열심히 일했다.

"회군 준비를 하라, 서둘러라."

"포환을 상자에 넣고 대포를 이동시킬 수 있도록 준비하라."

"게르를 수레에 싣고 대기하라."

장교들의 지시에 따라 병사들이 일사불란하게 움직이고 있을 때 한 병사가 잘 볶아진 커피를 천에 싸고 있었다. 이를 본 장교가 병사에게 다가갔다. 바로 황제의 게르 안에 있었던 그 장교였다.

"짐이 많으니, 버리고 간다."

"중대장님, 커피는 귀한 것이라…."

"아니다, 술탄께서 맛이 매우 쓰다고 말씀하셨다. 버리고 가자. 그보다는 총탄을 챙겨라."

12만 대군의 회군 행렬은 끝이 없었다. 메흐테르(오스만 제국의 군악대-저자 주)는 긴 대열의 앞뒤를 옮겨 다니며 군인들의 사기를 높이기 위한 행진곡을 힘차게 연주했는데, 결코 실패한 전쟁이 아니라는 것을 알리는 듯했다.

이슬람교의 최고 권위자를 '칼리프'라 하고 그 칼리프로부터 권한을 위임 받아 특정 지역을 다스리는 자를 '술탄'이라고 칭하는데, 당시 동유럽과 이슬람 세계의 최강자였던 오스만 제국의 황제는 술탄이며 동시에 칼리프였다. 바로 그 지위에 있는 슐레이만이 회군 행렬 중간 부분 그가 아끼는 백마 위에 있었고, 주위엔 용맹한 정예 부대 예니체리가 그들의 황제를 질서정연하게 호위하고 있었다.

슐레이만은 또다시 깊은 생각에 잠겼다.

'요즘 서유럽에는 르네상스 양식이라는 건축이 유행한다지…. 르네상스 양식에서 가장 두드러지는 것이 이오니아 양식이라는데, 이는 바로 우리 땅 이오니아에서 이미 2,000년 전에 시작되었다. 원형 기둥 상단에 양뿔 모양으로 똘똘 말린 동그라미 모양 두 개가 장식되어 여성스런 아름다움을 표현하는 것이다. 이런 형태의 건축은 이스탄불 곳곳에 또 안탈리아의 하드리아누스 문에도 잘 나타난다. 지진으로 폐허가 되긴 했지만 에페수스(에페소) 그리고 히에라 폴리스에도 셀 수 없이 많다.

그런데 서유럽에선 르네상스가 건축만이 아니라 미술과 과학 분야에서도 큰 발전을 이루어내고 있다지…. 우리가 뒤처지는 것은 아닐까? 저들이 우리의 대포보다 성능 좋은 대포를 만들어 내지는 않을까? 과학적으로 무언가 더 뛰어난 것을 발명하지는 않을까? 이러한 것들이 우리 오스만 제국을 위태롭게 하지는 않을까? 비엔나를 차지했어야 하는데 안타깝구나….

2대 황제인 오르한 1세 때 흑사병이 온 유럽을 휩쓸었다. 이스탄불에도 사망자가 발생했지만, 수천만 명이 사망한 유럽과 비교하면 우리의 피해는 미미했다. 아마도 우리 이슬람교도들이 하루에 다섯 번 기도하기 전에 손과 발을 깨끗이 씻기 때문일 것이다. 게다가 우리는 기존 제도와 질서를 잘 유지해왔지만, 흑사병으로 인구가 급감한 유럽에서는 장원제도가 무너지고 농노들의 지위가 향상되었다.

그런데… 흑사병이 지나간 후 유럽엔 르네상스가… 왜? 제도와 질서가 무너졌는데 왜 르네상스라는 새로운 물결이 일었을까? 이 새로운 물결은 왜 유럽을 발전시키는 것일까? 흑사병이 지나간 후 유럽에 르네상스가 시작된 것은 우연일까? 야만인이었던 게르만족과 고트족의 나라 도이칠란트에선 금속활자를 만들었고 얼마 전엔 종교개혁이 시작되었다. 도대체 무슨 일이 일어나고 있단 말인가?'

규칙적인 말의 움직임과는 달리 슐레이만의 생각과 상상은 불규칙적으로 다가오다가 희뿌연 눈보라 아래로 떨어지며 설원 멀리 사라졌고, 말이 내뿜는 허연 입김은 눈보라와 섞여 그의 시야뿐만 아니라 생각까지 방해하고 있었다. 하지만 그는 생각하고 또 생각했다. 위대한 제국의 영광을 위해 해야 할 일이 무엇인지 고민했다.

"아마도 이런 상황이었을 겁니다. 제가 말씀 드린 내용은 대부분 역사적 사실이지만, 제 상상도 곁들였음을 밝힙니다."

2015년 9월 말, 동굴 형태로 아늑하고 포근한 호텔인 유낙 호텔 (Yunak Evleri Cappadocia Cave Hotel)의 로비에 모여 있는 관광객들에게 가이드 한덕기가 설명을 이어가고 있었다. 가을이었지만, 해발 천 미터가 넘는 카파도키아의 밤은 제법 쌀쌀했다.

스무 명의 관광객과 가이드 한덕기는 카파도키아에서 예정되었던 일정을 모두 마치고 함께 저녁 식사를 즐긴 후, 약 30분 전 로비에 모여 앉았다. 동굴 형태의 독특한 분위기를 즐기며 함께 여행 중인 일행들끼리 두런두런 정겨운 대화를 나눌 때 관광객 중 한 명이 한덕기에게 여행과 관련된 이야기를 해달라 요청했고, 이에 한덕기가 기꺼이 응했던 것이다. 한덕기는 터키 역사상 가장 넓은 영토를 소유했던 오스만 제국의 슐레이만 황제, 그가 감행했던 비엔나 포위 작전 그리고 커피를 함께 엮어서 설명했다.

잠시 숨을 돌린 한덕기의 얼굴에 반가움과 불안감 그리고 고뇌가 스치는 듯했지만 이야기를 이어갔다.

"오스만 제국의 병사들이 방치한 커피는 어떻게 되었을까요?"

비엔나 커피

오스만 제국의 1차 비엔나 포위는 1529년, 2차 비엔나 포위는 1683년이었다.

두 번 모두 실패했는데, 이미 볶아 놓았던 커피 씨 또는 볶지 않은 커피 씨를 회군할 때 방치했고, 이를 비엔나 사람들이 발견했다. 비엔나 사람들은 1차와 2차를 거치면서 씨처럼 보이기도 하고 곡물 같기도 하며 특이한 냄새가 나는 원두를 어떻게 먹어야 할지 고민했다. 씹어도 보고 맷돌에 갈아도 보며 마시는 커피로 발전시켰다.

비엔나 사람들은 커피의 쓴맛을 완화하기 위해 별도의 그릇에 크림을 담아 떠먹기도 했다. 당시 커피는 매우 비쌌지만, 귀족들이나 부자들은 자신들이 타는 마차의 마부에게 커피 한 잔을 건네는 여유를 보이기도 했다. 그러나 마부는 한 손으론 말고삐를 잡아야 하므로 나머지 한 손만으로 마실 수 있도록 아예 크림을 커피 위에 얹어서 마셨다고 한다. 바로 이렇게 유래된 것이 아인슈패너(einspanner: 하나의 마차란 뜻이 커피의 한 이름으로 정착됨-저자 주)인데, 우리는 이를 '비엔나 커피'라 부르고 있다.

정확하진 않지만, 원두가 1차 비엔나 포위(1529년)가 아닌 2차 비엔나 포위(1683년) 때 전달되었다면, 터키(당시 오스만 제국)로부터 커피를 처음으로 받아들인 유럽의 도시는 비엔나가 아니라 베네치아로 보아야 한다.

1615년, 터키로부터 베네치아에 커피가 전해졌고, 당시 교황 클레멘테 8세가 커피를 마셨다고 한다. 교황이 커피를 마셨다는 것은 안전함의 보증이었고, 이에 유럽의 여러 도시에 카페들이 문을 열게 된다.

　단, 어느 도시에 최초의 카페가 문을 열었는지는 논란 거리인데, 1672년 파리에 일반 대중을 위한 최초의 카페가 문을 열었고, 그 후, 런던에도 카페가 생겼다는 설이 유력하다.

커피, 산업혁명의 원동력

한덕기는 왠지 슬퍼 보였다. 이를 이겨내려고 하는지 억지로 웃음을 유지하며 이야기를 이어갔다.

"1600년대는 르네상스 시대의 끝 무렵 또는 르네상스가 이미 끝났지만 지역에 따라서는 그 영향 하에 있던 시기입니다. 오늘날에도 유럽에 새로 짓는 건물은 여전히 르네상스 양식을 따르고 있고, 심지어 우리나라의 몇몇 대학교 건물 특히 도서관 건물의 정면도 바로 이오니아 양식을 포함한 르네상스 양식으로 건축된 것을 볼 수 있지요.

르네상스의 기본적인 정신은요… 첫째는 그리스와 로마의 찬란했던 문화.문명으로 회귀, 둘째는 인간성 회복, 그리고 셋째는 구체적으로 표현하진 않았지만 가톨릭에 반항적이었습니다.

그리고 르네상스는 과학과 기술의 발전도 이끌었습니다. 지구가 둥글다는 것도, 지구가 자전한다는 것도 르네상스 시대에 정립된 이론이고, 구텐베르크의 금속활자도 이 시대에 만들어졌습니다. 물론, 르네상스와는 관련 없는 우리나라의 금속활자가 구텐베르크보다 78년이나 앞선 것은 '직지심경'으로 이미 증명되었고요.

유럽에서 인도로 가는 육상 무역로가 15세기 중반 이후 강력한 오스만 제국 때문에 막혀버리자 '무적함대'라는 이름처럼 용감했던 스페인 사람들은 인도로 가는 바닷길을 개척하러 나섰다가 신대륙, 바로 아메리카를 발견했습니다. 르네상스가 한창이던 시기였지요.

스페인은 아메리카를 식민지로 만들고 금과 은을 비롯해 쇠보다 단단하다는 목재인 마호가니, 설탕의 원료인 사탕수수를 유럽으로 실어 날랐습니다. 그리고 범선으로 인류 최초의 세계일주를 이루어 내며 200년 이상 전 세계를 호령했습니다. 스페인이 실어 나른 금과 은은 유럽의 르네상스가 활짝 꽃피는 데에 일조했고 동시에 물가 상승을 유발하여 자본주의로 발전하는 계기가 됩니다.

이에 질 수 없었던 영국, 프랑스, 네덜란드가 경쟁적으로 식민지 개척에 뛰어들었고 무역과 상업이 더욱 발전하게 되었는데, 인터넷도 핸드폰도 없던 당시에 정보를 교환하고 공유하기 위한 중요한 도구는 무엇이었을까요?

아마도 카페였을 겁니다. 파리와 런던에 몇몇 카페들이 문을 열자 유럽의 여러 도시로 퍼져 나갔을 겁니다. 비싼 음료였던 커피를 마시기 위해 카페에 모이는 사람들 중엔 장사로 돈을 번 중산층이 많았을 것이고, 이들이 정보를 교환하며 무역과 상업으로 더욱 발전시킨 결과 자본이 형성되어 과학과 기술도 함께 발전했을 것입니다.

커피가 서구 유럽의 발전을 가져왔다고 단정 지을 수는 없지만, 커피 문화권인 서구 유럽의 국가들이 대부분 선진국으로 발전한 반면에 차 문화권인 아시아 특히 중국이나 동북·동남아시아의 국가들이 후진국에 머물렀었거나 현재도 대부분 후진국인 것은 사실입니다.

물론, 터키는 커피 문화권이라고 할 수 있지만, 동시에 차 문화권이라 할 수도 있습니다.

그리고 1346년 흑사병이 창궐했을 때 상대적으로 피해를 덜 본 터키는 르네상스가 빗겨간 반면, 당시 인구의 약 40%인 6천만 명이 목숨을 잃은 유럽에서는 르네상스가 활짝 꽃폈습니다. 흑사병으로 너무나 많은 사람이 죽어나갔기 때문에 인간성을 회복하려고 한 것인지, 가톨릭에 반항적이 된 것인지 정확히 규명할 수는 없습니다. 하지만 저는 개인적으로 다음과 같이 생각합니다. 흑사병이 휩쓸고 지나간 유럽에 르네상스가 꽃폈고, 르네상스 양식의 건물에 문을 연 카페에서 커피를 마시던 사람들이 무역과 상업, 과학과 기술 발전을 이끌었으며, 산업혁명의 원동력이 되었다고 말입니다."

여기까지 말한 한덕기의 얼굴에 슬픔과 반가움, 걱정과 기대가 뒤섞인 듯한 고뇌가 드리우고 있었다. 내색하지 않으려고 과도하게 애쓰는 탓인지 이마와 뒷목에 진땀이 배어 나왔다.

모두들 이런 저런 생각에 잠겼는지 잠시 침묵이 흘렀다. 그때 친구로 보이는 여성 두 명 중 한 명이 말했다.

"사실 저희들이 바리스타인데요…. 여기 제 친구는 외모도 우아하지만 커피 내리는 솜씨도 우아하고 맛도 훌륭해요. 저희가 이번 여행에 커피 내릴 수 있는 장비를 갖고 왔는데요, 지금 커피 한 잔씩 대접하겠습니다. 잠시만 기다려주세요."

커피를 내리기 시작한 두 여성 중 한 명의 이름은 진가비였다. 그녀의 시선이 간혹 한덕기를 향했는데, 그 시선에서는 분노와 경멸이 그리고 놀라움과 당황스러움이 표출되는 듯했다.

원두 구매, 보관

두 여성이 커피를 준비하며 한 십 분 정도 시간이 경과하고 있을 때 관광객 중 연세 지긋한 남성이 진가비에게 말했다.

"바리스타 선생이라고 했지요? 오늘 우리가 여기 가이드 한선생으로부터 터키와 비엔나 그리고 커피에 얽힌 역사에 대해 들었는데요, 실례가 안 된다면 바리스타 선생도 뭔가 좀 알려주면 고맙겠어요."

잠시 멈칫했던 진가비는 한덕기를 향하던 분노와 경멸의 시선을 급히 거두더니 이내 맑고 높은 명랑한 목소리로 말하기 시작했다.

"네, 안녕하세요? 제 이름은 진가비입니다. 1895년 을미사변으로 고종이 러시아 공사관으로 피신했던 사건이 있었죠. 그때 러시아 공사가 고종에게 커피를 대접했다는데요, 당시 사람들은 커피를 우리 식 발음으로 바꾸어서 '가비'라고 불렀어요. 바로 제 이름이 진가비이므로 진정한 커피라는 뜻이 될 수도 있겠죠… 제 이름 때문인지 저는 커피를 매우 좋아합니다.

아, 그리고 제 친구와 제가 바리스타인 것은 맞지만요, 바리스타 자격증 하나 갖고 있을 뿐 뛰어난 바리스타는 아닙니다. 자, 어떤 이야기를 해드릴까요….

아, 원두를 구매하실 때요… 가정에서 로스팅하는 것은 쉽지 않으므로 생두를 구매하시지 말고, 로스팅한 원두를 구매하셔야 합니다. 미디움(medium) 로스팅을 선택하시는 게 무난하고요, 분말이 아닌 원두로 구매하시는 게 좋은데요, 분말은 맛과 향이 금방 날아가기 때문입니다. 구매한 원두는 냉장고나 냉동고가 아닌 실온에 보관하셔야 해요. 단, 햇볕이 들지 않는 곳에요. 당연한 이야기이겠지만, '100% 아라비카'라고 표기된 원두를 구매하시면 맛과 향이 우수합니다.

커피는 우리가 사는 지구상 북위 20도와 남위 20도 사이에서 재배되는데요, 크게 두 가지 종류가 있습니다. 하나는 저지대에서 재배되며 주로 인스턴트 커피나 블렌딩에 사용되는 로부스타인데요, 원산지는 콩고로 알려져 있습니다. 다른 하나는 해발 900미터 이상 고지대에서 재배되는 고품격 커피 아라비카인데 원산지는 에티오피아입니다.

참고로, 오늘날 지구상에서 재배되는 커피의 30~40%는 로부스타이고, 60~70%는 아라비카입니다. 예전에는 로부스타가 더 많았지만, 아라비카의 맛과 향이 뛰어나기 때문에 로부스타 생산은 점점 줄고 아라비카 생산은 늘어가는 추세입니다.

브라질, 베트남, 콜롬비아, 인도네시아는 전 세계에서 커피를 가장 많이 생산하는 나라들인데요, 브라질이 전 세계 커피의 30%, 베트남이 19%, 콜롬비아와 인도네시아가 각각 9% 정도를 차지하고 있답니다. 이 중에서 브라질, 베트남, 인도네시아는 비교적 로부스타를 많이 재배하는 편입니다.

그리고 우리 귀에 익숙하지 않은 나라인데요, 중미에 코스타리카라는 작은 나라가 있습니다. 코스타리카에 대해선 제가 잘 모르지만요, 코스타리카가 세상에서 가장 품질 좋은 아라비카를 생산한다는 개인적인 의견을 드립니다. 특히, 따라쑤(Tarrazú) 지방은 해발

1,700에서 2,000미터로 매우 높은 곳인데요, 신맛과 단맛에 꽃 내음이 환상적으로 조화를 이루고 있어요. 우리나라에선 따라쑤 커피가 흔하진 않지만 구할 수는 있어요.

물론, 중미에 있는 모든 국가들과 남미에 콜롬비아, 브라질 그리고 아프리카에 에티오피아, 케냐도 고산지대에서 좋은 아라비카를 재배합니다."

스페셜티(specialty) 커피

진가비의 설명이 이어졌다.

"저… 그리고 지금 마침 제 친구와 제가 준비하고 있는 것은 최고급 커피인데요…. 좋은 커피라고 아끼며 보관만 해봐야 시간이 지나면 맛과 향이 떨어지거든요. 그래서 정말 귀한 스페셜티(specialty) 커피인데 저희가 이번 여행을 위해 갖고 왔어요. 코스타리카의 '라스 라하스(Las Lajas)'라는 농장 것인데요… 스페셜티 커피로도 유명하고, 100% 유기농 커피를 생산하는 곳으로도 유명합니다.

정확히 맛을 느끼려면 에스프레소(espresso)가 좋겠지만 지금 저희가 준비하는 핸드드립(hand drip)도 천천히 맛을 음미하시면 과일의 신맛과 단맛을 느끼실 수 있을 거예요."

진가비의 설명이 끝나자마자 관광객들은 매우 기뻐하며 큰 박수를 보냈다.

라스 라하스(Las Lajas)는 미국의 커피 전문 잡지인 '커피 리뷰(Coffee Review)'에 의해 2016년 지구상에서 가장 훌륭한 커피 농장 30개 중 하나로 선정된다.

코스타리카에서 가장 보편화된 워시(washed) 가공은 커피체리의 과육을 벗겨낸 후 씨를 물에 씻고 햇볕에 3~4일 동안 말리는 것인데, 워시 가공 외에 특별한 것으로는 허니(honey) 가공과 내추럴

(natural) 가공이 있다.

허니 가공은 커피체리의 과육을 적당히 벗겨낸 후 햇볕에 2주 동안 말리는데 이 과정에 씨에 남아 있는 과육이 씨에 일부 스며들어 과일의 새콤달콤한 맛이 증가하므로 허니라고 한다. 일반 커피의 쓰고 구수한 맛이 아닌 깔끔한 맛이다.

내추럴 가공은 커피체리의 과육을 벗겨내지 않은 채 햇볕에 4주 동안 말린다. 과일 자체를 그대로 말리는 것이므로 씨에 과일의 맛과 향이 충분히 스며들어 새콤달콤할 뿐만 아니라 상쾌한 맛을 낸다. 일반 커피의 쓰고 구수한 맛이 아닌 과일의 맛을 충분히 느낄 수 있다.

햇볕에 3~4일 동안 말리는 것도 쉬운 일이 아니기에 농장에 따라 1~2일 정도 햇볕에 말린 후 건조기를 사용하여 말리기도 하는데, 허니와 내추럴 가공은 2주 그리고 4주 동안 햇볕에 말려야 하므로 보통 정성으로는 이룰 수 없다. 일반적으로 건기에 수확하여 이러한 과정을 거치지만, 이상 기온으로 비가 올 경우 이 모든 노력이 수포로 돌아갈 수도 있기 때문이다.

라스 라하스 농장은 유기농으로 커피를 재배하고, 워시, 허니, 내추럴 가공으로 스페셜티 커피를 생산하고 있다.

스페셜티 커피를 한 마디로 정의하기는 어렵지만, 대략 다음과 같다.

농장이 위치한 높이에 따라 SHB등급(해발 1,200미터 이상), GHB등급, HB등급으로 구분하는데, SHB등급 중에서도 매우 특별한 고급 커피를 스페셜티 커피라 한다. 전 세계 커피의 3%가 채 안 되는 소량이므로 일반 시장에서 구입하는 게 쉽지 않으며, 세 가지 조건을 충족해야 한다.

첫째, 스페셜티 커피는 기본적으로 SHB등급, 바꿔 말하면, 해발 1,200미터 이상 고산지대에서 재배되며, 코스타리카의 스페셜티 커피 농장들은 대부분 해발 1,400~2,000미터 지대에 위치해 있다.

둘째, 빨갛게 익은 커피체리만 엄선하여 수확한다. 기계로 수확하는 로부스타와는 달리 아라비카는 수확 시 커피체리를 손으로 딴다. 그런데 커피나무 가지 하나에 열린 수십 개의 체리들을 살펴보면 빨갛게 익은 것도 있지만, 아직 미성숙 단계로 주황색, 노란색 심지어 녹색 체리도 있기 때문에 손으로 가지를 훑어 따거나 또는 움켜쥐듯이 따면 미성숙 즉 익지 않은 체리가 섞이게 된다. 커피 농장들은 근로자들이 딴 커피체리의 양에 따라 급여를 지급하므로, 근로 시간과 체리의 양을 고려할 때 익지 않은 체리가 적당히 섞이더라도 짧은 시간에 많은 양을 따는 게 농장 측이나 근로자 측 모두에게 유리할 것이다. 그러나 스페셜티 커피는 근로자들이 정성을 기울여 빨갛게 익은 커피체리만 골라서 하나 하나 손가락으로 따낸 것이다. 한 가지에 열린 수십 개 체리들을 한 번에 따는 것이 아니라, 어제 만졌던 가지를 오늘 또 만지고 내일 또 만지며 빨간 체리만 골라서 따내기 때문에 당연히 많은 시간이 소요된다. 수확량이 적으므로 근로자들의 임금도 감소하겠지만, 스페셜티 커피 농장은 이를 감안하여 근로자들에게 넉넉한 급여를 지급해야 한다. 참고로, 익지 않은 체리가 섞인 채 가공한 후 로스팅을 진행하면 좋지 않은 맛과 향이 나는데, 이를 감추기 위해 다크 로스팅(dark roasting: 진하게 볶는 것-저자 주)을 하는 경우도 있다. 물론, 로스팅은 무려 여덟 가지로 나뉘며 단계에 따른 상이한 맛과 향을 주기 위함이므로 무조건 다크 로스팅이 좋지 않다는 의미는 아니다.

셋째, 우리나라에서 햇볕에 말린 고추인 태양초를 고급으로 치듯이 커피의 씨도 햇볕에 건조해야 고급이다. 커피 가공 시 커피체리의 과육을 제거하고 씨를 세척한 후, 햇볕에 건조하는데, 비가 오지 않는 건기에 진행하지만, 자연 현상을 정확히 예측할 수는 없으므로 어쩌다 흩뿌려진 비를 맞을 수도 있고 햇볕이 충분치 않을 수도 있다. 이 경우 건조기를 이용하여 건조하면서 이상적인 함수율(씨가 함유한 습기)인 10~12%에 맞추게 된다. 그러나 스페셜티 커피는 가능하면 햇볕에 건조하며 함수율에 맞추는 최고급 커피이다.

결론적으로 스페셜티 커피는 SHB등급(해발 1,200미터 이상), 빨갛게 익은 커피체리만 손가락으로 따내기 그리고 햇볕에 건조한다는 세 가지 조건을 충족해야 한다. 이 밖에 생두의 색깔, 모양, 크기, 무게 및 청결한 가공 등도 중요하다. 그리고 무엇보다 그 맛의 특징은 로스팅에 의한 구수하고 쓴 맛 위에 원래 과일인 커피체리의 새콤달콤한 맛이 균형을 이루어야 한다.

두 여성은 준비해 온 종이컵에 커피를 따라 모든 사람들에게 전달하기 시작했다. 그러나 종이컵 하나를 일부러 부족하게 준비한 진가비는 한덕기 옆으로 지나가면서 말했다.

"당신에게 줄 커피는 없어."

들릴 듯 말 듯 싸늘하고 빠르게 말했지만, 진가비의 맑고 높은 목소리에 한덕기는 본능적으로 반응했다. 예전에 그랬던 것처럼 온몸이 반응하며 들떴다. 그리고 그 말이라도 해준 게 너무나 고맙고 반가웠다. 그는 호텔 로비에서 슬쩍 빠져 나와 한적한 곳으로 자리를 옮겼다. 잠시 기억을 더듬었다. 진가비와 함께 얘기하고 노래하고 입 맞추고 사랑했던 아름다운 기억들이 눈앞에 펼쳐졌다. 시간이 멈춘 것 같았다. 아니, 한덕기에겐 시간이 정말 멈춰버렸다.

커피 음료의 종류

"우리가 마시는 여러 종류의 커피가 이탈리아어로 되어 있는 이유는 에스프레소(espresso)기계를 이탈리아에서 최초로 만들었기 때문이에요. 커피는 물과 만나는 시간이 길면 길수록 카페인이 증가한다고 합니다. 그런데 커피 분말을 물에 담그는 프렌치프레스(french press), 손으로 물을 붓는 핸드드립 또는 이와 유사한 커피메이커 등과 비교할 때 에스프레소 기계는 그 원리가 다릅니다. 일종의 보일러 장치인데요, 기계가 수증기를 만들면 순간적인 강한 압력에 의해 수증기가 커피 분말을 통과하면서 기계 밖으로 나오게 됩니다. 기계 안에서는 수증기였지만, 시원한 밖으로 나오면 즉시 액체로 변하는데 바로 이것이 에스프레소입니다."

이번엔 진가비의 친구가 설명을 이어갔다.

일반적으로 에스프레소라고 하면 독하고 카페인이 많다는 고정관념을 갖고 있지만, 커피 분말을 통과하는 수증기는 엄밀히 따지면 물이 아니므로, 카페인 함량이 가장 낮다고 볼 수 있다. 아라비카 대비 카페인 함량이 두세 배 많은 로부스타를 주로 이용하여 만드는 인스턴트 커피는 당연히 카페인 함량이 높은데, 이것을 물에 용해해야 하므로, 물과 만나는 시간이 길어져서 카페인의 양도 늘어난다.

우리가 까페테리아에서 흔히 접할 수 있는 이탈리아어로 된 커피 음료의 종류들은 거의 대부분 에스프레소를 기본으로 하여 만드는 것이므로, 에스프레소를 마시는 것과 동일한 양의 카페인을 섭취하는 것이다.

에스프레소는 (원두의 품질에 따라 상이하지만) 일반적으로 7~8그램의 원두를 분말로 만들어 포터필터(porter filter: 여과장치-저자 주)에 놓고 적절히 탬핑(tamping: 다져 넣기-저자 주)하여 기계에 장착한 후 작동시킨다. 탬핑할 때 가장 중요한 것은 수평을 맞추는 일이다. 약 30밀리리터를 내리면 가장 일반적인 에스프레소이다. 특히, 분말의 굵고 가는 정도 및 적절한 탬핑을 적용하여 약 20초 동안 30밀리리터를 내린다면 더욱 좋은 에스프레소가 된다. 물론, 건조한 날과 습한 날의 차이, 원두의 특성이나 상태 등을 고려하여 적절히 조정해야 한다.

아메리카노(americano)는 어쩌면 커피를 콜라처럼 많은 양으로 마시는 미국인을 지칭하며 이탈리아 사람들이 유쾌하게 만들어낸 이름인지도 모른다. 에스프레소에 뜨거운 물을 섞는 것으로 기호에 따라 물의 양을 조절하거나 두 잔의 에스프레소를 섞을 수도 있다.

마키아토(macchiato)는 영어의 'marked(표시한)'란 뜻으로 즉, 우유로 표시했다는 의미이며, 에스프레소 위에 우유 거품을 얹는다.

꼬르따도(cortado)는 주로 스페인에서 선호하는 것으로 마키아토와 유사하나 우유 거품 대신 우유 1온스 또는 그 이하를 섞는데, 기호에 따라 우유의 양을 조절하고 뜨겁거나 찬 우유를 섞는다.

모카(mocha)는 에스프레소(1온스)에 1/4온스의 초콜릿 시럽을 섞는다.

판나(panna) 또는 콘판나(con panna)는 에스프레소(1온스) 위에 약간의 생크림을 얹는 것으로, 'con'은 영어의 'with(~와 함께)', 'panna'는 생크림이란 뜻이다.

라떼(latte)는 이탈리아어로 우유란 뜻으로 마키아토가 변형된 형태이며, 에스프레소에 스팀 우유를 푸짐하게 섞는다. 보통 에스프레소 기계에는 스팀 우유를 만드는 장치가 있는데 스팀 장치를 이용하여 우유에 스팀을 뿜으면 공기가 우유에 곱게 섞인다. 윗부분이 얇고 고운 거품 층이므로 다양한 무늬 즉 흔히 말하는 라떼 아트를 구현할 수 있다.

카푸치노(cappuccino)는 에스프레소에 스팀우유와 우유 거품을 섞는다. 라떼와는 달리 윗부분이 1센티미터 이상의 거품으로 구성되기 때문에 다양한 무늬를 만들기는 어렵고 '바로 붓기' 또는 '나누어 붓기' 방식을 사용하여 주로 단순한 나뭇잎 또는 하트 무늬를 만든다. 스팀우유를 만들 때 윗부분을 거품으로 처리해야 하는데 이는 바리스타의 기술에 좌우되며, 거품은 우유에 함유된 단백질과 지방이 스팀과 만나며 발생하기에 저지방 또는 무지방 우유를 사용하면 거품이 잘 만들어지지 않는다. 그러므로 저지방 또는 무지방 우유로 카푸치노를 주문할 경우 이 점을 감안해야 한다. 스페인의 가톨릭 수도회인 카푸친회에서 생활하는 성직자들의 모자 또는 옷 색깔이 하얀 우유 거품과 유사하여 카푸치노라는 이름이 만들어졌다.

"위에 언급한 커피의 종류는 가장 일반적인 내용일 뿐, 정답이나 정통한 것은 없다고 생각해요. 사실 마키아토, 라떼, 카푸치노는 매우 유사한 것이죠. 요즘에는 카페에 따라 또 바리스타에 따라 에스프레소나 우유의 양을 조절하고 다양한 시럽을 첨가하며 새로운 맛과 이름을 만들어내고 있어서 그 종류가 아주 많아요. 한 가지 추천 드린다면 저는 개인적으로 스페인 사람들이 즐기는 꼬르따도

(cortado)를 좋아하는데요, 우선 양이 적당하고 맛이 부드러우며 에스프레소의 맛도 즐길 수 있기 때문입니다. 혹시 카페에서 꼬르따도를 주문했는데 잘 모른다고 할 경우엔 그냥 에스프레소를 주문하시면서 뜨거운 우유를 조금만 부어달라고 요청하시면 됩니다."

커피와 사랑

커피처럼 뜨거운 사랑

다음 날 새벽, 관광객들은 열기구를 타고 올라가 카파도키아의 멋진 지형을 바라봤다. 수십만 년 전 화산 폭발로 인해 흘러나온 마그마는 다양한 모양의 바위가 되었고, 화산재는 응회암으로 굳어진 후 풍화작용을 거쳤다. 그리고 이 두 가지가 조화롭게 또는 조화롭지 못하게 어울리며 기상천외한 모양을 만들었는데, 버섯 모양의 바위들은 보는 이들로 하여금 탄성을 자아내게 만들었다.

'붉은 계곡(Red Valley)'이라는 지명처럼 붉은색으로 가득한 지역은 아침노을이 잔잔히 펼쳐지도록 그 색깔을 더하고 있는 듯했다. 달 표면처럼 보이기도 하는 카파도키아가 지평선까지 이어지고 있었다.

높은 곳에 올라가는 게 두려웠던 진가비는 열기구 선택 관광에 참여하지 않았고, 어쩔 수 없이 한덕기의 안내에 따라 소형 버스 안에서 시간을 보냈다. 시동이 켜져 있지 않은 버스 안은 몹시 차가웠고, 두 사람의 침묵은 더욱 차가웠다.

진가비는 창밖만 응시하고 있었는데 원망과 당황스러움이 뒤섞인 듯했다.

한덕기는 그런 진가비의 옆모습을 한동안 바라봤다. '여전히 우아하고 예쁘네'라고 생각하며 눈을 감아버렸다. 눈을 감았지만 진가비의 모습이 잔상처럼 그대로 남아 있었고 오히려 더욱 선명해지는 듯하더니 지난 기억들이 차분히 지나갔다.

2007년 봄, 중미의 온두라스와 코스타리카에서 파견 근무를 마친 한덕기는 서울로 돌아와 사직서를 제출하고 모처럼 편안한 휴식을 맞이했다. 10여 년간의 해외 생활 중에 연애 한 번 제대로 못한 채 나이 마흔이 되었기에 지인들이 소개해 주는 만남에도 적극적으로 참석했다.

알록달록 잘 가꾸어진 꽃들과 푸른 하늘이 조화를 이루던 어느 날, 한덕기는 어머니 집 근처 쇼핑센터를 거닐다 '미래 카드, 당신의 미래를 점쳐보세요'라는 문구와 가판대를 발견했다. 과자 한 봉지를 사면 미래와 관련된 문구가 적힌 카드를 받을 수 있는 곳이었다. 호기심에 돈을 낸 그는 과자와 미래 카드를 받아 들고 근처 카페로 가서 커피를 구매한 후, 작은 테이블에 자리를 잡았다. 심호흡을 했고, 아름다운 연애와 축복받은 결혼을 소망하며 미래 카드를 펼쳤다.

'지혜의 왕 솔로몬인 당신에게 행운이. 험난한 길과 많은 어려움이 있어도 전진하며 극복해야 합니다. 그 후 행복이 늘 당신과 함께합니다.'라고 적혀 있었다.

한덕기는 가볍게 웃으며 생각했다.

'이런 것에 의미를 주어야 하나? 그런데 지혜의 왕 솔로몬이라… 내 스페인어 이름이 살로몬, 바로 솔로몬인데. 우연이겠지?'

그때 대여섯 살로 보이는 남자 아이가 이리저리 뛰어다니는 모습이 보였지만, 그는 눈살을 찌푸리지 않고 가벼운 웃음을 유지하며 미래 카드를 지갑 속에 집어넣었다. 그런데, 그 아이가 한덕기 쪽으로 뛰어오다가 한덕기의 테이블을 세게 건드렸고, 커피잔이 쓰러지며 커피가 그에게 쏟아졌다. 한덕기의 바지가 흠뻑 젖으며 얼룩지고 말았다. 아이는 스스로 놀라 울음을 터트렸고 엄마로 보이는 젊은 여성이 황급히 다가왔다. 아이를 한쪽 의자에 앉히더니 한덕기에게 머리를 숙이며 말했다.

"죄송합니다, 이를 어쩌죠? 죄송합니다. 아이가 극성맞아서요…."

한덕기는 냅킨으로 바지를 닦다가 그 여성의 맑고 높은 명랑한 목소리를 들으며 주저하지 않고 그 여성을 잠시 바라보았다. 노란색 원피스 차림… 우아하다는 것이 바로 그런 여성을 가리키는 말이었을까? 한덕기에게는 그렇게 보였다. 꽃의 여왕이라는 장미, 그중에서도 노란 봄장미가 한덕기에게 다가왔다.

"괜찮습니다. 사내아이들이… 다 그렇죠, 뭐. 저는… 집이 이 근처라 아무 문제없습니다."

한덕기는 자신이 무슨 말을 하는지 제대로 인지하지도 못했고, 그저 노란 봄장미를 자신의 눈과 마음에 정신없이 담을 뿐이었다.

"정말 죄송해요. 세탁비를 드려야 할 것 같은데요… 아니면 저희 집도 이 근처인데 제가 세탁해드릴까요?"

"아닙니다. 정말 괜찮아요. 이 녀석, 아주 잘생겼구나. 울지 마, 하하하, 괜찮아."

"그렇게 말씀해 주시니 고맙습니다. 어쨌든, 너무 죄송하고요, 그럼 이만…."

노란 봄장미는 맑고 높은 명랑한 목소리를 허공에 뿌려놓은 채 사뿐사뿐 발걸음을 옮기며 떠나버렸다. 넋이 나간 한덕기는 눈으로 노란 봄장미를 쫓으며 생각했다.

'노란 봄장미가 내게 다가왔다. 내 운명의 여자일까? 왜 나는 쫓

아가서 말을 걸지 못하는 걸까…. 그래, 아들이 있기 때문이지…. 다시 만날 수 있다면….'

노란 봄장미가 시야에서 사라지자 한덕기는 미래 카드를 꺼내 들고 소리 내어 읽었다.

"지혜의 왕 솔로몬인 당신에게 행운이. 험난한 길과 많은 어려움이 있어도 전진하며 극복해야 합니다. 그 후 행복이 늘 당신과 함께합니다."

그리고 중얼거렸다.

"저 여자에게 아들이 있는 게 험난한 길과 어려움일까? 내가 지혜의 왕 솔로몬이라…. 내가 이런 것을 믿다니, 말도 안 돼. 하지만, 아름다운 여자와 함께할 수 있다면? 내가 지혜의 왕 솔로몬이 되어야 하나? 안 될 건 뭐야, 쳇! 게다가 온두라스와 코스타리카에서 모든 사람들이 나를 스페인어로 살로몬 그러니까 솔로몬이라고 불렀는데. 하지만, 아들이 있으니… 내가 다가간다면 그래서 그녀가 나를 받아준다면 불륜이 되는 것이지? 잊자."

일주일이 지났다. 아니, 일주일이라는 시간이 노란 봄장미와 맑고 높은 명랑한 목소리에서 벗어나지 못하고 있는 한덕기를 이동시켜 놓았다.

정신을 차리고자 운동복을 입고 가까운 공원 산책로로 나간 한덕기는 땀을 흘리며 뛰었다. 한참을 뛴 후 숨을 좀 고르기 위해 걷기 시작했다. 몇 걸음이나 옮겼을까, 색깔은 달랐지만 분명히 동일한 장미가 나타났다.

'봄장미… 지난번 그 여자… 분명해. 이번엔 노란 장미가 아니라

하얀 장미… 나를 알아볼까? 내가 먼저 말을 걸어야겠지….'

순간 복잡한 생각에 휩싸였지만, 망설임을 털어내며 용기를 냈다.

"저, 안녕하세요? 지난번 저기 쇼핑센터에서….'

"어머, 안녕하세요? 지난번엔 너무 죄송했어요. 바지는 세탁하셨어요? 제가 세탁비를 지불해야 하는데요."

변함없이 맑고 높은 명랑한 목소리였다. 목소리가 들리는 게 아니라 아름다운 물결 모양으로 한덕기에게 다가와 그를 감싸는 것 같았다.

"무슨 세탁비까지요, 별일도 아닌데요. 그런데 아드님은… 함께 안 나왔나요?"

"아들이요? 아, 호호호… 제 조카예요. 제가 언니, 형부, 조카와 함께 살거든요. 사실 제가 얹혀 사는 거죠."

한덕기는 눈을 번쩍 떴다. 온몸에 힘이 생기는 것을 느끼며 미래 카드 내용을 떠올렸다.

'험난한 길과 어려움을 극복하라고 했지… 한덕기! 솔로몬! 그래 해보자. 게다가 자신의 아들이 아니라고 하니 어려움도 없잖아.'

"그렇군요. 저는 아드님으로 착각했어요. 아, 하지만 그쪽이 나이 들어 보인다는 뜻은 절대 아닙니다, 오해하지 마세요."

"호호, 저 나이든 것 맞아요. 그래도 서른 넷 치고는 어려 보이지 않나요?"

"서른넷이요? 그렇게 안 보입니다, 훨씬 더 어려 보여요. 어쨌든 저보다 여섯 살 아래네요. 저… 세탁비 지불하실 수 있겠습니까?"

"아, 네. 뭐, 당연히 드려야죠… 그런데 안 받겠다고 하시더니 왜 갑자기….'

"세탁비를 돈이 아닌 시간으로 제게 주실 수 있겠습니까? 정신 나간 소리로 들리겠지만, 저 지금 데이트 신청하는 겁니다. 이 근처에 스테이크 잘 하는 레스토랑이 있는데요, 제가 봄장미 같은 그쪽과 식사할 수 있다면… 아, 그런데 아직 우리가 서로 이름도 모르네요. 저는 한덕기입니다."

"아, 네. 저는 진가비입니다. 아, 그런데 지금 이 상황이 너무 갑작스럽네요. 저… 그런데 그… 봄장미라는 말 너무 좋아요. 그래서 그 제안을 받아들일게요. 저는 오늘 시간 괜찮아요. 데이트 신청을 이렇게 쉽게 받아주면 안 되는 건데…."

"감사합니다, 데이트 신청을 받아주셔서요."

그날 저녁 7시, 한덕기는 모처럼 정장 차림을 했다. 미리 준비해 둔 스페인 리오하 산 와인 그리고 붉은 장미에 하얀 안개꽃을 섞어 만든 꽃바구니까지 사 들자 발걸음에 자신감이 생겼다. 약속 시간 10분 전 레스토랑에 도착하여 와인 개봉 비용을 별도로 지불했고, 직원들이 와인 잔을 준비해 주었다.

약속 시간에서 7분이 지났다. 첫 데이트에서 여성이 데이트 장소에 약간 늦게 나오기 딱 적당한 순간 에메랄드빛 원피스를 입은 진가비가 나타났다.

"진가비 씨, 안녕하세요? 이쪽으로 앉으세요."

"네, 안녕하세요? 와, 덕기 씨 멋진데요."

식탁 쪽으로 걸어오며 진가비가 대답했다.

"덕기 씨라고 불러줘서 고맙습니다. 저도 가비 씨라고 부를게요. 가비 씨는 정말 아름다운 봄장미입니다."

"아… 봄장미. 아까도 말했지만, 저를 봄장미로 표현해 주셔서 너무 좋아요. 어떻게 그런 표현을 생각했나요… 그런데 진심인 거죠?"

"네, 정말 진심입니다. 더 좋은 단어가 생각나지 않네요. 가비 씨는 봄장미입니다. 가비 씨의 맑고 높은 명랑한 목소리가 바로 봄장미로부터 흘러나오는 아름다운 노래예요."

스테이크를 샐러드와 함께 먹어야 한국인 입맛에 잘 맞는다는 한덕기의 의견에 따라 샐러드와 스테이크가 동시에 차려졌다. 그리고 테이블 한쪽에 놓여진 꽃바구니와 와인 병까지 완벽한 조합이었다.

"저, 이상하게 들릴 수도 있는데요…. 아주 오래 전부터 가비 씨를 알았던 것 같아요. 우리가 예전에 만난 적 있을까요?"

"어머, 저도 그런 느낌이었어요…. 제가 가톨릭 신자인데 혹시 덕기 씨도 가톨릭 신자라면 어느 성당에서 만났을 수도 있겠죠. 저는 세례명이 로사예요."

"저는 신자가 아닌데요…. 로사는 스페인어권에서 사용되는 여성 이름인데 장미라는 뜻이에요. 아, 그럼 제가 오늘 장미 사오기를 정말 잘한 것 같아요. 또… 제가 봄장미라고 부른 게 정확한 표현이네요."

"어머, 정말 그래요. 제가 로사니까 바로 장미인데, 덕기 씨가 저를 봄장미라고 불러줬어요. 고마워요."

마치 오랫동안 알고 지낸 사람들처럼 순식간에 친숙해졌다. 사실 진가비가 아름다운 여성은 아니었다. 적당히 예쁘고 우아한 외모였다. 한덕기는 키가 크고 마른 체형에 눈매가 날카로웠다. 하지만 이들에겐 서로의 모습이 아름답고 멋지게 비쳤다. 인연이었을까? 운명이었을까?

스페인 북부 리오하 지방의 와인은 스테이크와 매우 잘 어울렸다. 하지만 두 사람은 음식을 먹는 데에 집중하지 못했다. 커피꽃이 피고 지듯 눈 깜빡할 사이에 서로에게 매료된 두 사람의 와인 잔이 작은 소리를 내며 쉴 틈 없이 부딪힐 때 두 사람의 눈빛은 소리 없이 강렬하게 부딪혔다.

여러 차례 건배하는 중에 손가락과 손등이 스치기도 하자 서로를 잠시 정면으로 바라봤다. 하지만, 멋쩍고 부끄러워 눈길을 거두었다. 다시 천천히 고개를 돌려 바라보다가 떨구기를 반복했다. 한덕기와 진가비의 시선이 또다시 부딪히자 어색함을 이겨내려고 한덕기가 말했다.

"가비 씨, 우리 커피 한잔 할까요?"

"네, 좋아요. 그런데… 그러니까 이렇게 말하면 안 되는데… 저희 집으로 갈까요? 제가 커피 준비할게요. 저 정말 이런 사람 아닌데요… 요즘 커피 만드는 것을 배우고 있어서 맛있는 커피 대접해 드리고 싶어서요. 집에 도구가 있거든요. 마침 오늘 언니와 형부가 여행 떠났어요. 어머, 실수예요, 제가 왜 이런 말까지…. 저… 봄장미라는 말 너무 좋아요. 정말로 제가 봄장미 같아요?"

"네, 봄장미 맞아요."라고 말하며 한덕기가 자리에서 일어났고, 진가비도 따라 일어났다.

인근 아파트 7층에 도착했다. 에메랄드빛 원피스를 입은 진가비가 커피를 준비하는 모습은 매우 우아했고, 한덕기는 아무 말도 못한 채 어색함을 이겨내려 했다.

소파 앞에 놓인 커피 두 잔을 바라보며 두 사람은 무슨 말을 해야 할지 모른 채 망설이기만 했고, 뜨거워지는 공간에서 자신들의 몸이 점점 부자연스러워지는 것을 느꼈다. 뜨거운 공간의 압력을 온몸으로 받고 있었다. 무슨 말이든 하고 싶었지만 뜨거운 공간의 압력이 입술의 움직임까지 짓누르는 것 같았다. 자유로운 것은 침묵뿐이었다.

그 압력을 이겨내기라도 하려는 듯 한덕기는 구부리고 있던 다리를 억지로 펴다가 자신의 발끝이 진가비의 발끝에 아주 살짝 닿는 것을 느꼈다. 그 순간 그들을 짓누르던 모든 압력이 공간으로부터 빠져나갔다. 한덕기가 진가비를 똑바로 바라봤다. 그녀도 고개를 들어 그를 바라봤다.

"덕기 씨, 커피 드세….."

그때 한덕기가 검지손가락을 진가비의 입술 앞에 갖다 대며 말했다.

"조금 전 레스토랑에서 가비 씨가 '저 이런 사람 아닌데요'라고 말했죠? 저도 정말 이런 사람 아닌데요… 제 자신을 주체하지 못하겠어요. 가비 씨에게 푹 빠져버렸어요. 사랑에 미친 남자가 되어버린 것 같아요."

잠시 흐르는 침묵 속에 한덕기가 사온 붉은 장미는 진가비의 하얀 얼굴을 붉게 물들게 했고, 그녀의 몸을 감싸고 있는 에메랄드빛 원피스와 환상적인 조화를 이루었다.

"가비 씨, 속도가 너무 빠르다는 것 잘 압니다. 미친놈이라고 따귀를 때려도 좋아요. 그런데 제 본능이 그냥 말하라고 시키는 것 같아요. 저… 붉은 장미 때문인지 가비 씨의 얼굴이 빨갛게 되었는데요…. 그 에메랄드빛 원피스 안에 가비 씨의 몸은 어떻게 되었는지 보고 싶어요."

진가비는 잠시 손에 힘이 빠지는 것을 느꼈지만 자리에서 일어서 더니 나비처럼 사뿐히 한덕기의 무릎 위에 올라앉았다. 그리고 두 팔로 그의 목을 감싸 안으며 속삭였다.

"제 방으로 가요."

한덕기는 단 1초도 망설이지 않았다. 진가비를 가뿐히 안은 채 일어섰다.

이번엔 압력을 느낄 수 없는 공간이었다. 자유로운 공간이었다. 그 자유로움에 응답하듯 정장도 원피스도 벗어 던졌다. 망설임도 부끄러움도 모두 벗어 던졌다. 입술과 입술이 깊이 교차했다. 진가 비의 손가락 끝부터 어깨까지, 목부터 가슴까지, 발끝부터 뜨거운 곳까지 한덕기는 확인하고 느끼며 내달렸다. 진가비는 자유로운 공 간에 한없이 빠져들다가 다시 날아오르기를 반복했다.

"아, 온몸이 근육덩어리야…. 너무 멋져. 사랑… 사랑해요. 꼭 안 아줘…. 그냥 '가비야'라고 불러줘요."

"가비 씨, 음… 가… 가비야, 사랑해. 아직 너를 잘 모르지만, 이 미 다 아는 것 같기도 해. 죽는 날까지 봄장미를 지켜줄게."

"아… 봄장미… 이 말을 들으면 입 맞추고 싶어…. 입 맞춰 줘요."

"난 가비의 맑고 높은 명랑한 목소리가 좋아, 온몸이 반응하며 들 뜨는 것 같아."

두 사람의 입술이 다시 격렬히 부딪혔고, 뜨거워진 몸은 서로를 녹여버렸다. 온몸이 녹아서 가벼워진 듯 저 위로 날아올랐다. 한참 을 머물렀다.

진가비의 부드러운 손가락이 한덕기의 단단한 어깨를 풀어주었고, 부드러운 속삭임은 오랜 해외생활과 고된 일에 경직된 마음을 녹여주었다. 서로를 만지고 느끼며 밤새 속삭였다.

"가비야, 커피 좋아해?"

"네, 좋아해요. 제 이름 가비가 예전엔 커피라는 뜻이었어요. 조선 말 고종 때 커피를 가비라고 불렀대요. 사실 제가 거의 10년 근속한 직장을 얼마 전에 그만두고 요즘 바리스타 학원에 다니고 있어요."

"아, 그래? 가비… 예쁜 이름이야. 가비가 바리스타로서 커피 만들면 아주 우아하고 맛도 좋을 거야. 아 참, 내가 코스타리카에서 일할 때 알게 된 몇몇 커피 농장 주인들 중에서 마누엘이라고 아주 멋있는 신사가 있는데, 유명한 커피 산지인 따라쑤(Tarrazú)에서 커피 농장을 운영하고 있어. 1800년대 말 스페인에서 코스타리카로 간 자신의 증조부가 만든 커피 농장을 가문이 대대로 이어 왔고, 현재 직접 운영하고 있지.

그 아저씨가 해준 얘긴데… 커피를 스페인어로 'café'라고 하는 것은 가비도 잘 알 테고. 그 스펠링을 스페인어로 하나씩 풀어보면… c는 caliente(깔리엔떼)로 '뜨거운'이란 뜻이고, a는 amargo(아마르고)로 '쓴'이란 뜻, f는 fuerte(푸에르떼)로 '강한' 또는 '진한'이란 뜻, 마지막으로 e는 escaso(에스까소)로 '부족한'이란 뜻이야. 그러니까 café는 뜨겁고 쓰고 진하게 그렇지만 부족하듯이 마셔야 한다는 거지.

그런데, 재미있는 것은 한때 스페인에선 커피가 남녀 간의 육체적인 사랑을 상징했었다는 거야, 하하하. 요즘에도 이런 의미로 사용되는지는 모르겠지만."

"어머, 호호호. 정말 재미있어요. 그런데 제 의견은 좀 달라요. 커피를 뜨겁게 마신다는 것은 좋고요, 진하게 마신다는 것도 이해할 수 있어요. 하지만 쓰다는 것은 정확한 표현이 아니에요. 커피체리의 씨를 가공한 생두를 볶기 때문에 쓴맛이 조금 나지만 커피는 과일이니까 신맛과 단맛이 균형을 이뤄야 하거든요. 그분 누구였죠? 마누엘? 네, 마누엘이 재미있게 표현한 것이겠죠."

진가비는 약간 뾰루퉁한 표정을 지으며 말을 이었다.

"아 그리고요, 부족하게 마신다는 말에는 절대 동의할 수 없어요. 남녀가 나누는 사랑을 상징했었던 단어가 커피라면, 부족하게… 그러니까 사랑을 많이 하면 안 되고 조금만 하라는, 읍…."

그때 한덕기의 입술이 그녀의 입술을 막았다.

"어머, 호호. 우리 여보가 원하는데 내가 거부할 것 같아요? 이렇게 좋은걸…."

두 사람은 첫 데이트에서 깊이 빠져버렸다. 마치 오래 전부터 서로 알았던 사람들처럼 의심하지 않고 사랑했다. 운명으로 엮인 연인처럼 몸도 마음도 서로에게 맡겨 버렸다. 밥을 먹어도, 차를 마셔도, 팔짱을 끼고 공원을 걸어도 모든 게 자연스럽고 익숙했다. 상대방이 좋아하는 것과 싫어하는 것도 이미 대충 알고 있었기에 적잖이 놀라기도 했다. 오래 전부터 서로 알았었던 것 같은 느낌을 지울 수 없었다.

끊임없이 사랑을 속삭이며 너무도 자연스럽게 결혼을 약속했고, 함께할 미래에 대해 대화를 나누었다.

두 사람 모두 직장인으로서 성실하게 일했기에 비교적 넉넉히 저축해 두었었는데, 서로 통장을 숨김 없이 공개했다. 더 이상 직장생활을 원하지 않았기에 마침 바리스타 공부를 하고 있던 진가비의 의견대로 카페를 차리기로 의기투합했다.

"가비야, 우리 카페 이름을 '가비'라고 하면 어떨까? 가비가 네 이름이지만, 조선 후기에는 커피라는 뜻이었다고 네가 말했으니까."

"카페 가비… 좋아요. 억지로 해석하면 아름다운 왕비라는 뜻도 되겠네. 바로 나예요, 호호… 그럼 우리 여보는 왕이네."

"하하… 내가 지혜의 왕 솔로몬이거든."

"솔로몬? 우와, 아주 멋있어요. 그런데 어떻게?"

"하하하… 그게… 내 스페인어 이름이 살로몬 그러니까 솔로몬이야. 또 며칠 전 우리가 처음 만나던 날 바로 그 쇼핑센터에서 충동적으로 구매한 미래 카드에 '지혜의 왕 솔로몬'이라고 적혀 있었지. 그 카드를 읽자마자 가비를 만나게 됐어, 이렇게 아름답고 우아한 가비를. 아 참, 우리 점포를 어디에 얻을 것인지 또 결혼식장은 어디로 할 것인지에 대해서도 얘기해야지."

"네. 그 전에… 우리 여보 커피 마시고 싶어요? 커피 좀 내릴게요."

"그래, 고마워, 봄장미. 이왕이면 뜨~겁게."

"아… 봄장미… 이 말을 들으면 내가 입 맞추고 싶어하는 것 알면서… 게다가 뜨~겁게 라고 일부러 강조한, 어멋!"

몰래 다가온 한덕기가 뒤에서 그녀를 안았다.

"가비는 봄장미 그리고 난 사랑에 미친 남자…."

"몰라요, 지금 백허그 하는…."

말을 채 끝맺지 못한 진가비가 고개를 돌려 그의 입술을 부드럽게 받았다.

커피처럼 진하고 강한 도전

두 사람은 7일 동안 함께 지냈다. 장난치고 웃으며 사랑을 나누었고 가족에 대해서, 커피에 대해서 또 결혼과 미래에 대해서 대화했다.

진가비는 부유한 가정에서 행복하게 성장했지만, 1999년 초 그녀의 아버지가 운영하던 회사가 부도났고, 부도의 충격으로 아버지가 돌아가신 후 얼마 안 되어 어머니도 돌아가셨다. 이 이야기를 들은 한덕기가 진가비를 꼭 안아주며 위로했다.

한덕기는 대학교를 졸업한 지 얼마 안 되어 아버지가 폐암으로 돌아가셨고, 일하던 회사의 명령에 따라 중미로 파견 나가 온두라스와 코스타리카에서 근무했는데, 서울에 혼자 계셨던 어머니가 늘 마음에 걸렸었다고 말했다. 그리고 자신의 청춘을 모두 바친 두 나라 중 온두라스에서 겪은 모험담을 날카로운 눈빛과 함께 상세히 설명하기 시작했다.

폭우가 쏟아졌다. 1998년 10월, 일기예보에서는 이 폭우를 허리케인 미치(Mitch)라 불렀고, 태평양의 해수면 온도 상승으로 인해 강우량이 증가한 엘니뇨(El Niño)현상이 원인이라고 설명했다.

닷새가 지나도록 밤낮을 가리지 않고 물폭탄 세례를 받은 온두라스는 더 이상 버틸 수 없었다. 넘쳐나는 물로 온 국토에 구멍이 나고 있었다. 특히 카리브 해안가에서 가까운 저지대가 심각한 피해를 입었다. 저지대 곳곳으로 크고 작은 강이 지나기에 강이 하나 범람하면 또 다른 강과 합해지며 더 크게 범람했다.

더 이상 강이라 할 수 없는 엄청난 양의 물이 그 일대의 바나나 농장과 목장 지역을 휩쓸어 버리며 괴력을 지닌 수마로 변했다. 여러 마을과 시를 집어삼킨 수마는 평화롭던 땅을 지평선까지 누런 흙탕물 밖에 보이지 않는 땅으로 만들어버린 채 마치 그 땅을 조롱이라도 하듯 느릿느릿 지나갔다.

파괴된 건축물의 일부, 가재도구, 쓰레기 등이 흉한 모습으로 떠내려갔다. 더러 가축도 섞여 있었는데 '꽥, 꽥' 비명을 질러대는 새끼 돼지를 불쌍하게 여길 사람도 구할 사람도 없었다. 미처 빠져나가지 못한 사람들은 지붕이나 2층 가옥으로 피했지만, 식수도 화장실도 모두 문제였다. 수천 명에 이르는 사망자와 실종자의 가족들은 슬픔과 대재앙을 동시에 극복해야 했지만, 수만 명의 이재민이 발생했기에 도움을 주고받기도 어려웠다.

온두라스 제2의 도시인 산페드로술라로부터 약 30킬로미터 떨어진 작은 시 엘프로그레소, 그 뜻이 '발전' 또는 '진보'이기에 이곳에 위치한 공단에서 근무하던 한덕기는 회사와 시의 발전을 위해 일한다는 자부심도 갖고 있었다. 하지만 그칠 줄 모르는 폭우에 자부심은 두려움으로 변했다. 하늘이 야속한 나머지 사무실 문을 열고 나가 하늘에 대고 소리를 질러봤지만, 빗소리에 묻혀버렸다. 빗줄기는 더욱 굵어졌다. 하늘에 구멍이 뚫린 것 같았다.

이틀 째 폭우가 쏟아지고 있을 때 경험 많은 공장장인 남성학 부장과 함께 이리 뛰고 저리 뛰며 안전 점검을 해둔 게 그나마 다행이었다. 나흘 째 폭우가 퍼부을 때 불안에 떨면서도 출근한 공원들과 사무실 직원들을 모두 귀가시킨 후, 공장을 폐쇄했다.

한덕기는 가장 마지막으로 공장을 빠져나왔다. 차에 오르기 전 고개를 돌려 공장을 한 번 쳐다보며 "모든 게 다 잘 될 거야"라고 중얼거렸다. 차를 몰아 산페드로술라로 향하는 도로에 들어섰다. 도로 좌우로 펼쳐지는 바나나 농장은 이미 흙탕물에 잠겨 있었다. 도로는 바나나 농장보다 높은 형태로 솟아 있었지만, 그런 도로에도 흙탕물이 차오르고 있었다.

도로 오른쪽에 위치한 작은 시 리마는 이미 물에 잠겼다. 도로와 리마 사이에 작은 강이 이미 범람했는지 다리가 보이지 않았다. 한덕기는 리마 소재 한 공단에서 근무하던 박대리를 떠올렸다. '박대리는 어제 빠져나왔다고 했지….'

물의 양이 점점 많아지더니 도로를 완전히 점령해 버렸다. 아스팔트는 보이지 않았고 누런 흙탕물로 가득했다. 특히 교차로에는 많은 양의 물이 빠르게 지나가고 있었는데, 물을 바라보면 차가 둥둥 떠내려가는 듯한 느낌을 받았다. 그런 느낌을 떨쳐 버리고 방향 감각을 잃지 않기 위해 전방 10미터 정면만 주시했다. 왼손은 핸들을 오른손은 기어 봉을 꽉 움켜쥔 채 클러치와 가속 페달을 왼발과 오른발로 힘주어 조정하며 교차로를 통과했다.

외곽 도로보다 높은 지형에 위치한 산페드로술라에 도착하자 도로 사정이 나아졌지만, 쏟아지는 폭우로 인해 도로 곳곳이 침수되어 있었다. 에어컨을 강하게 튼 채 운전하고 있었지만, 셔츠가 흠뻑 젖을 정도로 땀을 흘리며 숙소로 사용하는 아파트에 도착했다.

잠을 청했으나 잠이 오지 않았고, 책을 봐도 집중하지 못한 채 마음은 공장으로 내달렸다. 자신의 소중한 일터인 공장에 아무 피해도 발생하지 않기를 간절히 기원했다. 닷새가 넘게 퍼붓던 비가 멎고 이틀이 지났을 때 남성학이 한덕기를 불렀다.

"한대리, 내일 새벽에 공장으로 가보자."

"부장님, 산페드로술라 외곽으로 빠져나가는 도로 입구가 바리케이트로 차단되어 있고, 경찰이 통제하고 있어서 통과할 수 없을 겁니다."

"새벽에는 경찰이 없을 거야. 비가 그친 지 이틀이 지났으니 물이 빠지지 않았을까? 한시라도 빨리 공장에 가서 상황을 파악해야 무슨 일을 해야 할지 계획을 세울 수 있어."

남성학은 판단이 빨랐다. 섬유 산업 전반에 걸쳐 많은 지식을 갖고 있었고 부하 직원들을 잘 통솔하며 인품도 훌륭했기에 한덕기는 늘 그를 존경했다.

산페드로술라의 시민들도, 더위와 허기에 지친 이재민들도 모두 잠든 새벽 4시, 어두운 하늘에 촘촘히 박힌 별을 잠시 바라본 한덕기는 날렵히 승합 차량에 올라타 시동을 걸었다. 핸들을 잡은 한덕기도 옆에 앉은 남성학도 긴장감 때문에 말이 없었다. 새들의 지저귐도 시작되지 않은 어두운 새벽을 헤치며 도시 외곽 도로 입구에 이르자 두 사람은 차에서 내렸다.

잠시 바리케이드를 관찰한 후, 맨 앞에 있는 바리케이드 하나를 옆으로 밀어 놓았다. 뒤에도 여러 개의 바리케이드가 있었지만 공간이 충분해 보였다. 다시 차에 오른 두 사람은 지그재그로 바리케이드를 빠져나갔다.

아직 흙탕물이 찰랑대는 도로에는 가로등마저 꺼져 있었기에 속도를 낼 수 없었다. 시속 20킬로미터 정도로 약 1시간 반을 이동한

끝에 엘프로그레소에 도착했지만, 지대가 낮은 그곳은 온통 흙탕물
에 잠겨 있었다.

처참한 모습에 잠시 멈칫하는 동안 승합 차량의 바퀴가 완전히
물에 잠겼고, 차 안으로 물이 들어오기 시작했다. 한덕기는 기어를
1단에 넣은 채 강하게 가속기를 밟았고, 시동이 꺼지지 않도록 간
혹 클러치를 밟으며 공회전을 시켰다. 떠내려가는 듯한 느낌을 떨
쳐내며 주위를 살피는데 남성학 부장이 소리쳤다.

"차 떠내려간다, 가속기 밟아!"

"네… 부장님, 그런데 핸들이 말을 잘 안 들어요."

"물이 너무 많아서 그럴 거야. 가속기 계속 밟아봐."

그때 한덕기 눈에는 모든 물이 개천 쪽으로 쏠리는 것처럼 보였
다. 폭이 3미터 정도 밖에 안 되는 작은 개천이었는데 물이 불어 마
치 강처럼 보였다. 한덕기는 자신이 잘못 본 것이기를 바랐다.

"한대리, 차가 개천으로 끌려가는… 핸들 꺾어, 가속기 밟아!"

그러나 이미 늦었다. 전체적인 물의 속도가 점점 빨라지며 여러
잡동사니들과 함께 이들이 탄 승합 차량도 개천 쪽으로 쏠려 내려
가고 있었다. 아직은 바퀴가 바닥에 살짝 닿기도 했지만, 개천 바
닥은 5미터 아래에 있으므로 계속 쏠려 내려간다면 차가 개천으로
굴러 떨어지며 물에 빠질 상황이었다. 개천까지는 겨우 20미터 정
도… 사방은 온통 흙탕물이었다.

그때 갑자기 한덕기 눈앞에 백마를 탄 사람이 보였다. 복장이 특
이했다. 수백 년 전 중세 유럽의 왕이나 장군처럼 보였는데 동양적
인 복장이 조금 섞인 듯했다. 마치 따라오라는 듯 칼을 들어 방향을
가리키는 것 같았다. 한덕기는 잠시 눈을 감았다. '사람이 죽기 전

에 자신의 지난 일들이 눈앞에 펼쳐진다는데, 내겐 헛것이 보이네. 죽지는 않겠어, 힘내자'라고 생각하며 눈을 떴다.

백마 탄 사람은 사라졌다. 하지만 그 사람이 칼로 가리켰던 방향으로 핸들을 꺾자 차가 조금 움직이다가 큰 돌이 오른쪽 앞바퀴에 걸렸다. 그리고 그 바퀴가 마치 중심축처럼 되어 승합 차량의 앞부분이 고정된 채 나머지 차체가 물살에 밀려 시계 반대 방향으로 90도 회전하더니 천운이었는지 단단한 돌 더미 위에 멈춰 섰다.

"잘했어, 한대리. 이 와중에 여기 돌 더미는 어떻게 발견했어?"

"아, 네….."

한덕기는 '백마 탄 왕이 이쪽을 가리켰어요'라고 말할 뻔하다가 고개를 한 번 젓더니 말했다.

"부장님, 설마 우리가 죽겠습니까? 다른 방법이 없는데 내리시죠. 물살을 헤치고 걸으면 우리 공장까지 갈 수 있을 겁니다."

"그래, 해보자. 우리 공장은 개천 따라 저 위쪽이니까 걸어갈 수 있을 거야. 물살이 빨라. 조심해, 한대리."

두 사람은 차에서 내렸다. 흙탕물은 무릎까지 닿았는데 공장 쪽으로 가까이 갈수록 수심이 깊어졌다. 온 세상을 집어삼킨 수마는 개천 건너 멀리 북쪽 카리브해 방향으로 흘러가고 있었다.

엘프로그레소의 대부분 도로는 비포장 상태였는데, 도로의 흙과, 바나나 농장에서 떠내려 온 흙 그리고 오물까지 뒤섞여 바닥이 매우 질퍽거렸기 때문에 신발이 벗겨질 정도였다. 두 사람은 땀을 비 오듯 흘렸고 기진맥진한 상태였지만 힘을 내며 흙탕물을 헤치고 나갔다.

차로 3분이면 갈 가까운 거리를 2시간 동안 걸어 공장 앞에 도착했을 때 흙탕물은 허리까지 차올랐다. 공장 건물 벽엔 흙탕물 자국이 선명했는데, 그 높이가 가슴에 이르렀다. 비가 그친 후 물이 빠져나가고 있다는 증거였고 동시에 그 높이까지 물이 찼었다는 의미였다.

열쇠를 돌려 문을 천천히 열었다. 허리까지 차있는 물 때문에 빨리 열 수도 없었다. 공장 안에 들어선 두 사람은 입을 반쯤 벌린 채 한동안 말이 없었다. 눈앞의 상황을 보면서도 믿을 수 없었다. 아니, 믿기 싫었다.

모든 게 물에 잠겨 있거나 흙투성이 상태로 젖어 있었다. 수십만 장의 옷을 만들 수 있는 원단, 수만 장의 완제품, 수백 대의 재봉틀, 각종 기계와 장치…. 그때 한덕기는 냄비 하나가 둥둥 떠다니는 것을 보았다. 흙탕물을 헤치며 쫓아가 잡더니 가슴에 꼭 안았다. 그리고 냄비를 살펴보며 "메이드 인 터키…. 내가 터키 제품을 서울에서 샀나 보네…."라고 중얼거렸다.

"한대리, 괜찮니? 뭔데 그래?"

"아, 네. 지난여름에 휴가 얻어 서울에 갔을 때 사온 냄비입니다. 라면 끓여 먹기 좋고, 작은 주둥이가 있어서 물 끓여 커피잔에 붓기도 매우 편리해서요."

"그래, 하하하. 이런 개 같은 상황에서 건질 게 있다니 얼마나 다행이냐. 웃자, 하하하. 그런 물건은 반드시 유용하게 쓰일 거야. 잘 간직해."

두 사람은 승합 차량을 세워 둔 곳으로 돌아왔다. 다행히 시동이 걸렸고, 흙탕물의 수위가 10센티미터는 낮아진 상태였기에 아침보다는 수월히 차를 운전할 수 있었다. 산페드로술라로 향하는 도로에는 아직 흙탕물이 찰랑대긴 했지만, 물이 빠지고 있음을 확연히 느낄 수 있었다.

"한대리, 수고했다. 다친 데는 없지?"

"네, 없습니다. 부장님께서 수고 많이 하셨죠."

"나는 나이 마흔 넘어 도대체 이게 무슨 짓인지 모르겠어. 오늘 아주 진하게 도전했지? 목숨 걸고 말이야, 허허허!"

"물이 빠지고 있으니 내일도 공장에 가보는 게 좋겠죠? 오늘 진하게 도전했으니까 내일은 강하게 도전하죠, 뭐."

"내가 이래서 한대리를 좋아한단 말이야. 진하게, 강하게 도전한다…. 하하하. 아파트에 도착하면 라면이나 끓여 먹을까?"

"네, 부장님. 저… 이왕이면 조금 전 건져 온 저 냄비에 끓일까요? 라면 먹은 후에는 물을 끓일게요, 커피 한잔 진하고 강하게 마셔야죠."

"그래, 그렇게 하자. 커피처럼 진하고 강한 도전이구나…."

물이 완전히 빠져나갈 때까지 사흘이 더 걸렸고, 그 기간 중 한덕기는 다른 동료들과 함께 남성학의 지휘에 따라 공장을 오가며 청소 도구 및 여러 가지 물품을 준비했다. 흙탕물은 공장 내부에 흙더미를 수북이 남겨 놓았고, 재봉틀을 비롯한 여러 기계에도 흙이 잔뜩 끼어 있었다. 공원들과 함께 흙을 치우고 물청소를 했다.

특히, 값비싼 재봉틀은 남성학의 제안으로 물을 뿌려 깨끗이 닦아 말린 후 기름을 충분히 부어서 작동에 무리가 없도록 했다.

정신없이 사나흘이 지날 때 근처 리마시에서 근무하던 박대리가 전화를 해 왔고, 재봉틀을 어떻게 닦았는지 묻기에 한덕기는 이 방법을 설명해 주었다.

한두 달이 지나자 새로운 원단과 부자재가 한국으로부터 도착했다. 두세 달이 지나 공장이 정상적으로 가동되며 안정을 되찾기 시작하던 어느 토요일 저녁, 잔업에 참여하여 그날 생산을 마친 공원들이 퇴근하자 한덕기도 퇴근했다.

모처럼 가벼운 마음으로 산페드로술라에 도착했고, 박대리를 만나 맥주잔을 기울였다. 근무하는 회사는 서로 달랐지만 같은 섬유 업계에서, 그것도 한국으로부터 수천 킬로미터 떨어진 온두라스에서 일하는 처지라 가끔 만나 사는 얘기를 주고받는 가까운 친구가 되어 있었다.

허리케인 미치(Mitch)에 대해, 지평선까지 뒤덮였던 엄청난 양의 흙탕물에 대해 그리고 위험했던 순간과 힘들었던 일 등에 대해 얘기하며 서로 위로하고 격려하던 중 박대리가 한덕기에게 고맙다는 인사와 함께 놀라운 사실을 말했다.

한덕기가 박대리에게 설명했던 재봉틀 닦는 방법을 박대리가 근무하던 회사에서 그대로 적용했다. 이 방법으로 수백 대의 재봉틀을 살렸지만, 보험 회사에는 재봉틀이 모두 망실된 것으로 보고했다. 그뿐만 아니라, 어두운 색상의 원단은 대형 세탁기에 빨아서 말린 후 생산에 사용했는데, 보험 회사에는 마찬가지로 망실되었다고 보고했다. 마침 박대리의 회사는 허리케인 미치가 오기 3개월 전에 보험에 가입했기에 보험료는 얼마 납부하지 않은 상태에서 몇 백만 달러의 보험금을 타냈다.

이를 박대리가 큰소리로 말했고, 보험 회사에 제출한 서류도 자신이 작성했다며 자랑스럽게 떠벌렸다. 한덕기는 내심 부러웠다.

그리고 두 사람은 일반적인 보험 회사에 대해 말하기 시작했다. 가입시킬 때는 깨알보다 작은 글씨로 쓴 계약 내용을 제대로 설명해 주지 않은 채 온갖 좋은 말만 하고, 보험료 꼬박꼬박 낸 사람에게 막상 문제가 생기면 이런 저런 계약 조항을 들이대며 보험금을 지불하지 않는 도둑놈이라고 목청을 높였다. 그런 도둑놈에게 한 방 제대로 먹였으니 축하할 일이라며 건배했다.

"박대리, 그런데 그 멍청한 보험 회사 이름이 뭐야?"

"하하, 진화재해상보험이라고 작은 회사인데 몇 년에 걸쳐 우리한테 보험료 좀 뜯어내려다가 오히려 우리에게 몇백만 달러의 보험금을 지불하게 된 거지. 요즘 자금 사정이 심각하다는데… 뭐, 내가 알 바는 아니고."

커피처럼 쓴 기억

한덕기가 온두라스에서 겪은 모험담을 늘어놓고 나자 진가비는 한덕기의 품에서 고개를 들었다. 한동안 그를 바라본 그녀는 잠시 눈을 감았다가 떴다. 자신의 입술을 그의 입술로 가져갔다. 깊은 입맞춤이 이어졌다. 그런데 진가비는 그 전과는 달리 눈을 살짝 떴다. 눈을 감고 입맞춤 속에 빠지고 싶었지만, 억지로 눈을 떴다. 입맞춤은 잠시 후 뜨거운 포옹으로 이어졌고, 오래 전부터 서로 알았던 사람들처럼 이미 서로에게 익숙한 두 사람은 황홀한 사랑을 나누었다. 하지만 진가비는 눈을 뜨려고 애썼다, 정신을 차리려고 했다.

"가비야, 우리 내일 점포 하나 보러 가기로 했지? 아침에 9시쯤 만날까?"

"점포는 나중에 보면 어떨까요? 덕기 씨나 나나 오랜 기간 월급쟁이로 힘들게 일했는데 조금 더 쉬면서 카페는 천천히 열었으면 좋겠어요."

"그럴까? 하긴 나 직장 그만둔 지 이제 겨우 한 달 지났어. 조금 더 쉬는 게 좋겠지. 그럼 내일 우리 몇 시에 만날까?"

"내일은 언니와 형부가 여행에서 돌아와요. 만나기 어려울 것 같아요."

변함없이 맑고 높은 명랑한 목소리였으나 왠지 차가운 서릿발이 섞인 느낌으로 말을 이었다.

"그런데⋯ 만약에 덕기 씨가 일하던 회사도 박대리네 회사처럼 보험에 가입되어 있었다면, 덕기 씨도 박대리가 했던 것처럼 똑같이 했을까요?"

"아, 당연하지. 회사를 위해서 무슨 일인들 못하겠어? 더군다나 보험 회사들은 고객들의 돈을 뜯어내는 도둑놈들이잖아."

"그렇겠죠…. 그런데 그 보험 회사의 자금 사정이 심각했다면서요…. 그래요, 옳고 그름보다는 자신이 일하는 회사가 더 중요하다는 거죠?"

"합법과 불법을 논한다면 뭐, 조금 잘못된 것이지만… 지금 이게 중요한 것은 아닌데… 더군다나 내가 그런 것도 아니고 이건 다른 회사의 이야기인데…. 가비야, 우리 뭐 좀 먹으러 나갈까?"

"그렇게 하고 싶지만, 안 되겠어요. 내일 언니와 형부가 오니까 청소 좀 해야죠. 게다가 우리 7일 동안 함께 있었어요. 덕기 씨는 이제 어머니께 가보세요. 우리 전화해요."

혼자 남은 진가비는 생각했다.

'조금 잘못된 것이다? 법을 지키는 것보다 회사가 우선이다? 진화재해상보험의 자금 사정이 심각한데 알 바가 아니라고? 아… 아빠, 얼마나 힘들었어요? 자금 사정 때문에 그렇게 스스로 목숨을 끊으신 거예요? 아빠….'

이틀이 지났다. 하지만, 사랑에 미친 남자 한덕기에게 또 그의 품이 그리웠던 진가비에게는 이십 년 같은 시간이었다.

"봄장미라고 불러줘요."

공원에서 만나자 마자 한덕기의 품에 안기며 진가비가 말했다.

"가비는 나의 봄장미. 보고 싶었어, 봄장미. 너의 맑고 높은 명랑한 목소리를 들으니까 내 온몸이 반응하며 들뜨고 있어. 난 사랑에 미친 남자야."

"아… 봄장미… 이 말을 들으면 입 맞추고 싶어…."

뜨거운 입맞춤이 이어졌다, 시간이 멈춘 듯이. 하지만 진가비는 멈춰 버린 시간으로부터 빠져나오려 했다. 정신을 차리려고 애썼다. 억지로 눈을 뜨며 생각했다.

'우리 아빠가 자살했어. 이런 나쁜 놈들 때문에 우리 아빠가 돌아가신 거야. 보험 사기라는 범죄를 저지르고도 오히려 보험 회사를 도둑놈이라고 여기는 나쁜 놈들…

물론 덕기 씨가 그런 짓을 한 것은 아니야. 덕기 씨가 아는 다른 회사가 저지른 일이니까. 하지만 덕기 씨가 우리 아빠의 회사를 멍청한 회사라고 불렀어. 그 나쁜 놈이 저지른 보험 사기를 축하하며 건배했다고 말했어. 만약 덕기 씨의 회사도 그 나쁜 놈의 회사처럼 보험에 가입되어 있었다면 똑같이 행동했을 거라고 말했어.

아빠가 자살하신 후, 엄마는 울기만 했어. 그리고 몇 개월 후 췌장암으로 돌아가셨어. 췌장암은 치료나 수술이 까다로운 암이라고는 하지만… 엄마가 췌장암에 걸린 것은 일종의 화병이었어, 아빠가 돌아가셨기 때문에. 아, 불쌍한 우리 엄마, 아빠… 난 이런 사람을 사랑해선 안 되는 거죠? 그래, 이게 마지막 입맞춤이야. 우린 헤어져야 해.'

"덕기 씨…."

"가비야, 저… 왜 나를 '덕기 씨'라고 부르는 거야? 며칠 전까지는 '우리 여보'라고 불렀었는데, 난 그 말이 더 다정하고 좋은데."

"덕기 씨, 나 지금 집에 가봐야 해요. 미안해요, 전화할게요."

"무슨 소리야? 우리 방금 만났는데… 가비야, 왜 그래?"

"지금 말하고 싶지 않아요."

그녀는 굳은 표정으로 뛰어가 버렸다. 당황한 한덕기가 쫓아가며 말했다.

"가비야, 가비야, 왜 그래? 내가 뭐 잘못했어?"

"쫓아오지 마!"

그녀는 뒤도 돌아보지 않고 뛰어가면서 단호하게 말했다. 한덕기가 움찔하며 멈춰서서 중얼거렸다.

"가비야, 봄장미… 무슨 일일까? 말투도 바뀌었고, 이틀 전 헤어질 때도 뭔가 이상했는데… 좀 기다려 봐야 하나? 가비에게 잠시 시간을 주면 다시 내게 다가오겠지…."

한덕기는 초조한 마음으로 이틀을 기다렸다. 무엇이 잘못된 것인지 아무리 생각해도 알 수 없었다. 끊임없이 핸드폰을 확인하며 진가비의 전화를 기다렸으나, 연락이 없자 그녀에게 전화했다. 신호는 갔지만 그녀는 전화를 받지 않았다. 두 번, 세 번 전화했으나 마찬가지였다. 답답한 마음을 진정시키며 문자 메시지를 보냈다.

"가비야, 전화 안 받네… 무엇이 문제인지 알려줘. 내가 잘못한 게 있는지 또는 고쳐야 할 게 있는지. 내일 전화할게."

다음 날, 한덕기가 진가비에게 전화했으나, 그녀는 전화를 받지 않았고 대신 문자 메시지를 보냈다.

"우리 사이는 끝났어요, 무엇을 잘못했는지도 모른다니 매우 불쾌해요. 더 이상 연락하지 마세요."

한덕기는 문자 메시지를 수십 번 읽고 또 읽었다. 매일 진가비에게 전화했고 문자 메시지도 보냈지만, 그녀와 연락할 수 없었다. 애간장이 탔다. 아무리 생각해봐도 무엇이 불쾌하다는 것인지 이해할 수 없었다. 그녀와의 만남을 처음부터 몇 번이고 되새겨 봤지만, 무엇이 잘못되었는지 알 수 없었다.

'우리는 만나자마자 서로에게 빠졌다. 마치 오래 전부터 서로 알았던 사람들처럼 모든 게 익숙했다. 길을 걸어도, 사랑을 해도, 커피를 마셔도, 밤새 대화를 해도… 그런데 왜?

혹시… 그 보험 회사에 대해 말한 것이 문제였나? 언짢아하진 않았는데… 설사 언짢았다 하더라도 그건 박대리가 한 일이야. 내가 일하던 회사도 박대리네 회사처럼 보험에 가입되어 있었더라면, 나도 박대리가 했던 것과 똑같이 했을 거라고 말한 게 잘못이었을까?

첫 번째 만남은 가비의 조카가 내게 커피를 엎질렀기 때문이었고, 두 번째 만남은 공원이었어. 세 번째 만남은 가비의 집이었는데, 하긴 내가 미친놈처럼 너무 서둘렀지…. 하지만, 가비도 적극적으로 응했고, 우린 7일을 함께 보냈어. 꿈같은 시간이었어….'

진가비는 사랑과 분노 사이에서 싸웠다. 한덕기를 사랑하는 본능을 숨길 수 없었지만, 부모님을 생각하면 분노가 치밀어 올랐다. 슬픔도 컸지만, 옳고 그름을 생각하며 이겨냈다. 보험 사기를 저질러 부모님을 죽음에 이르게 한 회사와 한덕기가 직접적인 관련은 없었지만, 한덕기도 같은 부류의 사람이라는 논리로 슬픔을 짓눌렀다.

집안에 틀어박힌 채 일주일 정도 지나자 사랑은 서서히 사라지고 분노와 경멸만 남은 것 같았다.

한덕기가 진가비에게 보낸 여러 문자 메시지들 중에 이런 내용이 있었다.

"가비야, 잘 지내? 난 정말 힘든 시간을 보내고 있어. 오늘부터 매일 공원에서 가비를 기다릴게. 보고 싶어. 사랑해, 봄장미."

한덕기는 진가비와 마지막 입맞춤을 나누었던 공원 벤치에서 매일 아침부터 저녁까지 기다렸다. 그녀의 우아한 모습을 떠올리면 맑고 높은 명랑한 목소리가 들리는 것 같아 온몸이 반응하며 들떴다.

울다가 웃기도 했고, 시선을 허공에 고정시킨 채 벤치 주위를 수십, 수백 바퀴 돌기도 했는데, 공원에서 산책하고 운동하는 사람들과 여러 차례 부딪쳤다. 사람들이 이상한 눈빛으로 한덕기를 바라보기 시작했고, 누군가 경찰에 신고했는지 결국 경찰관 한 명이 나타났다. 신분증 확인 후 별 문제가 없자 경찰관은 시민들이 불편해하니 주의를 요한다고 한덕기에게 말했다.

한덕기는 자리를 옮기며 진가비에게 문자 메시지를 보냈다.

"가비야, 이제 공원에서 나를 반기지 않는 것 같아. 내일부턴 가비네 집 근처에서 기다릴게."

그 후, 한덕기는 매일 진가비가 사는 아파트 단지 내부를 서성였다. 며칠 지나자 아파트 경비원과 주민들이 한덕기를 수상하게 여겼고, 한덕기도 이들의 눈빛을 불편하게 느끼기 시작했을 때 진가비로부터 문자 메시지가 도착했다.

"당신은 저를 위협하고 있어요. 더 이상 연락하지 말라고 분명히 말했는데도 집요하게 전화하고 문자 메시지를 보내는 것은 불법입니다. 게다가 우리 집 주위를 맴돌며 저를 스토킹하고 있어요. 어떤 이유에서든 한 번만 더 연락하거나 우리 집 주위를 어슬렁거린다면 당신을 스토커로 고발하겠습니다."

반가운 마음에 문자 메시지를 확인하던 한덕기의 얼굴은 순식간에 흙빛이 되고 말았다. 엉엉 소리내어 울며 진가비에게 회신했다.

"가비야 아니, 진가비 씨, 내가 왜 스토커입니까? 사랑에 미친 남자는 스토커입니까? 우리 정말 서로 사랑했다고 생각합니다. 만나서 오해를 풀고 싶어요. 내일 아침 집 앞에서 기다릴게요."

다음 날 아침 한덕기는 진가비의 집 앞에 서 있었는데, 아파트 경비원이 다가왔다.

"저… 여기 거주하시는 분 아니지요? 주민들로부터 불편하다는 민원이 접수되어 그러는데요, 더 이상 아파트 단지 안에서 배회하지 말고 다른 곳으로 가세요. 그렇지 않으면 경찰에 신고할 수밖에 없어요."

한덕기는 창피했고 억장이 무너지는 것 같았다. 아파트 단지 밖으로 나와 잠시 걸으며 논리적으로 생각해 보려고 애썼다.

'무엇이 문제였을까? 우린 마치 오래 전부터 알았던 연인처럼 이미 서로에게 익숙했다. 모든 게 자연스러웠고, 불같이 뜨거운 사랑을 나누었다.

그런데 왜? 역시 그것 밖에 없어. 박대리네 회사가 거짓 보고서를 작성하여 보험금을 타낸 것… 내가 일하던 회사도 박대리네 회사처럼 보험에 가입되어 있었더라면, 나도 박대리가 했던 것과 똑같이 했을 거라고 말했지…. 그래, 바로 그게 문제였어. 보험 회사 이름이 진화재해상보험… 진화재… 진?'

그때 PC방 간판이 눈에 들어왔다. 망설이지 않고 PC방으로 들어간 한덕기는 진화재해상보험을 검색하기 시작했다. 1시간 넘게 검색한 후 중얼거렸다.

"진화재해상보험, 대표 진성원, 슬하에 2녀, 진가영, 진가비…
IMF 사태 이후 자금난 심각, 1999년 초 부도, 대표 진성원 투신 자
살, 5개월 후 부인 췌장암으로 사망… 역시 이거였어. 아… 이를 어
쩌나? 얼마나 힘들었을까? 미안해, 가비야….”

한덕기는 잠시 골똘히 생각하다가 무언가에 홀린 듯 지갑 속에
간직하고 있던 미래 카드를 꺼내 들고 소리 내어 읽었다.

“지혜의 왕 솔로몬인 당신에게 행운이. 험난한 길과 많은 어려움
이 있어도 전진하며 극복해야 합니다. 그 후 행복이 늘 당신과 함께
합니다… 지금 당면한 이 문제가 바로 나 솔로몬이 헤쳐 나가야 할
험난한 길과 어려움이겠지? 그럼 극복해야지… 그런데 어떻게?”

한덕기는 진가비에게 문자 메시지를 보냈다.

“가비야, 미안해. 이제 알았어, 가비의 아버님께서 바로 진화재해
상보험의 대표였다는 것을. IMF 사태를 겪으며 자금난에 시달리셨
고, 박대리네 회사의 보험 사기 때문에 회사가 부도났겠지. 물론 내
가 한 짓은 아니야. 하지만 나도 박대리와 비슷한 생각을 하던 사람
이니 내가 가비의 부모님을 돌아가시게 한 것과 크게 다르지 않아.
정말 미안해. 가비가 하라는 것은 무엇이든 다 할 테니 제발 날 용
서해줘.”

한덕기의 문자 메시지를 읽는 진가비의 눈동자에는 분노와 경멸
이 가득했다.

“한 번만 더 제게 연락하면 당신을 스토커로 고발하겠다고 이미
알렸는데도 또 다시 연락을 해오는군요. 제가 하라는 것은 정말 무
엇이든 다 할 수 있는 건가요? 그럼 이렇게 하세요.

지금 당장 한국을 떠나세요. 내 눈에 띄지 않도록 외국으로 나가

서 돌아오지 마세요. 한 번만 더 내게 연락하거나 내 눈에 띄면 당신을 스토커로 고발하고 박대리인가 뭔가 하는 사람과 그 회사도 보험 사기로 고발할 거예요.

그리고 만약에, 정말 만약에 우리가 외국에서 우연히 만난다면 우리의 인연에 대해 다시 생각해 보기로 하죠. 커피처럼 쓴 기억을 바꿀 수 있을지…."

한덕기는 진가비의 문자 메시지를 반복해서 읽었다. 굵은 눈물을 뚝뚝 흘리며 울부짖었다.

"가비야, 가비, 흑흑흑… 나의 봄장미, 나의 로사, 아… 흑흑… 엄마, 어떻게 하죠? 엄마, 너무 죄송해요. 나 다시 외국으로 나가야 할 것 같아요. 아름다운 가비를 엄마께 소개해 드리고 싶었어, 결혼해서 엄마 모시고 함께 살고 싶었어요. 아… 그 미래 카드 내용처럼 내가 지혜의 왕 솔로몬일까? 지금 이 어려움을 극복할 수 있을까? 가비를 다시 만날 수 있을까? 언제…."

크로와상(Croissant)은 커피와

2007년 5월 말 아침, 가방을 싸는 한덕기의 귀에 친숙한 기타 선율이 잔잔히 들려왔다. 클래식 기타를 연주하는 한덕기의 어머니가 또다시 해외로 나가는 아들에게 백 마디 말 대신 마음을 담아 전하는 '마술 피리'라는 곡이었다. 한덕기는 가슴이 찢어지듯 아팠지만 집을 나서며 안타까워하는 어머니에게 인사를 했다. 오랜 직장생활로 지쳐버린 심신에 활력을 되찾고 견문을 넓히기 위해 몇몇 선후배들이 거주하는 스페인으로 공부하러 간다고 말씀 드렸다.

대학에서 스페인어를 전공한 한덕기는 스페인어 사용 지역인 중미의 온두라스, 코스타리카에서 10여 년간 근무했기에 스페인 본토에 가보고 싶었다. 스페인에서 무엇이든 공부하며 공부와 관련된 것으로 기회를 만들고 또 진가비를 다시 만날 수 있는 운명 같은 날을 기대하고 싶었다.

인터넷을 통해 구매한 항공권을 인쇄했고, 기내가방 한 개와 배낭만 메고 공항으로 향했다. 공항버스의 창문으로 내리쬐는 늦봄의 아침 햇살이 따갑게 느껴졌다. 벌을 받는 기분으로 그 햇살을 받으며 지난 일을 떠올렸다. 진가비와의 첫 만남, 공원에서 두 번째 만남, 꿈결 같았던 7일 그리고 커피처럼 쓴 기억… 일장춘몽이란 말이 딱 맞았다.

12시간 소요되는 독일의 프랑크푸르트까지 우리나라 비행기로 이동한 후, 환승하기 위해 탑승구를 찾아가는데 한국인들이 제법 북적대는 탑승구가 있었다.

'터키항공, 이스탄불 행, 우리나라 여행객들이 터키의 이스탄불로 많이들 가네. 하긴 동서양이 만나는 곳이니까 볼거리가 많겠지. 터키와 스페인이 몇 차례 전쟁을 했지… 1538년 프레베자 해전에서는 터키가 이겼고, 1571년 레판토 해전에서는 스페인이 승리했지'라고 생각하며 스페인의 수도 마드리드로 가는 탑승구에 도착했다.

유럽에서 네 번째로 큰 인구 350만 명의 도시 마드리드로 향하면서도 한덕기는 왠지 터키에 대해 반복적으로 생각하고 있었다.

'프레베자 해전 당시 황제가… 그렇지, '슐레이만'. 법을 만들었기에 입법자로 유명하고, 터키 역사상 가장 넓은 영토를 다스렸어. 결혼을 안 하는 술탄의 전통을 깨고 한 여자와 결혼하여 그 여자만 끔찍이 사랑했다지….

이름이 아마 록셀라나였나? 그래, 내가 코스타리카에서 근무할 때 들은 이야기였어. 당시 공장에 록사나라는 여성 이름이 하도 많길래 이유가 무엇인지 여기 저기 물어봤더니… 로사와 아나를 합하여 록사나라는 이름이 됐다는 대답이 많았고, 또 어떤 사람은 록셀라나의 발음을 변형시킨 것이 록사나라고 했어. 록셀라나가 누구냐고 물었더니, 오스만 제국 슐레이만 황제의 부인이었다고 했어.

아, 그런데 로사든, 록셀라나든 왜 이렇게 내 마음에 울리지? 가만… 로사? 로사는 가비의 세례명인데… 가비는 가톨릭 신자이고 세례명은 로사… 나는 스페인어 이름으로 살로몬이고 우리 식으로는 솔로몬이지. 그럼… 아무 관계도 없는데… 하지만 록셀라나와 로사라는 이름은 매우 친근해. 친근하다 못해 내 가슴을 아리아리

하게 만드네…'

입헌군주제도의 나라 스페인 왕실의 상징이며 유명 관광지이기도 한 스페인 왕궁을 지나 자그마한 호텔에 여장을 푼 한덕기는 긴장도 다소 풀었다. 마드리드에 거주하는 선후배들에게 도착했음을 알렸고, 이들을 통하거나 인터넷이나 신문을 뒤져보며 자취방과 학교 또는 학원을 천천히 알아보리라 마음먹었다.

다음 날 아침, 한덕기는 호텔 직원이 추천해 준 빵집을 방문했다. 왕궁 동편 광장에서 산띠아고 성당 쪽으로 가는 레판토길에 위치해 있는데, 바게트 빵과 크로와상이 매우 유명한 곳으로 이름은 '꾸아드라 빠니스(Qvadra Panis, 옛날식으로 u를 v로 표기-저자 주)'였다.

테이블이나 의자도 없는 곳이라 크로와상과 꼬르따도(cortado: 에스프레소에 우유를 조금 섞음, 스페인에서 선호함-저자 주)를 받아 들고 벽 한 켠 턱에 걸터앉았다. 크로와상의 형태가 찌그러지지 않도록 조심하며 한입 베어 물었다. 얇은 겉 부분이 매우 바삭하여 부스러지는 소리가 났고 겹겹이 이어지는 속은 따뜻하고 부드러우며 촉촉했다. 청량음료나 주스처럼 단 음료와 먹으면 제대로 맛을 느끼지 못할 것 같았다.

크로와상은 커피와 먹어야 제격이라 생각하고 있을 때 남유럽 출신으로 보이는 한 남자가 한덕기에게 말을 걸어왔다.

"실례합니다, 여기 자리 찼나요?"

"아닙니다. 앉으세요, 의자는 아니지만요."

"어디에서 오셨어요? 스페인어를 잘하시네요."

"한국인이에요. 스페인어를 전공했고, 중미에 오래 살았어요. 제 이름은 살로몬, 그쪽은요?"

"반가워요. 저는 터키에서 왔고, 이름은 이브라힘입니다."

두 사람은 악수하며 대화를 이어갔다.

"이브라힘, 당신도 스페인어 잘 하는데요. 터키어와 한국어 모두 우랄알타이 계통이라 문장 구조가 매우 유사하다고 들었어요. 즉, 일반적인 서양 언어와 어순이 완전히 반대이기 때문에 터키인이나 한국인이 서양 언어를 배우는 것은 상당히 어렵죠."

"하하, 맞아요. 저는 대학에서 역사를 전공했는데, 약 3년 동안 스페인의 살라망까 대학교에서 공부하며 터키와 스페인의 역사를 비교하는 연구를 했어요. 이미 스페인어를 공부한 상태에서 스페인에 왔지만, 스페인에 처음 왔을 때 스페인어 익히느라 고생 꽤나 했죠. 아, 그런데… 살로몬, 당신 이름이 스페인식으로는 살로몬이고 터키식으로는 슐레이만이기 때문에 나 이브라힘은 당신 슐레이만과 함께 있을 수 없어요. 당신이 날 죽일테니까요, 하하하."

"농담이죠? 내가 왜 당신을 죽이겠어요? 아, 그보다는… 방금 슐레이만이라고 했나요? 살로몬을 터키어로는 슐레이만?"

한덕기는 소름이 오싹 끼치는 것을 느끼며 이브라힘에게 질문했다.

"맞아요, 슐레이만, 바로 지혜의 왕이죠. 스페인어로는 살로몬, 영어로는 솔로몬, 터키어로는 슐레이만으로 부르죠. 다 같은 이름이고 또, 바로 당신 이름이죠. 그리고 내 이름 이브라힘을 기독교에서는 아브라함이라고 해요."

한덕기의 날카로운 눈매가 바짝 긴장하며 번뜩였다.

"아, 그렇군요. 몰랐어요."

"이슬람교에서는 기독교와 유대교의 선지자들을 대부분 인정합니다. 그래서 이렇게 이름이 겹치기도 하지요."

"이브라힘, 질문해서 미안한데요, 슐레이만의 부인 이름이… 록셀라나… 맞죠? 혹시 로사라는 이름도 갖고 있었나요?"

"살로몬, 아니, 슐레이만, 터키 역사에 대해 공부했어요? 맞아요.
본명은 '알렉산드라 아나스타시아 리소프스카'인데, 더러는 '알렉산드라 라 로사'라고도 했어요. 아마 후자의 이름을 합쳐서 록셀라나라고 불렀을 거예요. 또는 러시아 쪽에서 왔다는 의미에서 록셀라나라고 불렀을 수도 있죠. 물론 실제로는 오늘날의 우크라이나 출신이고 당시엔 폴란드 영토였지만요.

슐레이만은 매우 훌륭하고 흥미로운 황제이자 술탄이자 칼리프였죠. 오스만 제국의 술탄들은 결혼을 하지 않았었는데, 록셀라나에게 푹 빠진 슐레이만은 주위의 만류를 뿌리치며 록셀라나와 결혼했고, 그녀 외에 다른 여자들은 거들떠보지도 않았다고 해요.

전 모르겠어요. 엄청난 권력을 가진 술탄이 정말로 한 여자만을 사랑했을까요?"

한덕기가 자리에서 일어서며 다소 굳은 표정으로 단호히 말했다.

"네, 슐레이만은 분명히 그랬을 겁니다. 록셀라나 그러니까 로사만 평생 사랑했을 거예요. 나도 그렇게 할 거니까요. 미안해요. 급한 일이 생겼어요. 지금 당장 당신의 나라 터키로 가야겠어요."

"뭐라고요? 지금 터키로? 좋아요, 무슨 일인지는 모르지만, 행운을 빌어요. 아, 그리고 이브라힘은 슐레이만의 친구이자 매부였는데, 정치적인 문제로 처형당했어요. 슐레이만이 죽인 것이죠. 뭐 우린 정치를 하는 사람들은 아니니까 아무 상관 없지만요, 하하."

이브라힘은 한덕기에게 명함을 내밀며 말을 이었다.

"이건 내 명함이에요. 이스탄불에 있는 유명한 시장 그랜드 바자르 들어봤어요? 바로 그곳에서 골동품과 장식품을 취급하는 가게를 운영하고 있어요. 내가 다음 달 터키로 돌아가니까 혹시라도 도움 필요하면 연락하세요. 우린 형제입니다, 한국과 터키는 아주 오래 전부터 형제였으니까요."

"정말 고마워요, 이브라힘. 이상하게 들리겠지만, 내 운명과 관계된 것 같아서… 두 가지만 더 물을게요. 혹시 슐레이만과 로사가 결혼했을 때 나이가 서른아홉 살과 서른세 살이었나요?"

한덕기가 이브라힘으로부터 명함을 받으며 질문했고, 동시에 '우리 나이로는 마흔 살과 서른네 살이야. 바로 나와 가비가 만났을 때의 나이'라고 생각했다.

"슐레이만, 당신 정말 터키에 대해 공부 많이 했군요. 맞아요, 정확해요."

"마지막 질문입니다. 혹시 슐레이만이 로사를 다른 별명으로도 불렀을까요? 예를 들면 봄장미…."

"귈바하르! 봄장미를 터키어로 하면 귈바하르예요. 슐레이만이 록셀라나를 부르거나 표현할 때 귈바하르라는 단어를 자주 사용했다고 해요. 어떻게 그런 것까지…."

"이브라힘, 도움이 많이 됐어요. 내가 전화할게요. 우리 이스탄불에서 식사 한번 해요. 정말 고마워요."

"천만에요, 인샬라! 인샬라는 터키어로 모든 게 신의 뜻대로 될 거라는 뜻이에요. 행운을 빌어요, 인샬라!"

"인샬라!"

한덕기도 똑같이 대답하며 모든 게 신의 뜻 안에서 이루어지기를 간절히 바랐다.

한덕기는 마음이 급해졌다. 풀었던 긴장을 다시 조이고 급히 호텔로 돌아와 인터넷을 검색하며 다음 날 이스탄불로 출발하는 터키항공의 좌석을 구매했다.

밖으로 나온 그는 중앙 광장 근처 서점으로 발걸음을 옮기며 골똘히 생각에 잠겼다.

'내 본명은 아니지만 온두라스와 코스타리카에서 많은 사람들이 나를 살로몬이라고 불렀어. 우리 식으론 솔로몬이고, 터키어로는 슐레이만. 슐레이만 황제는 전통을 깨고 결혼했어. 여러 가지 어려움과 정치적인 역학 관계 때문에 복잡했겠지만, 사랑을 포기하지 않고 결혼했겠지.

부인 이름은 알렉산드라 라 로사 또는 록셀라나. 록셀라나를 그러니까 로사를 너무나 사랑하여 엄청난 권력을 가졌음에도 불구하고 다른 여자들은 거들떠보지도 않았어. 가비의 세례명이 바로 로사…

그래, 가비와 나는 운명적으로 엮여 있는 거야. 나이도 똑같아, 슐레이만과 록셀라나가 결혼했을 때 그들의 나이와 우리 나이가 정확히 일치해. 난 마흔 살, 가비는 서른네 살.

그래서 그 미래 카드는 나를 지혜의 왕 솔로몬이라 했을 테고, 그 카드를 읽자 마자 우리는 영화처럼 만났겠지. 이미 서로 알고 있었던 사람들처럼 아니, 예전에 실제로 부부였으니까 우린 너무나 빠르게 사랑에 빠졌고, 모든 게 자연스러웠어. 우리는 7일 동안 황홀한 사랑을 나누었고… 그래, 터키로 가야 해. 그곳에서 가비를 기다

려야 해.'

한덕기는 불현듯 진가비의 마지막 문자 메시지를 떠올렸다.

'… 지금 당장 한국을 떠나세요… 만약에, 정말 만약에 우리가 외국에서 우연히 만난다면 우리의 인연에 대해 다시 생각해 보기로 하죠. 커피처럼 쓴 기억을 바꿀 수 있을지….'

한덕기는 자신도 모르게 중얼거렸다.

"가비는 부모님을 잃었어. 그 슬픔이 나를 향한 분노로 바뀌었겠지. 내가 외국에 있으면 다시는 나를 보게 되지 않을 거라 생각했을 거야. 하지만 나를 사랑하니까… 만약에 정말 만약에 우리가 외국에서라도 다시 우연히 만난다면 우리의 인연은 단순한 것이 아니라 운명일 것이다. 그렇다면 다시 사랑하는 것을 생각해 볼 수 있을 거라고 여운을 남긴 것이겠지….

그런데 가비는 내가 스페인어 전공자인 것을 알고 있어. 그러니까 내가 한국을 떠나서 스페인이나 스페인어를 사용하는 나라로 갈 것이라 짐작하겠지? 그렇다면, 가비가 해외여행을 갈 경우 스페인으로는 절대 가지 않을 거야. 그래! 난 스페인에 있으면 안 되는 거야. 외국에서 가비와 만날 수 있는 확률을 조금이라도 높이려면 스페인에 있어서는 안 돼. 터키로 가는 게 맞아. 게다가 우리의 운명이 터키와 관련되어 있어. 그래, 터키에서 공부하며 우리의 운명을 기다려 보자."

다음 날 아침, 한덕기는 배낭과 기내가방을 들고 호텔을 나섰다. 왕궁에서 가장 가까운 지하철역 오페라로 가는 길에 전날 들렀던 빵집 꾸아드라 빠니스에 다시 들렀다. 전날과 동일하게 크로와상과 꼬르따도(cortado: 에스프레소에 우유를 조금 섞음, 스페인에서 선호함-저자 주)를 주문했더니, 주인으로 보이는 여성이 에스프레소를 내리며 말을 걸었다.

"어제 주문한 것과 똑같네요. 크로와상을 좋아하나 봐요?"

"네, 좋아해요. 특히 이 가게의 크로와상이 정말 맛있군요."

"고맙습니다. 저, 혹시 크로와상이 무슨 뜻인지는 아세요?

"글쎄요, 프랑스어라는 것만⋯."

"초승달이란 뜻이에요. 아마 무슨 전쟁과 관련이 있다고 들었어요."

한덕기는 말 안 통하는 터키로 가는 것과 관련된 복잡한 걱정을 잠시 접어둔 채 크로와상을 맛있게 먹었다. 그리고 꼬르따도를 한 모금 넘기며 생각했다.

'역시 커피야. 크로와상은 커피와 잘 어울려, 그 중에서도 꼬르따도가 제격이네. 크로와상이 촉촉해서 목이 막히지 않으니까 양이 많은 아메리카노는 어울리지 않을 거야. 양이 적은 에스프레소도 좋겠지만, 에스프레소의 강한 맛이 크로와상의 맛을 방해할 수도 있겠어. 양이 적으면서 부드러운 꼬르따도가 가장 잘 어울려. 아 참, 내가 이런 한가한 생각을 하고 있을 때가 아닌데⋯ 어서 가자. 터키에 가서 적응하고 공부하며 가비를 기다리자.'

세 개의 바다를 가진 아름다운 이스탄불에 한덕기는 잘 정착했다. 마르마라해는 서남 방향 에게해(지중해의 일부)로 흐르고, 유럽과 아시아를 가르는 보스포러스해협은 동북 방향 흑해로 연결되며, 금각만은 서북 방향으로 조금 뻗어 있다. 마르마라해와 보스포러스해협 그리고 금각만을 모두 품은 곳에 세계적인 관광 유적인 소피아 대성당, 토프카프 궁전, 블루모스크와 시내 중심가가 펼쳐져 있다.

한덕기는 시내 중심가에서 마르마라해 쪽으로 조금 떨어진 곳에 작은 아파트를 임차했다. 매일 시내를 오가며 구경하고, 사진 찍고 또 터키어를 공부하며 여유 있는 듯 바쁜 시간을 보냈다.

터키인들에게 자신의 이름이 '덕기'라고 알려주면 대부분 '터키'라고 발음하는 것을 보며 '그래, 내 이름도 터키와 발음이 비슷하구나. 역시 내 운명은 터키와 분명히 관련되어 있어'라고 생각했다. 물론 한덕기는 스페인어권에서 사용하던 이름 솔로몬의 터키어 발음인 슐레이만을 자신의 이름으로 사용했다. 그리고 터키인 친구들이 한덕기를 슐레이만이라고 불러줄 때마다 한덕기는 생각했다.

'한덕기, 슐레이만… 그래 난 슐레이만이야. 슐레이만의 아내인 알렉산드라 라 로사를 다시 만나기 위해서라도 난 슐레이만이어야 해. 많은 터키인들이 존경하는 위대한 황제 슐레이만과 나를 비교할 수는 없지만, 세례명이 로사인 가비를 만나기 위해 난 슐레이만이어야 한다.'

1년 동안 터키어를 공부했다. 그리고 스페인 마드리드에서 크로와상과 꼬르따도를 먹으며 우연히 알게 되었던 이브라힘과 자주 만났다. 전 세계에서 가장 크고 오래된 실내 시장인 그랜드 바자르에서 골동품 가게를 운영하는 이브라힘은 역사를 전공했고 스페인어를 잘 했기에 두 사람은 스페인어로 또 터키어로 대화하며 우정을 쌓아 갔다.

궁금해 하는 이브라힘에게 한덕기는 자신과 진가비 그리고 슐레이만과 알렉산드라 라 로사 또는 록셀라나의 공통점에 대해 진지하게 설명했다. 한국 밖에서 자신이 사용하는 이름인 슐레이만(솔로몬)과 진가비의 세례명인 로사, 두 사람이 만났을 때의 나이, 자신이 진가비를 봄장미(귈바하르)라고 부르던 것까지.

이브라힘은 한덕기의 말을 모두 믿어 주었고, 진가비를 곧 다시 만나게 될 것이라며 늘 격려해 주었다.

그리고 "역사 속의 슐레이만과 이브라힘은 매우 가까운 친구였어. 지금 네 이름이 슐레이만이고 내 이름은 이브라힘이야. 게다가 내 나이가 너보다 한 살 많아. 500년 전 역사 속의 이브라힘과 슐레이만의 나이 차이와 똑같지. 우연이라고 하기엔 너무나 많은 게 일치하네. 우리 정말 좋은 친구로 지내자"라고 수시로 말하며 미안해하는 한덕기에게 터키의 역사는 물론, 사회와 문화 전반에 걸쳐 다양한 것을 설명해 주었기에 한덕기는 짧은 시간 동안 터키에 대해 제법 많은 것을 알게 되었다.

이브라힘의 친구들도 서너 명 알고 지내게 되었을 무렵 그 중에 한 명이 현지 관광 가이드였는데, 이 친구가 속한 여행사의 사장이 마침 한국인이었기에 자연스럽게 여행사 사장에게 인사하게 되었다.

여행사 사장은 한덕기에게 한국인 관광객들을 위한 가이드로 일해 보라고 제안했다. 그동안 공부한 것을 활용하며 돈벌이도 할 수 있는 좋은 기회였기에 한덕기는 제안을 받아들였고, 한국인 패키지 여행에 포함된 중요 관광지들을 다니면서 확인하고 체험한 끝에 2008년 여름부터 가이드로 일하게 되었다.

그리고 온두라스에서 허리케인 미치 때문에 공장이 흙탕물에 잠겼을 때 자신이 건져 낸 그 냄비를 가끔 사용했다. 허리케인이 오기 전 휴가 차 서울에 갔을 때 구입했던 그 냄비는 마침 메이드 인 터키, 터키제였는데, 라면 끓여 먹기 좋았고 작은 주둥이가 있어서 물 끓여 커피잔에 붓기도 매우 편리했다. 관광객들이 여행 끝에 선물해 주는 인스턴트 커피나 라면을 먹을 때 그 냄비를 사용했고, 그때마다 생각했다.

'이 냄비까지 터키제인 게 우연일까? 아니야, 우연이 아니야. 이건 운명이야. 가비야, 난 내가 어떤 잘못된 생각을 갖고 살았었는지 잘 알고 있고, 후회하며 깊이 반성하고 있어. 이젠 날 용서해줘. 우리의 운명이 터키와 관련되어 있어. 여기 터키에서 내 운명을 아니, 우리의 운명을 기다리고 있어…. 어서 와, 가비야. 기다릴게….'

그리고 7년이 훌쩍 지나갔다.

여행 4일차 저녁, 관광객들과 가이드 한덕기는 파란 지중해와 깊은 역사를 품은 도시 안탈리아에 도착했다. 여행 일정 내내 함께하는 현지 가이드 로리는 똑똑하고 유능했으며 한덕기와 손발이 잘 맞았는데, 로리는 카파도키아로부터 안탈리아까지 7시간 이상 소요되는 긴 여정을 감안하여 미리 호텔과 통화하며 체크인 준비를 해놓았다. 이에 일행은 호텔에 도착하자마자 짐을 풀고 석식 뷔페를 즐길 수 있었다.

식사 중 한덕기는 관광객들의 테이블을 이리저리 오가며 불편한 점은 없는지 살폈다. 그리고 잠시 고민한 끝에 관광객들에게 야간 산책을 제안했다. 패키지 여행의 프로그램과는 별도로 안탈리아의 구시가지를 산책하며 한덕기가 개인적으로 커피와 크로와상을 사겠다고 했더니 모두들 따라 나섰다.

어둠이 내린 지중해의 부드러운 향기가 가로등 불빛 사이로 퍼져 나갈 때 진가비의 눈빛에서는 더 이상 분노와 경멸은 표출되지 않았고 놀라움과 당황스러움만이 새나오고 있었다.

가로등 불빛 사이 카페 'Kahve(카흐베 또는 카훼)'의 낭만적인 테라스에 자리 잡은 일행은 안탈리아의 아름다움에 흠뻑 젖었다. Kahve는 터키어로 커피라는 뜻인데, 좋은 원두를 사용하여 깔끔한 맛의 에스프레소를 제공하는 곳이었다.

한덕기의 제안으로 모두 꼬르따도를 마시기로 했으나, 스페인과는 달리 꼬르따도가 없기에 에스프레소를 주문하며 별도로 따뜻한 우유를 추가로 주문했고, 한덕기가 우유를 진가비의 친구에게 건네며 부탁한다는 눈빛을 보냈다. 진가비의 친구가 적당한 양의 우유를 에스프레소에 섞기 시작하자 진가비도 우아한 동작으로 꼬르따도를 만들기 시작했고, 그녀의 얼굴에 우아한 미소가 빠르게 스쳐지나갈 때 카페 주인이 크로와상을 가져왔다.

한덕기가 잠시 망설이는 듯 불안한 눈빛을 보일 때 카페 안쪽 어디에선가 부드러운 클래식 기타 선율이 들려오기 시작하자 이내 마음을 다스렸는지 무언가 결심한 듯한 눈빛으로 입을 열었고, 모두들 한덕기를 주시했다.

"아름다운 밤에 아름다운 분들과 이렇게 아름다운 시간을 갖게 되었습니다. 여기 바리스타 선생님 두 분이 꼬르따도를 만들어 주셨는데요, 저는 개인적으로 크로와상은 커피와 잘 어울린다고 생각합니다. 특히 꼬르따도와 가장 잘 어울리지요. 모든 분들께서 저를 기대에 찬 눈빛으로 바라보시니 오늘 밤엔 지금 드시고 있는 크로와상에 얽힌 이야기를 해드릴까 합니다.

　어젯밤 제가 오스만 제국 그러니까 터키가 1529년 오스트리아를 침공하여 비엔나를 포위했던 역사적 사건에 대해 설명해 드렸는데요, 이뿐만 아니라 1683년에 두 번째로 비엔나를 포위합니다. 그런데 비엔나는 이스탄불로부터 상당히 먼 거리에 위치해 있기 때문에 터키는 당연히 속전속결을 원했을 것입니다. 터키인들이 존경하는 위대한 황제 슐레이만이 1차 비엔나 포위 작전에서 실패했던 것도 먼 거리를 이동한 상태에서 비가 퍼붓고, 10월 밖에 안 되었는데도 눈이 내리며 추위가 일찍 찾아왔기 때문이었죠. 이에 1차 비엔나 포위 작전으로부터 150여 년이 지난 1683년, 메호메트 4세는 신속히 비엔나를 점령하기 위해 일찌감치 땅굴을 파기 시작합니다….”

　한덕기는 불안과 초조, 걱정과 두려움이 뒤섞인 듯한 눈빛으로 간혹 진가비를 바라보며 이야기를 이어갔다.

　1683년 비엔나를 다스리던 합스부르크 왕가는 오스만 제국의 2차 침공에 맞서며 특히 땅굴을 경계했는데, 땅굴을 발견하는 사람에게 지위고하를 막론하고 큰 상을 내리겠다는 내용을 발표한다.

　어느 고요한 새벽, 부지런히 밀가루 반죽을 하던 피터 벤더라는 이름의 제빵사가 땅 아래로부터 어떤 울림을 느꼈고 이를 의심하여 보고하게 된다. 이에 비엔나 측이 거꾸로 파 들어가 땅굴을 발견했고, 이를 차단하고 기를 꺾었으며, 폴란드 군의 지원까지 받아 결국 오스만 제국의 침공을 막아낸다.

　전쟁이 끝난 후 제빵사의 공을 치하하는 자리에서 제빵사는 자신이 받고 싶은 것은 전혀 없다고 말하며 단지 나라를 위해 빵을 하나 만들게 해달라는 청을 한다. 그리고 이 제빵사가 만들어 바친 빵이 바로 크로와상인데 초승달이라 불렀다.

이유는 오스만 제국의 깃발에 그려져 있는 초승달 즉, 오스만 제국의 상징이기도 한 초승달 모양으로 만든 빵을 씹어 먹으며 오스만 제국과 이슬람교도들의 침략을 잊지 말자는 의미를 부여하기 위함이었다. 이때부터 비엔나에서 초승달 모양의 빵이 널리 퍼져 나지기 시작한다.

그리고 약 90여 년이 지난 후, 합스부르크 왕가 마리아 테레사 왕비의 열여섯 자녀 중 열다섯 번째인 마리앙투아네트가 1774년 열네 살의 나이로 프랑스의 루이 16세에게 시집을 간다. 200년 이상 전 세계를 호령하던 스페인의 힘이 조금씩 약화되고 1700년대 초반부터 문화와 군사 강국으로 떠오르던 프랑스 측의 요구로 마리앙투아네트는 실오라기 하나 걸치지 못한 채 프랑스 국경을 통과했다고 알려지는데, 이는 합스부르크의 모든 것을 잊고 프랑스인이 되어야 한다는 의미였다고 한다.

루이 16세는 마리앙투아네트를 사랑했으나 그녀는 늘 우울했고 고향 비엔나를 그리워했다. 이에 루이 16세가 마리앙투아네트를 기쁘게 해주기 위해 비엔나의 음식을 만들어 주리라 결심하며 실행에 옮겼고, 요리사들이 비엔나로 파견 나가 배워 온 음식 중에 초승달 모양의 빵이 포함되었는데, 이를 불어로 크로와상(초승달)이라 부르게 된다.

흔히 역사에 전해지는 마리앙투아네트가 괴팍하고 사치스러웠으며 심지어 빵이 없어 백성이 굶주린다는 말에 '빵이 없으면 케이크를 먹으라고 해라'는 어처구니 없는 말까지 했다고 알려졌지만, 어디까지가 사실인지 정확히 알 수 없다. 실제로 마리앙투아네트가 헐벗고 굶주린 아이들을 궁전으로 데려가 씻기고 입히며 음식을 먹였다는 기록도 있고, 일반적인 왕비들 수준의 사치를 넘어서지 않았다고도 한다. 1699년 '스페인 왕위 계승 전쟁'이라는 어처구니 없는 전쟁이 유럽에서 벌어졌는데, 스페인 왕위 계승을 둘러싼 국가 간 이해 관계 때문에 발발한 것으로 이 전쟁에서 스페인과 프랑스가 한 편이었고, 영국, 네덜란드, 합스부르크가 다른 한 편이었는데, 마리앙투아네트가 프랑스의 적국이었던 합스부르크 출신이었기에 그녀에 대한 나쁜 기록이 더 많이 남았을 가능성도 있다.

"1789년 프랑스에서 역사적인 시민대혁명이 일어났지요. 왕정이 폐지되고, 루이 16세와 마리앙투아네트는 단두대의 이슬로 사라졌지만, 베르사유 궁전에서 마리앙투아네트의 옷을 만들던 궁정 디자이너 로즈베르탱이 패션을 발전시켰다 합니다. 이에 프랑스의 파리가 패션을 주도하는 도시가 되었다고 하니, 오늘날 크로와상 하면 프랑스를 떠올리는 것까지 고려하면 마리앙투아네트가 프랑스에 어느 정도 공헌했다고 볼 수도 있겠습니다.

지금까지 말씀 드린 내용은 이브라힘이라고 하는 저의 가장 친한 터키인 친구로부터 들은 것인데요, 사실 오래된 이야기이므로 다소 부정확한 것이 포함되었을 수도 있습니다.

그리고 이런 내용 때문인지는 몰라도 터키에는 크로와상을 파는 곳이 많지 않습니다. 터키는 오래 전부터 다양한 종류의 빵을 만들어 왔고 심지어 패스트리를 처음 만든 곳도 터키라고 알려져 있지만, 그 옛날 비엔나 사람들이 터키의 상징인 초승달 즉 크로와상을 씹어먹겠다는 의미를 부여해서 그런지 터키에서 초승달 모양의 크로와상을 찾아보기가 쉽지 않습니다. 물론 개인적인 의견입니다.”

부드러운 꼬르따도와 바삭하면서 촉촉한 크로와상을 즐기던 관광객들이 잔잔한 박수를 보낼 때 한덕기의 입술과 손 그리고 눈빛이 파르르 떨렸다. 박수 소리가 끝나자 클래식 기타의 선율이 또렷해졌는데 마침 한덕기의 어머니가 연주하셨던 ‘마술 피리’였다. 불현듯 그는 기타를 연주하시던 어머니가 간혹 해주셨던 말씀이 떠올랐다.

‘우리 아들, 덕기야, 늘 솔직한 사람이 되렴. 대화할 때는 지위고하를 막론하고 늘 솔직한 감정으로 들으며 묻고 대답하는 것이 좋아.’

그는 잠시 눈을 감았다가 천천히 눈을 뜨며 결연한 눈빛 그리고 간절한 눈빛을 진가비에게 고정시켰다.

10초, 20초, 30초… 멈춘 듯한 시간이 아주 천천히 지날 때 잠시 웅성대던 사람들의 시선이 진가비에게 쏠렸고, 당황한 그녀는 눈을 감아버렸다. 그리고 잠시 생각했다.

‘왜? 도대체 왜 나를 그런 눈빛으로 바라보는 거야… 도대체 왜 예전보다 더 멋있는 모습으로 내 앞에 나타난 거야… 나만 기다린 것일까? 우리가 다시 운명처럼 만날 거라 생각하면서? 내가 저 사람에게 한국을 떠나라고 말했어… 그리고… 만약에, 정말 만약에 우리가 외국에서 우연히 만난다면 우리의 인연에 대해 다시 생각해 보기로 하자고 말했어. 그럼, 커피처럼 쓴 기억을 바꿀 수 있을지도 모른다고… 우리가 헤어진 후, 난 바리스타가 되었고 커피의 맛이 쓰다는 표현을 가장 싫어했지. 그래서 내 친구와 카페 ‘가비’

를 연 후에 신맛과 단맛이 어우러지는 좋은 커피를 만드는 것이 즐거웠어… 심지어 커피에서 쓴맛이 나지 않았으면 좋겠다는 생각도 많이 했어. 커피처럼 쓴 기억을 바꾸고 싶어서…'

복잡한 생각에 잠긴 진가비를 세차게 흔들어대는 한덕기의 목소리가 울렸다.

"귈바하르! 터키어로 봄장미라는 뜻입니다. 바로 저기 앉아 있는 바리스타 선생님, 진가비 씨가 제 봄장미입니다."

진가비의 친구를 비롯한 모든 사람들이 놀란 눈빛으로 진가비와 한덕기를 번갈아 가며 쳐다보고 있을 때 진가비는 '아… 봄장미, 예전과 똑같아, 이 말을 들으면 입 맞추고 싶어… 아빠, 엄마, 난 어떻게 하면 좋아? 저 사람이 운명처럼 또 나타났어요….'라고 속으로 중얼거렸다.

"죄송합니다, 정말 죄송합니다. 여기 계신 모든 분들께 진심으로 죄송하다는 말씀을 드립니다. 제가 이번 여행을 책임지고 있는 가이드이기 때문에 정말 이러면 안 되는데요… 진가비 씨와 저의 인연은 운명입니다. 저희는 사랑하는 연인이었습니다. 제가 진가비 씨에게 큰 상처를 줬고 그래서 어느 나라로 간다는 말도 없이 한국을 떠나야 했습니다. 그럼에도 불구하고 만약에 외국에서 우리가 다시 만난다면 우리의 인연에 대해 다시 생각해 보자고, 커피처럼 쓴 기억을 바꿀 수 있을지도 모른다고 진가비 씨가 말했지요."

한덕기는 천천히 진가비 쪽으로 걸어가며 말을 이었다.

"그런데 이번 패키지 여행에 진가비 씨가 포함되어 있었고 저는 놀랍고 당황스러웠지만, 확신할 수 있었습니다. 우리의 인연은 운명 아니, 필연적으로 정해진 것이라고요.

그리고 지금 우리가 마신 커피의 맛이 쓰지 않습니다. 일반적으로 유럽에서는 고급 원두를 사용하지 않기 때문에 신맛이나 단맛은 나지 않고 쓴맛만 나는 경우가 대부분인데, 오늘 우리가 마시는 이 커피는 신맛과 단맛의 균형이 잘 잡혀 있습니다. 커피처럼 쓴 기억을 바꾸라는 계시 같기도 합니다.

지금 제 행동은 분명히 가이드로서 해서는 안 되는 것입니다. 하지만 저는 지금 이렇게 할 수밖에 없어요… 여기 계신 모든 선생님들께 제가 분명히 약속 드립니다. 최고의 여행이 되도록 최선을 다하겠습니다."

진가비 앞까지 다가온 한덕기의 눈에서 굵은 눈물이 뚝뚝 떨어지고 있었다. 무릎을 꿇으며 떨리는 목소리로 말했다.

"가비야, 미안해. 진심으로 사과할게, 내가 잘못했어. 이젠 나를 용서해주면 안 될까? 이번 여행 끝날 때까지 나를 용서해주면 내가 가비를 위해 무엇이든 다할게. 2007년 한국을 떠났을 때 스페인으로 갔지만, 도착한 바로 그날 아주 우연히 우리의 인연은 또 우리의 운명은 터키와 관련되어 있다는 것을 깨닫게 되었어. 바로 다음 날 터키로 왔고, 난 지난 날 나의 잘못된 생각을 반성하며 네가 나타나기를 기다렸어. 가비 네가 분명히 나타날 거라는 믿음을 버리지 않고…."

긴 적막이 흘렀다. 관광객들 모두 놀랍고 안타까운 표정으로 두 사람을 지켜보고 있었다. 그때 진가비의 친구가 일어서며 적막을 깼다.

"저… 제가 끼어들 자리는 아닌데요… 제 친구 일이라서 한 말씀 드리겠습니다. 아시다시피 저희가 바리스타인데요, 저희가 8년 전

'가비'라는 카페를 열고 지금까지 운영하면서 처음으로 해외 여행을 나왔는데, 터키를 택한 이유는 오늘날 커피와 가장 유사한 방법으로 커피를 처음 마셨던 사람들이 바로 터키 사람들이기 때문입니다.

그런데 여기 터키에서 이런 일이 벌어지다니… 제 친구 진가비가요, 온몸을 다 바쳐 사랑하고 싶은 사람을 쫓아 보냈다고 말하며 슬피 운 적이 여러 번 있어요. 아마도 여기 있는 한선생님이 그 사람인가 보네요. 제 친구 일이라서가 아니라 여기 무릎 꿇고 있는 한선생님을 보니 진심이 느껴져요… 이 두 사람을 응원하고 싶어요. 한선생님이 우리의 여행을 최고로 만들어 주겠다고 말씀하셨으니까 우리들 중에서 어느 누구도 지금 이 일을 문제 삼지 않았으면 좋겠어요. 혹시라도 여행 끝난 후에 가이드가 손님과 연애했다고 여행사에 항의하실 분이 있다면, 저희 카페로 오세요. 제가 열 잔이든 백 잔이든 원하시는 대로 커피를 무료로 드리겠습니다."

사람들이 부드러운 응원의 박수를 보낼 때 지중해로부터 불어오는 포근한 미풍이 간절한 두 연인에게 사랑과 용서를 보냈다.

커피와 여행

사랑이 담긴 커피잔

한덕기는 관광객들에게 최선을 다했고 여행은 성공적이었다. 모두들 즐거운 시간을 보냈으나, 진가비는 사랑과 용서 사이에서 갈등하며 괴로워했다. 한덕기는 수시로 진가비를 쳐다보며 간절히 소망했다.

'가비야, 나의 봄장미… 이젠 제발 나를 용서해줘. 내가 너를 봄장미라고 부를 때마다 입 맞추고 싶다고 말했었지… 봄장미… 하루에 열 번, 백 번이라도 봄장미라고 부를게, 나의 봄장미…'

7박 8일의 일정이 모두 지난 8일차 마지막 날, 일행은 전 세계에서 가장 크고 오래된 실내 시장인 그랜드 바자르에서 한 시간 동안 자유 시간을 즐겼다.

출입구만 열여덟 개에 길이 예순다섯 개나 되는 그랜드 바자르에서 혹시라도 관광객들이 길을 잃을 수 있으므로 1번 출입구와 7번 출입구 간에 가장 넓은 길에서만 구경하고 쇼핑할 것을 권유한 한덕기의 말을 진가비는 순간 망각했다. 그녀는 마치 무엇에 끌리기라도 한 듯 복잡한 길을 이리저리 헤매며 자신도 모르는 사이에 이브라힘이 운영하는 골동품 가게 앞으로 다가갔다.

마침 이브라힘이 가게 안에서 밖을 바라봤고, 고개를 갸우뚱하며 생각했다.

'한국인이겠지? 삼천오백 개에 이르는 가게들 중에 하필 내 가게 앞에 오다니… 보통 한국인 가이드들은 관광객들이 길을 잃을까 염려하여 안쪽 길로는 안내하지 않는데… 물론 개인 관광객일 수도 있지만, 저 눈빛은 길을 잃은 것도 특정 물건을 찾는 것도 아니군. 아, 그래! 어쩌면 슐레이만이 자주 말하던 진가비… 진가비 씨 아닐까?'

이브라힘이 가게 밖으로 몸을 반쯤 내밀며 한덕기로부터 배운 몇 마디 한국말을 던졌다.

"안녕하세요? 들어오세요."

"아… 네, 한국말을 하시네요."

진가비는 주저하지 않고 가게 안으로 들어섰다.

"당신은 진가비 로사입니까?"

"아니, 어떻게 제 이름을….."

"아… 내 이름 이브라힘입니다. 슐레이만, 아… 한덕기 친구. 아무것도 묻지 마세요. 당신들 부부입니다."

이브라힘은 늘 준비해 두었던 물건을 금고에서 꺼내 들어 보이며 당황하는 진가비에게 영어로 말했다.

"이 커피잔은 사랑이 담긴 커피잔입니다. 슐레이만 황제와 그의 부인이었던 알렉산드라 라 로사가 16세기에 사용했던 것이죠. 황실에 대대로 전해졌는데, 1922년 오스만 제국이 무너질 때 궁전을 탈출하던 마지막 술탄 메흐메트 6세가 당시 시종으로 일하던 제 증조부에게 선물했습니다. 그리고 당신 이름이 로사이니까 지금부턴 당신이 이 커피잔의 주인입니다. 자세한 이야기는 슐레이만, 그러니까 한덕기로부터 들으세요."

얼떨결에 커피잔을 받아 든 진가비는 어안이벙벙했다. 도대체 무슨 말을 하는지 이해할 수 없었고 왜 자신이 보석까지 박혀 있는 이런 고급스런 커피잔의 주인인지도 알 수 없었다.

그때 한덕기가 가게 안으로 들어왔다. 진가비가 넓은 길에서 벗어나 작은 길로 들어서는 것을 보고 걱정이 되어 그녀를 멀찌감치 쫓아왔던 것이다.

급한 상황에선 터키어보다 스페인어가 수월한 한덕기가 이브라힘에게 스페인어로 빠르게 물었다.

"이브라힘, 잘 있었어? 어떻게 로사가 이곳으로 왔지?

"슐레이만, 이 모든 게 신의 뜻이야. 기억나? 내가 몇 번 말했는데, 지금 진가비가 들고 있는 바로 이 커피잔이 슐레이만과 록셀라나가 사용하던 커피잔이야, 사랑이 담긴 커피잔. 지금부턴 너희들 것이야. 어서 이 잔에 커피를 마시도록 해. 너희들이 다시 사랑하고 또 결혼도 했으면 좋겠어, 인샬라!"

이브라힘이 한덕기와 진가비를 향해 결연한 표정과 함께 따뜻한 미소를 보낼 때 진가비가 한덕기를 바라보며 말했다.

"저… 덕기 씨, 뭐가 뭔지 모르겠지만… 이번 여행 첫째 날 공항에서 덕기 씨를 본 순간부터 우리의 인연에 대해 생각해 봤어요. 도대체 어떻게 또 만날 수 있을까? 상상조차 하기 힘든 일이 일어난 거죠… 그리고 저 사람이 어떻게 제 이름을 아는지 또 어떻게 저를 한 번에 알아봤는지, 왜 덕기 씨와 저를 부부라고 하는지 그리고 이 사랑이 담긴 커피잔은 무엇인지…."

한덕기는 '내 온몸이 반응하며 들뜨고 있어, 가비의 맑고 높은 명랑한 목소리 때문이야. 물론 지금 가비가 명랑한 상태는 아니지만 내겐 가비의 목소리가 명랑하게 들려'라고 생각하면서 아무 말도 하지 못한 채 진가비의 다음 말을 기다렸다.

"저… 오늘 귀국하지 않을래요. 여기 터키에… 덕기 씨가 있는 터키에 남을래요."

한덕기는 안도와 흥분이 교차되는 표정으로 진가비의 손을 꼭 잡더니 가게 밖으로 나가며 이브라힘에게 큰소리로 말했다.

"이브라힘, 고마워. 정말 고마워. 내가 연락할게."

"고맙긴, 친구끼리. 그보단 슐레이만, 제발 날 죽이지나 마, 하하하."

"걱정 마. 난 정치는 안 하니까 너와 싸울 일은 없지, 인샬라!"

1차세계대전 후 연합국 측의 영국에게 잠시 빼앗겼던 이스탄불을 되찾고 그리스의 침략까지 격퇴하며 1923년 이슬람 세계 최초로 민주 공화국을 건설한 터키의 국부 무스타파 케말 파샤 아타튀르크의 이름을 딴 아타튀르크 공항에서 한덕기는 관광객들에게 정중히 인사했다.

진가비는 한덕기 옆에 남았고, 진가비의 친구를 비롯한 관광객들은 두 사람에게 따뜻한 미소와 격려의 박수를 보낸 후 출국했다.

한덕기는 말없이 진가비의 손을 부드럽게 잡으며 공항 밖으로 걸어나갔다.

"저… 덕기 씨, 지금 어디로 가는 거예요?"

한덕기는 대답하지 않고 택시를 잡았다. 택시기사가 가방을 트렁크에 싣는 동안 한덕기는 문을 열어 진가비가 올라탈 수 있도록 도와주었다.

"저… 덕기 씨, 오늘 제가 묵을 숙소가 필요한데요…."

잠시 침묵이 흐르는 동안 한덕기가 입을 꾹 다물고 있자 진가비가 다시 말했다.

"공항 근처에 호텔을 예약했으면 좋겠는데요, 이렇게 계속 멀리 가면 안 되는데…."

"가비야, 오른쪽이 바로 마르마라해야. 이스탄불로부터 동북 방향에 있는 검은 바다 흑해의 색깔과는 대조적으로 지중해는 색깔이 밝고 하얗다고 해서 예로부터 백해라 부르기도 했는데, 그 중간에 위치한 마르마라해는 색깔도 중간인 것 같아. 지중해가 아름답지만, 난 바로 이 마르마라해를 더 좋아해. 바로 저기 왼쪽에 내가 사는 아파트가 있는데, 난 시간 날 때마다 여기 오른쪽 바닷가 카페까지 걸어와서 커피를 마시거나 책을 읽곤 해. 또 저쪽 바닷가 공원에서 뛰기도 하고. 하지만 내가 가장 좋아하는 것은 마르마라해를 바라보는 거야. 그냥 하염없이 바라보면서 8년 전 너와 함께 보냈던 7일을 되살려 기억하고 네가 내 앞에 분명히 나타날 거라 믿으며 너를 다시 만날 좋은 날을 기대해 왔어."

진가비는 아무 말도 할 수 없었다. 한덕기를 따라 택시에서 내린 후 그가 이끄는 대로 바닷가 카페의 탁 트인 테라스에 앉았다.

한덕기가 에스프레소를 주문했고, 잠시 후 에스프레소 두 잔이 테이블에 놓여졌다.

"가비야, 아까 그랜드 바자르에서 이브라힘이 준 커피잔 꺼내 볼래?"

진가비가 커피잔을 꺼내 놓으며 말했다.

"사랑이 담긴 커피잔? 여기… 이 커피잔 굉장히 고급스러워 보여요. 이렇게 큰 보석까지 박혀 있는 것을 돈도 안 내고 그냥 받아도 되는 건지 모르겠어요."

"1922년 11월 1일, 아타튀르크를 지지하게 된 국민의회가 술탄의 존재를 부정하는 결정을 내리자 마지막 술탄 메흐메트 6세는 돌마바흐체 궁전을 탈출했지. 그때 가장 가까이에서 자신을 모시던 시종에게 보석이 박혀 있는 이 커피잔을 선물로 줬대. 그 시종이 바로 이브라힘의 증조부였어.

역사를 공부한 이브라힘은 골동품 가게를 운영하면서도 이 커피잔만큼은 절대 매매의 대상으로 여기고 싶지 않았다고 해. 언젠가 진정한 주인이 나타날 수 있다는 다소 황당한 생각을 막연히 하면서 지금까지 보관해 온 것이겠지. 바로 우리를 위해서…."

한덕기가 에스프레소 두 잔을 에메랄드빛 보석이 박힌 커피잔에 부으며 말했다.

"이 잔이 바로 터키 역사상 가장 위대한 황제였던 슐레이만과 그의 부인 알렉산드라 라 로사가 16세기에 사용했던 커피잔이야, 사랑이 담긴 커피잔… 내가 외국인들과 대화할 때 사용하는 이름이 스페인어로는 살로몬 그러니까 솔로몬이란 것 기억나? 가비야, 내가 너를 처음 만나기 직전 바로 그 쇼핑센터에서 충동적으로 구매한 미래 카드에 '지혜의 왕 솔로몬'이라 적혀 있었다고 말한 것도 기억나?"

"네, 기억나요. 돌아가신 부모님을 생각하며 덕기 씨를 원망했지만 아니, 원망하려고 노력했지만… 우리 둘이 나누었던 모든 이야기를 기억해요."

"솔로몬을 터키어로 슐레이만이라고 해. 그러니까 나는 슐레이만 그리고 너는 가톨릭 세례명으로 로사… 이상하게 들리겠지만, 전생에 우리가 바로 슐레이만 황제와 알렉산드라 라 로사 황후였을 거라고 나는 믿고 있어. 가비야, 우리 커피 마실까?"

한덕기가 에스프레소를 한 모금 마시더니 진가비에게 커피잔을 건넸다. 어리둥절해하는 그녀도 한 모금 마셨다. 그리고 한 모금 더 마시더니 중얼거렸다.

"아, 이게 무슨 맛이지? 너무 맛있어요…. 내가 지금까지 수만 번 이상 에스프레소를 만들었지만, 이런 커피 맛은 처음이야…."

"그래, 정말 맛있네. 내가 이 카페에 백 번도 더 왔을 텐데 이렇게 커피 맛이 좋았던 적은 없었어. 바로 이 사랑이 담긴 커피잔 때문이 겠지."

한덕기가 진가비로부터 커피잔을 받아 들어 한 모금 더 마셨고 다시 그녀에게 커피잔을 건네면서 말했다.

"음… 무언가에 취하는 느낌이야."

진가비는 남은 에스프레소를 모두 마셔버리더니 마치 환상 속을 헤매는 듯한 표정으로 변하며 말했다.

"우리 여보는 여전히 멋있어요. 여보, 정말 나만 기다렸지?"

진가비는 의자에서 일어나 몇 걸음 옮기더니 나비처럼 사뿐히 한덕기의 무릎 위에 올라앉았다. 그리고 두 팔로 그의 목을 감싸 안으며 속삭였다.

"우리 여보 아파트로 가요, 빨리… 나 뜨거워진 것 같아…."

한덕기는 테이블 위에 커피값을 넉넉히 놓더니 진가비를 업었다. 주위 사람들이 이들을 쳐다봤지만 아랑곳하지 않았다. 주위를 의식 하지도 못했다. 진가비는 한덕기의 어깨와 목 사이에 얼굴을 파묻은 채 진한 숨결을 보냈고, 그는 그 숨결을 연료 삼아 추진력을 얻었다. 한 손엔 그녀의 가방까지 든 채 빠르게 걸어 아파트 건물에 도착했고 엘리베이터에 탔다.

"안아줘요…."

"가비야, 나의 봄장미…."

"아… 이 말을 들으면 입 맞추고 싶어."

엘리베이터 안에서 두 사람이 포옹하며 서로의 입술을 찾았다. 8년 반 만에 만났지만 전혀 어색하지 않았다. 서로에게서 은은한 커피의 맛과 향을 느꼈다. 커피가 두 사람의 온몸 구석구석으로 흐르며 미세한 신경까지 자극했다. 진가비가 두 팔로 한덕기의 목을 감싸며 힘을 주자 그는 그녀를 안은 채 들어 올렸고, 그녀는 두 다리를 들어 그의 등 뒤로 돌리며 매달렸다. 7층에 도착하며 엘리베이터 문이 열렸다.

"자, 도착했어. 8년 넘도록 너만 기다리면서 여기 살았어. 이젠 여기가 우리의 천국이야. 사랑해, 가비야. 사랑해, 봄장미."

"아, 봄장미…. 난 이 말이 너무 좋아. 우리 여보 사랑해, 안아 줘요. 나를 더 뜨겁게 해 줘."

슐레이만과 록셀라나

"폐하, 저는 알렉산드라 라 로사라고 합니다. 이브라힘 파샤(신분 높은 사람에게 붙이는 칭호-저자 주)께서 오늘밤 폐하의 침실에 들라고 했습니다."

스페인 왕 까를로스 1세가 합스부르크의 왕을 겸했고 합스부르크에 자신의 동생인 페르난도를 파견한 후부터 합스부르크가 부적용감해졌다는 생각을 골똘히 하고 있던 슐레이만은 깜짝 놀라 고개를 들었다.

"으흠, 무어라 했소? 그대 이름이 알렉…."

"알렉산드라 라 로사입니다. 간단히 록셀라나라고 부르셔도 됩니다."

슐레이만은 터키 역사상 가장 넓은 영토의 황제이고 세상 군주들에게 왕위를 나누어 주는 위대한 술탄이며 이슬람 세계의 최고 지도자인 칼리프였는데 그의 말이 채 끝나기도 전에 당돌하게 대답하는 록셀라나가 전혀 거슬리지 않았다.

그녀는 뛰어난 미인은 아니었으나 매우 우아했다. 그리고 그녀의 맑고 높은 명랑한 목소리를 듣는 순간 온몸이 반응하며 들떴다. 그런 기분은 처음이었다. 술탄으로서의 체면을 유지해야 한다는 이성을 잃어버린 듯 말이 튀어나왔다.

"록셀라나…. 그대의 우아한 모습과 잘 어울리는 이름이오. 로사라는 이름도 좋고. 그대의 목소리가 참으로 맑고 높고 명랑하군."

"감사합니다, 폐하. 제가 몇 달 전 하렘(술탄 또는 술탄의 가족과 여인들만 거주하는 공간-저자 주)에 왔는데, 사람들이 제가 명랑하다며 '후렘'이라 부릅니다."

"후렘? 명랑한 여인이란 뜻이지…. 그것도 좋은 이름이오."

슐레이만은 자신의 의지와는 상관 없이 자리에서 벌떡 일어나 록셀라나에게 다가갔고, 그녀의 눈을 바라보며 손을 잡으려다 멈칫했다. 그녀의 에메랄드빛 눈동자가 너무 아름다워 함부로 다루고 싶지 않았기 때문이다.

"여기 이 로사 다마세나(꽃송이가 큰 장미의 종류, 장미오일의 원료-저자 주) 옆 카펫 위에 앉으시오, 후렘 록셀라나…. 카펫은 그 옛날 초원을 누비던 유목민, 바로 우리의 조상인 투르크인들이 처음 만들어 게르 안에서 사용했던 것이오. 서쪽으로 이동하며 셀주크 제국을 세웠고, 이슬람교를 받아들이며 모스크에서 기도하고 절할 때 카펫을 사용하게 되었소. 그리고 우리 오스만 제국의 장인들이 여러 방법으로 발전시켰는데, 지금 이 카펫은 비단과 대나무를 섞어 만들었어요. 자, 한 번 봐요. 이렇게 또 저렇게…. 그렇지. 어때요? 보는 각도에 따라 색깔이 변화하지요?"

"네, 폐하. 정말 그렇습니다. 색깔이 변화하는 것이 마치 사계절의 변화 같기도 합니다."

어떤 술탄이냐에 따라 수십 명에서 수백 명에 이르는 여인들이 하렘에 거주하는데, 그들은 그저 술탄에게 봉사하고 아이를 나을 뿐 자신의 생각을 표현하지 않았다. 그런데 록셀라나는 달랐다. 당돌할 뿐만 아니라 자신 있게 의견을 말했는데 바로 이 점이 슐레이만의 마음을 설레게 했다.

"록셀라나, 로사라고 불러도 되겠지…. 이름 두 개가 모두 친근한데 여기 이 로사 다마세나 꽃 때문이지 로사라는 이름이 더 어울리는 듯하오."

"네, 폐하, 로사라고 부르소서. 제 아버지는 그리스정교의 사제입니다. 그래서 많은 사람들이 저를 로사라고 불렀습니다."

"로사, 후렘 로사, 하하하…. 우리 오스만 제국에는 그리스정교, 가톨릭 또 유대교도 있지만, 이슬람교가 가장 중요하오. 더군다나 나는 이 세상 이슬람 국가들에 사는 모든 무슬림들의 최고 지도자인 칼리프 직을 맡고 있는데 당신은 스스로 당당하게 그리스정교 사제의 딸이라고 말하는군, 하하하."

"폐하, 이슬람교를 믿는 무슬림, 그리스정교 신자, 가톨릭 신자 그리고 유대인까지 모두 동일한 유일신을 믿고 있습니다. 종교에 따라 또 언어와 문화에 따라 유일신을 부르는 방법이 다를 뿐이지요. 심지어 가브리엘 대천사도 동일하지 않습니까? 성모 마리아에게 예수 그리스도의 수태를 알린 천사도, 이슬람교를 창시한 마호메트에게 계시를 전한 천사도 모두 가브리엘 대천사였지요."

"하하하, 그래요, 소식을 전하는 가브리엘 대천사가 공통이지요. 음, 그런데… 로사, 당신은 공부를 많이 한 것 같군. 나는 당신과 대화하는 게 매우 즐겁소."

"감사합니다, 폐하."

"잠깐만! 로사, 부탁이오. 이제부턴 나를 폐하라고 부르지 말아요. 슐레이만이라고 불러주기 바라오."

"네, 슐레이만."

록셀라나는 단 1초도 머뭇거리지 않았다. 맑고 높은 명랑한 목소리로 오스만 제국 황제의 이름을 불렀다, 온 유럽을 벌벌 떨게 만든 대 오스만 제국 황제의 이름을.

슐레이만은 또다시 온몸이 반응하며 들뜨는 것을 느꼈다. 그녀의 에메랄드빛 눈을 바라봤는데 갑자기 몸이 뻣뻣해지며 뜻대로 움직이지 않는 것 같았다. 슐레이만의 눈을 마주 바라본 록셀라나도 마찬가지였다. 공간의 압력이 그들을 짓누르고 있었다. 부자연스런 몸이 답답했던 슐레이만은 구부리고 있던 다리를 억지로 펴다가 자신의 발끝이 록셀라나의 발끝에 아주 살짝 닿는 것을 느꼈다. 그 순간 그들을 짓누르던 모든 압력이 공간으로부터 빠져나갔고 비로서 그들의 몸이 자유스러워졌다.

"로사, 당신을 함부로 대하고 싶지 않아요. 하지만 내 자신을 주체하지 못하겠소. 아무래도 그대에게 푹 빠져 버린 듯… 아마도 나는 무힙비(사랑에 미친 남자-저자 주)가 되어 버린 것 같아요."

고급 카펫 옆 로사 다마세나의 붉은 색깔이 록셀라나의 하얀 얼굴을 붉게 물들게 했고, 그녀의 에메랄드빛 눈동자와 환상적인 조화를 이루었다.

"로사, 여기 이 붉은 로사 다마세나 때문인지 당신의 얼굴이 빨갛게 물들었는데… 당신의 에메랄드빛 눈동자 안에 당신의 생각은 어떠한지 궁금하오."

록셀라나는 몸을 돌려 일으키더니 나비처럼 사뿐히 슐레이만의 무릎 위에 올라앉았다. 그리고 두 팔로 그의 목을 감싸 안으며 속삭였다.

"슐레이만, 바로 이게 저의 생각입니다."

서로를 만졌다, 부드럽게. 치렁치렁한 옷을 벗어 던졌다, 자유롭게.

슐레이만이 록셀라나의 손가락 끝과 마디, 손목, 팔꿈치와 어깨 그리고 목덜미를 부드럽게 만질 때 록셀라나는 슐레이만의 탄탄한 근육질 몸매를 쓰다듬고 만졌다. 아슬아슬한 입맞춤에서 달콤한 입맞춤으로, 가벼운 포옹에서 깊은 포옹으로… 한 몸이 되어 달리다가 낭떠러지로 떨어지는 듯한 느낌이 들면 서로의 눈을 마주 보며, 에로틱한 숨결을 내뿜으며 힘을 내어 올라갔다. 정상이 어디인지도 모를 높은 곳에, 뜨거워 나른해지는 그곳에 한참 동안 머물렀다.

슐레이만은 곤히 잠든 록셀라나를 잠시 바라보더니 침실을 빠져나왔다. 내실에 대기하고 있던 환관에게 말했다.

"이브라힘 파샤를 모셔오라. 그리고 얼마 전 도착한 에티오피아 고산지대 커피를 준비하라."

오스만 제국의 상징인 초승달이 떠있는 이른 새벽, 제국의 재상인 이브라힘은 언제나 그랬듯이 일찍 토프카프 궁전에 도착했다.

첫 번째 문인 황제의 문을 통과한 후 예니체리(새로운 병사라는 뜻, 정예부대-저자 주) 쪽을 잠시 바라보며 흐뭇한 미소를 지었다. 두 번째 문인 평화의 문 앞에 이르자 말에서 내렸다. 평화의 문은 황제 외에는 아무도 말을 타고 통과할 수 없기 때문이었다. 문을 통과한 후 빽빽이 심어진 사이프러스나무 사이를 걸으며 그날 업무에 대해 생각하고 있는데 환관 한 명이 헐레벌떡 뛰어왔다.

"파샤, 언제나 그러셨듯이 오늘도 이른 새벽에 도착하셔서 정말 다행입니다. 황제께서 찾으십니다."

"술탄께서? 아직 일어나실 시간이 아닌데… 알았네, 내실로 가지."

세 번째 문인 행복의 문은 술탄과 가족, 술탄의 여인들 그리고 환관 외에는 출입이 금지되어 있으나, 슐레이만의 가장 친한 친구인 이브라힘은 예외였다. 행복의 문을 통과하여 거침없이 황제가 거주하는 건물로 들어섰다. 황제가 다니는 통로인 황금길을 지나 외실을 통과한 이브라힘이 내실에 들어서자 모래판 위에 커피를 바라보고 있던 슐레이만은 벌떡 일어나 이브라힘을 가볍게 포옹하며 말했다.

"이브라힘, 아니 어떻게 벌써 도착했나? 내가 환관에게 지시한 지 얼마 안 되었는데… 자네 혹시 요즘에도 새벽부터 나와서 업무를 보고 있는 것인가?"

"슐레이만, 위대한 황제이자 술탄이며 칼리프인 자네를 위해, 나의 가장 존경하는 친구인 자네를 위해 그리고 우리 오스만 제국의 영광을 위해 내가 해야 할 일이 너무 많아요. 난 감사하며 즐겁게 일하고 있다네."

"이 사람아, 내 여동생 하티제가 외로울까 봐 걱정되어 하는 말일세, 하하하."

"하하하, 걱정 마시게. 그런데 슐레이만, 자네는 어찌 벌써 일어났는가? 어젯밤 자네 침실에 든 폴란드 여인이 마음에 들지 않았는가?

"아닐세, 그 반대야. 훌륭한 여인을 소개해주어 고맙네. 이브라힘, 그래서 말인데… 며칠 동안만 나 대신 정무를 좀 봐주게. 토, 일, 월, 화요일에 열리는 디반(일종의 국무회의-저자 주)도 자네가 좀 주재하고."

"아니, 슐레이만, 나보다 일을 더 많이 하는 자네가… 도대체 무슨 일인데 그러는가?"

"이브라힘, 내가 말일세… 아무래도 알렉산드라 라 로사 그러니까 록셀라나에게 푹 빠진 것 같네. 이런 기분은 처음이야. 며칠만 나 대신 일을 맡아주게. 아 그렇지! 우리 이슬람교에서는 저 하늘이 말이야, 일곱 개의 하늘로 구성된다고 하지 않나? 일곱 날만 나를 위해 고생 좀 해주게. 이제 하루 지났으니 여섯 날 남았네. 사람들이 로사를 명랑하다며 후렘이라 부른다지? 난 지금부터 후렘 로사를 위해 시를 써야겠어. 내 필명을 뭐라 하면 좋을까… 그래, 무힙비가 좋겠어, 하하하."

"아… 알았네, 디반 회의나 정무는 걱정 마시게. 아침 식사는…."

이브라힘의 말이 채 끝나기 전에 슐레이만은 침실 쪽으로 걸어가며 "커피는 내가 갖고 간다"라고 환관에게 말했다. 이를 본 이브라힘이 미간에 옅은 주름을 잡으며 중얼거렸다.

"무힙비? 사랑에 미친 남자? 너무 빠르다. 신중한 슐레이만이 이렇게 빨리 여인에게 빠져 버리다니… 저 폴란드 여인은 그리 아름답지도 않은데… 몽고족이 세운 크림칸국이 로하틴(현 우크라이나 지역-저자 주)을 침략하여 노예 사냥하며 저 여인을 크림칸국으로 끌고 갔고, 노예 시장에 내놓은 것을 내가 사들여 하렘으로 데려왔는데… 혹시 너무 똑똑한 것인가? 하렘에 똑똑한 여인이 있으면 정치에 도움이 되지 않을 텐데… 우리에겐 할 일이 많지 않은가…."

커피와 함께한 사랑 그리고 결혼

숯불 위에 모래판이 서서히 뜨거워졌고 모래판에 놓인 작은 주전자에서 김이 어른어른 피어오르고 있었다. 슐레이만은 주전자를 들고 침실로 들어갔다. 록셀라나는 목욕탕에 있는지 침대 위에 없었는데, 그녀가 이미 침대를 정리해 놓았기에 침대는 그들이 잠을 잔 흔적도 없이 깨끗이 정돈되어 있었다.

친구이자 재상인 이브라힘이 선물해 준 커피잔을 꺼내 든 슐레이만은 주전자의 커피를 그 고급스런 커피잔에 따랐다.

"슐레이만, 안녕히 주무셨습니까? 바쁜 일이 있으셨는지요? 향이 매우 좋은데 무슨 차인지요?

맑고 높은 명랑한 목소리로 말하는 록셀라나는 가볍게 목욕을 했는지 긴 커피색 머리와 하얀 얼굴이 촉촉히 젖어 있었다.

"후렘 로사, 왜 벌써 일어났소? 아, 당신은 막 씻고 난 모습도 아름다워요. 난 무힙비(사랑에 미친 남자-저자 주)가 되길 잘한 것 같군, 하하하."

눈매가 날카로운 슐레이만이었지만 세상에서 가장 선하고 행복한 표정을 지었다.

"슐레이만, 바쁜 일을 처리하시며 저를 위해 차까지 준비하셨군요. 감사합니다. 어젯밤 제가 하렘에서 나와 이곳 궁으로 왔지요. 그래서 이렇게 바쁜 일도 동시에 처리하실 수 있나 봅니다. 하지만 하렘이 궁 안에 있다면 더 편하게 일하실 수 있을 것 같습니다."

"그래요, 하렘을 토프카프 궁전 안으로 옮기는 게 좋겠군. 내가 한번 생각해 보겠소. 아, 그리고 이 차는 커피라고 해요. 우리 오스만 제국의 속국인 이집트라고 있는데, 그 남쪽 에티오피아 고산지대에서 자라는 열매라요. 아주 귀한 작고 빨간 열매인데 그 열매 안에 단단한 씨가 두 개 있지. 그 씨를 햇볕에 말려 볶은 후 잘게 갈아서 만든 차인데 신맛과 단맛을 동시에 느낄 수 있어요. 아프리카 중서부 콩고에서 자라는 열매도 있는데 그 씨는 단단하지 못하고 맛이 쓰지. 그리고 이 커피잔은 말이오, 이브라힘이 최고의 도자기 공에게 지시하여 제작한 것인데 얼마 전 내 생일에 내게 선물해 준 것이오."

술레이만이 커피를 한 모금 마시더니 커피잔을 록셀라나에게 건넸다. 그녀는 호기심 가득한 표정을 지으며 한 모금 마셨다. 그리고 한 모금 더 마시더니 중얼거렸다.

"술레이만, 놀라운 맛입니다. 정말 너무 맛있어요."

"음, 오늘은 유난히 더 맛있군. 아마도 그대와 나의 사랑이 듬뿍 담긴 듯해요."

"그렇다면 더 마셔야겠어요"라고 말한 록셀라나는 커피를 몇 모금 더 마시더니 몽환적인 표정이 되어 술레이만의 품으로 파고들었다.

"술레이만, 언제까지나 제 옆에서 저만의 술레이만이 되어줄 수 있는지요? 저는 다시 뜨거워졌어요, 어젯밤보다 더… 안아 주세요."

"로사, 당신은 정말 우아하고 아름다워요. 난 이미 당신의 무힙비요. 사랑하오, 다시 태어나도 당신만을 사랑하겠소."

"아, 정말이지요? 술레이만, 사랑해요. 저도 영원히 당신만을 사랑합니다, 영원히…."

슐레이만이 자신의 입술을 록셀라나의 입술 위에 포갰다. 입술이 교차하며 커피에 의해 각자의 입에서 만들어진 부드러운 맛과 향도 교차했다. 그리고 두 사람의 영혼도 교차하며 하나가 되었다. 첫째 날보다 더 숨가쁜 사랑이 이어졌다. 사랑하고 이야기하며 잠들었다. 그 고급스런 커피잔에 커피를 마시면 다시 훨훨 타오르듯 뜨거워졌고 최고의 육체적 쾌락과 정신적 만족을 느꼈다.

일곱 밤을 함께 보낸 후 슐레이만은 새벽에 침대에서 빠져 나와 의자에 앉았다. 새근새근 잠들어 있는 록셀라나를 은은한 미소로 바라보며 가젤(운율에 맞춘 정형시-저자 주)을 쓰기 시작했다.

슐레이만이 시를 마무리했을 때 록셀라나가 몸을 일으켰다.

"로사, 일어나지 말아요. 그대로 침대에 있어요. 내가 그대를 위해 지은 시를 낭송할 테니 들어보세요."

"네, 슐레이만. 저를 위해 시를 쓰시다니 저는 그저 감격할 뿐입니다."

내 동반자, 내 사랑, 내 달빛이여…
내 생명, 내가 살아가는 이유인 내 천국, 천국의 강을 흐르는 내 포도주여.
내 봄날… 내 행복의 근원… 밝게 빛나는 내 별…
머리카락은 아름답고, 눈썹은 활과 같고, 눈에는 장난기가 가득한…
설사 내가 죽더라도 그 이유는 그대 때문이리니, 나를 구해 주오.
오, 비무슬림이지만 아름다운 내 사랑.
그대의 문에서 계속 그대를 찬양하리 그리고 노래하리.
사랑하기 때문에 아픈 가슴을 지닌 눈물이 가득 찬 나는 무힙비요, 행복하오.
(실제 번역된 내용 중 일부를 발췌함)

"폐하, 아니 되옵니다."

"술탄께서 어찌 결혼을 하십니까? 황실의 관습이 아니옵니다."

"다시 생각해 주시기 바라옵니다. 여인은 그저 여인일 뿐이옵니다."

세월이 흘러 하렘은 록셀라나의 뜻대로 토프카프 궁전 안으로 옮겨졌고, 슐레이만과 록셀라나 사이에 자녀들이 태어났으나, 1533년의 궁 안은 다소 소란스러웠다.

디반 회의 중에 슐레이만이 록셀라나와 결혼하겠다고 말하자, 신하들은 이구동성으로 불가함을 외쳐댔다. 한바탕 아우성이 벌어졌고, 슐레이만은 신하들의 말이 모두 끝날 때가지 인내심을 갖고 기다린 후, 신하들을 둘러보며 말했다.

"여인은 그저 여인이라…. 그대들의 어머니도 여인 아닌가? 내 어머니께서는 내게 늘 솔직한 사람이 되라고 하셨소. 대화할 때는 신분의 높고 낮음을 막론하고 늘 솔직한 감정으로 경청하며 묻고 대답하라고 말씀하셨소. 그래서 내가 자세를 낮추고 그대들의 의견을 존중해 왔소. 이런 나를 교육하신 내 어머니도 여인이오."

매서운 바람이 불어 지나간 듯 디반 회의장이 싸늘해졌다.

슐레이만은 '내 가장 소중한 친구 이브라힘은 내편이 되어주겠지'라고 생각하며 재상인 이브라힘을 바라봤다.

"이브라힘 파샤, 그대의 생각은 어떠하오?"

"폐하, 폐하께서 록셀라나와 정식으로 결혼하신다면, 폐하의 어머니께서 규율을 잡고 계신 하렘 내에 크고 작은 권력 다툼이 생겨날 것으로 예상됩니다. 그러므로 당분간은 비엔나 정복을 고려하지 마시고, 폐하께서 토프카프 궁전을 비우시지 않는 게 바람직할 것입니다. 그리고 훌륭히 성장하는 왕자 무스타파를 낳은 마히데브란을 소홀히 하지 마시고 똑같은 사랑을 주셔야 권력 다툼을 예방할 수 있을 것이라 사료됩니다."

이브라힘의 의견을 듣는 슐레이만이 미간에 주름을 잡으며 생각했다.

'내가 가장 신뢰하는 내 친구 이브라힘이 지금 신하들 앞에서 나를 꼼짝 못하게 만드는 것인가? 그래, 1529년 비엔나 포위 작전에서 실패했지. 그리고 내가 고집을 부려 1532년 10만 대군을 이끌고 다시 비엔나를 향해 북진했어. 그런데 합스부르크 왕을 겸하는 스페인 왕 까를로스 1세가 비엔나로 파견한 자신의 동생 페르난도는 제법 용감했지. 우리는 비엔나까지 가지 못한 채 쾨세그에서 발이 묶였고, 결국 퇴각하고 말았어. 하지만 이는 비엔나가 너무 멀기 때문 아닌가? 궂은 날씨를 피하고 보급에만 문제가 없다면 비엔나를 단숨에 넘을 수 있다. 내 판단이 틀린 것이 아니다.

그런데 유년시절부터 나의 가장 친한 친구인 이브라힘이 지금 이 디반 회의에서, 신하들 앞에서 공개적으로 정복 사업을 멈추라 말하고 있다. 그렇지 않으면 하렘 내에 권력 다툼이 생길 거라 경고하고 있다. 마히데브란이 낳은 무스타파 왕자가 훌륭하다고 말하며 그 왕자를 지지하겠다고 간접적으로 말하고 있다….

우리는 십자군전쟁에 대한 복수를 해야 한다. 그런데 왜?

혹시 이브라힘이 데브시르메(다른 민족이나 종교인 가운데 인재 발탁하는 제도-저자 주) 출신이라 그런 것인가? 재상으로서 권력이 너무 강해 우쭐대는 것인가? 이브라힘에 대한 불만이 표출되고 있음을 수 차례 보고받았지만 나는 무시해 왔다. 이브라힘, 이 친구야, 이런 내 마음을 아는가?'

신하들이 웅성웅성하자 슐레이만이 좌중을 바라보며 입을 열었다.

"재상인 이브라힘 파샤를 비롯한 그대들의 의견을 잘 들었소. 당분간 비엔나를 정복하기 위한 전쟁은 중단하고 내치에 힘쓰도록 하겠소. 파샤, 좋은 의견을 말해주어 고맙소. 그리고 나는 록셀라나와 결혼하며 일부일처를 선언하겠소. 이렇게 되면 하렘에 있는 여인들 간에 질투도 없고 하렘 내 권력 다툼이 생길 수도 없을 것이오. 내 나이 서른아홉이고 록셀라나가 서른셋이오. 서둘러 결혼식을 준비해 주면 고맙겠소."

"네, 폐하. 세상에서 가장 성대하고 화려한 결혼식을 준비하겠습니다."

이브라힘은 슐레이만과 신하들을 번갈아 바라보며 대답했고, 디반 회의가 끝난 후, 회의장 밖 사이프러스나무 사이를 걸으며 깊은 생각에 잠겼다.

'슐레이만, 난 정말 자네의 제일 좋은 친구가 되기 위해 늘 노력하고 있어…. 마히데브란이 낳은 무스타파 왕자는 매우 똑똑하고 훌륭하네. 위대한 황제인 자네의 뒤를 이어 우리 오스만 제국을 더욱 강성하게 만들 재목이란 말일세. 조금 더 국력을 키워 언젠간 비엔나를, 합스부르크를 넘어서야 하지 않겠는가?

합스부르크까지 다스리고 있는 스페인은 콜롬부스를 보내 신대륙을 발견했다는군. 또 마젤란을 파견하여 신대륙을 한 바퀴 돌며 큰 바다에 태평양이란 이름을 붙였다고 하네. 세계일주를 이뤄낸 것이지. 신대륙 전체와 아시아의 섬나라들을 식민지화하고 있단 말일세.

스페인은 우리 오스만 제국보다 훨씬 더 큰 제국이 되어가고 있는데… 물론 우리가 1522년 로도스섬을 정복하여 지중해의 동쪽을 우리의 호수로 만들었지만, 스페인은 지중해의 서쪽과 아프리카 서북부를 장악했기에 그들은 대서양으로 신대륙으로 나아갈 수 있는 반면 우리는 지중해 동쪽에 갇혀 있단 말일세.

비엔나보다는 지중해를 차지해야 해, 지중해 전체를. 그래야 우리도 대양으로 나아갈 수 있을 텐데….'

예니체리에 속한 메흐테르(오스만 제국의 군악대-저자 주)가 슐레이만과 록셀라나의 결혼식을 알리는 화려한 음악을 연주할 때 황제의 문과 평화의 문을 통과한 여러 나라의 대사들이 행복의 문 앞에 도착했다. 행복의 문 옆에 마련된 장소에 대사들은 저마다 갖고 온 진귀한 선물들을 잘 보이게 놓았다. 각국의 지위에 맞는 위치에 의자가 배치되어 있었고 대사들은 각자의 자리를 찾아 앉았다.

이브라힘은 슐레이만의 여동생이자 자신의 부인인 하티제와 함께 한 달 전부터 최고의 예술가들을 동원하여 장식하고 확인하며 완벽한 결혼식을 준비해 왔기에 흡족한 표정이었으나, 무언가에 쫓기는 듯 불안한 눈빛을 숨길 수는 없었다.

세상에서 가장 화려하고 성대한 결혼식과 연회는 사흘 동안 지속되었다. 토프카프 궁전 내 수랏간에서 일하는 최고의 요리사들이 준비한 먹음직스럽고 귀한 음식이 끊이지 않고 차려졌다. 식사가 진행되는 동안 각국의 대사들은 차례대로 행복의 문 가운데에 배석한 슐레이만 황제와 그의 황후가 된 록셀라나 앞으로 나아가 알현하며 축하 인사를 전했다.

폴란드 대사의 차례가 되었을 때 폴란드 출신인 록셀라나는 신경을 바짝 쓰며 대사의 얼굴을 쳐다보았는데, 그리스정교 사제였던 아버지의 동생, 바로 록셀라나의 작은아버지였다.

"위대한 오스만 제국의 황제 폐하와 황후께 폴란드 왕 지그문트의 따뜻한 축하를 전해드리옵니다. 부디 무병장수하시고 행복한 가정을 이루시며 대 제국을 평화롭게 하소서."

"고맙소, 대사. 지그문트에게 전하시오. 대 오스만 제국의 황제이자 세상 군주들에게 왕위를 나누어 주는 위대한 술탄이며 이슬람 세계의 최고 지도자인 칼리프 직을 맡고 있는 나 슐레이만은 알렉산드라 라 로사와 결혼하여 일부일처를 유지할 것이며, 내가 살아있는 동안 폴란드는 오스만 제국의 동맹국 지위를 유지할 것이오."

그리고 슐레이만은 록셀라나에게 말했다.

"로사, 대사와 잠시 폴란드어로 대화 나누세요. 궁금한 게 많을 테니."

록셀라나는 "슐레이만, 감사합니다."라고 대답하더니 대사를 향해 폴란드어로 말했다.

"작은아버지, 안녕하셨어요? 대충 짐작은 가지만 어떻게 대사가 되셨나요?"

"로사 황후, 왕께서 특별히 나를 대사로 임명하셨단다. 그보다는 네 아버지가 돌아가셨어."

"아, 아버지가요? 크림칸국에 노예로 끌려간 저 때문에 걱정하시느라 병을 얻으셨나요?"

"이미 지난 일이니 잊거라. 아버지의 유언을 전하마. '사랑하는 내 딸 로사야, 너는 똑똑하고 공부도 많이 했으니 세상을 슬기롭게 살기 바란다. 그리고 그리스정교의 신앙을 반드시 유지해야 한다'

라고 말씀하셨어."

  그때 마침 진열된 선물들을 살피러 행복의 문 옆으로 온 이브라
힘이 폴란드 대사의 목소리를 들었다. 원래 그리스 출신이었던 이
브라힘은 대사의 말을 이해할 수는 없었으나, 자신이 어렸을 때 배
웠던 슬라브어와 일부 유사했기에 '그리스정교' 그리고 '유지'라는
단어를 알아들었다. 얼굴빛이 변하며 생각했다.
  '그리스정교? 유지? 콘스탄티노플이라 불렸던 여기 이스탄불을
메흐메트 2세께서 1453년에 정복하신 후, 종교의 자유와 타 종교에
대해 관용을 베풀겠다는 내용으로 1463년 보스니아 칙령을 발표하
셨지만, 술탄이 전례 없는 결혼을 하며 황후만을 아끼는데, 황후가
자신의 종교인 그리스정교를 유지한다면? 우리 제국에 해로울 수
도 있어….'

록셀라나의 꿈

　몇 년의 세월이 흘렀다. 오스만 제국은 강성했고 그 어떤 나라도 감히 제국을 넘보지 못했다.

　재상인 이브라힘이 1533년 합스부르크와 담판을 지어 헝가리의 북서부 일부만 합스부르크가 소유했고, 나머지는 모두 오스만 제국의 영토로 포함시키며 평화를 유지했다. 또한 같은 해에 프랑스와 군사 동맹을 맺었는데, 이는 이브라힘이 뛰어난 외교적 수단을 발휘한 결과였다.

　이로써 오스만 제국은 동유럽의 상당 부분을 장악했고, 그 옆에 합스부르크가 있었지만, 또 그 옆에는 동맹국인 프랑스가 있는 셈이었다. 물론 프랑스 옆에 무적함대를 소유한 해가 지지 않는 나라 스페인이 있었지만, 지리적으로는 스페인, 오스만의 동맹 프랑스, 스페인의 동맹 합스부르크, 오스만의 순서로 서로 힘의 균형을 유지하는 형국이었다.

　동쪽과 동남쪽으로는 영토를 확장해 나가며 페르시아(이란-저자 주)와 수 차례 전쟁을 했고, 이라크와 쿠르디스탄, 아르메니아를 복속시켰다.

　슐레이만은 특히 법률 정비에 힘썼는데, 법규가 마련되어 있지 않거나 또는 있어도 허술하고 완벽하지 못하여 발생하는 분쟁들을 해결하기 위해 최고의 법률학자들로 하여금 법률을 제정하게 했다. 이렇게 하여 만들어진 법전 중 '군하총회'는 공평한 계약과 사유재

산의 보호를 보장하여 봉건제도(왕과 영주 간 주종·협조 관계, 영주는 농노를 거느리며 장원제도 유지-저자 주)를 안정시켰고 경제를 활발하게 했으며, '슐레이만 법전'은 치안, 토지, 군사제도, 전쟁을 총 망라한 것으로 제국의 질서를 유지하게 했다.

재상 이브라힘은 제국을 위해 또 황제이자 친구인 슐레이만을 위해 충성을 다했고 열심히 일했다. 그러나 업적이 늘어남에 따라 일인지하 만인지상의 권력이 지나치게 커졌고 이를 즐기듯 남용하는 사례도 있었으며, 자신이 결정하는 일에 황제가 따른다는 실언을 하기도 했다.

그러던 어느 날, 첫 번째 왕자 무스타파를 낳은 마히데브란이 록셀라나와 크게 다툰 일이 있었는데 록셀라나의 얼굴에 상처가 났다.

슐레이만은 억울하다며 울부짖는 마히데브란을 엄히 꾸짖으며 무스타파와 함께 부르사(초창기 오스만 제국의 수도-저자 주)로 쫓아냈는데, 그때 이브라힘은 마히데브란 편을 들며 '진위여부를 정확히 파악해야 하고 무스타파가 매우 유능하니 슐레이만의 뒤를 이어 황제가 되어야 한다'고 말했다.

슐레이만은 록셀라나가 스스로 자신의 얼굴에 상처를 냈을지도 모른다는 의심을 하고 싶지 않았다. 아니 의심할 수 없었다. 명랑하고 우아한 록셀라나가 그랬을 리 없다고 굳게 믿었다.

슐레이만은 이라크 정복을 위해 동남쪽으로 원정 갈 때마다 이브라힘에게 정무를 맡겼는데, 불편한 마음과 함께 의심이 점점 커져가는 자신이 원망스럽기도 했다. 자신의 가장 친한 친구를 의심해야 하는 상황이 야속했다.

'이브라힘, 내가 황제로 있는 한 자네가 무슨 죄를 짓던 자네가 처형당하는 일은 없을 거야. 그래, 내가 이렇게 여러 번 말했지. 그런데… 이 친구야, 왜 상황을 이렇게 만드는가? 왜 자네는 마히데브란의 아들 무스타파가 황제가 되어야 한다고 말하는가? 도대체 왜 여기저기 권력남용의 실수를 저지르고 실언을 하고 다니는가 말일세.'

어느 겨울, 퍼붓는 비를 피해 별들조차 숨어버린 늦은 저녁 록셀라나가 황실 모스크(이슬람 사원-저자 주) 안에 엎드려 들릴 듯 말 듯한 목소리로 기도하고 있었다.

"하느님 아버지, 무슬림의 나라 오스만 제국에서 하루 다섯 번 울리는 아잔(이슬람교에서 1일 5회 기도 시간을 알리는 것-저자 주) 소리에 저는 남몰래 귀를 막았습니다. 무아진(아잔을 하는 사람-저자 주)의 노래를 듣지 않으려 애쓰며, 저는 늘 하느님께 기도했습니다. 모스크 안에서도 이슬람의 성지인 메카를 가리키는 미흐랍을 보며 절을 하는 척 했을 뿐 실제로는 늘 예수 그리스도께 기도했습니다.

제 남편인 슐레이만이 술탄이고 칼리프이지만, 저는 절대로 개종하지 않았습니다. 물론 슐레이만은 제가 그리스정교인임을 알면서도 아무 말 하지 않았고 항상 제게 너그러웠으며 개종을 강요하지도 않았지만, 제 마음은 늘 무거웠습니다. 이제 이 무거운 짐을 내려놓으려 하는 저를 용서하소서.

저는… 무슬림이 되려고 합니다. 사제였던 제 아버지의 유언이 그리스정교의 신앙을 유지하라는 것이었지만, 슐레이만이 저를 더 사랑하도록, 저를 더 믿도록 하고 싶습니다. 재상 이브라힘과 그를 따르는 신하들이 마히데브란의 아들 무스타파를 지지하지만, 저는 제가 낳은 아들 셀림이 슐레이만의 뒤를 이어 황제가 되도록 하고 싶습니다. 예수 그리스도님, 부디 저를 용서하소서….”

기도를 마친 록셀라나가 흐느껴 울며 하렘 내 술탄의 침실 쪽으로 향했다. 외실에 들어섰을 때 울고 있는 록셀라나를 본 환관은 감히 제지하지 못했고, 그녀가 내실로 들어서며 내실 환관에게는 눈길도 주지 않고 떨리는 목소리로 슐레이만을 불렀다. 당황하는 내관을 뒤로 한 채 슐레이만의 침실로 들어갈 때 록셀라나의 목소리를 들은 슐레이만이 깜짝 놀라 뛰다시피 록셀라나에게 다가왔다. 록셀라나는 슐레이만의 품에 힘없이 안겼다.

“로사! 이 세상에서 내가 사랑하는 유일한 여인, 내 하나뿐인 아내 로사, 무슨 일이오? 왜 이리 슬프게 울고 있어요?”

“슐레이만, 흑흑흑, 아무 말도 하지 마세요. 저는 그저 늘 당신만을 사랑하고 당신께 깊이 감사하고 있습니다, 흑흑흑….”

잠시 침묵이 흐르는 동안 슐레이만은 서글피 우는 록셀라나를 토닥거린 후, 부드럽게 안아 카펫 위에 앉혔다.

“슐레이만, 저는 이제 무슬림입니다. 흑흑흑…. 사랑하는 당신과 동일한 무슬림입니다. 이제 저는 더욱더 당신과 한 몸이 되고자 합니다.”

“로사, 나는 종교와 관계없이 늘 당신을 사랑해요. 내가 당신을 위해 쓴 시에도 ‘비무슬림이지만 아름다운 내 사랑’이라고 썼어요, 기억하지요? 하지만 진정 무슬림이 되었다니 고마워요. 이런… 이제 그만 울어야지. 내 사랑 귈바하르(봄장미-저자 주)에 이슬이 잔뜩 매달렸군.”

"아, 퀼바하르…. 이 말을 들으면 입 맞추고 싶어집니다. 슐레이만, 사랑해요."

그날 밤 두 사람은 긴 밤을 뛰어넘었다. 동이 트도록 깊은 사랑을 나누었다. 늘 사용하는 그 고급스런 커피잔에 커피를 나누어 마시며 서로를 녹일 듯 뜨거워졌고, 부드럽게 또 격렬하게 서로의 몸에서 부자연스러운 듯 자연스럽게 헤엄쳤다. 한 몸이 되어 떨어질 줄을 몰랐다.

날이 밝았다. 이미 깨끗이 옷을 갈아입은 록셀라나가 우아한 동작으로 슐레이만에게 옷을 입혀 주는데 에메랄드빛 눈동자에 눈물이 그렁그렁 맺혀 있었다. 이를 본 슐레이만이 무언가 말하려고 하자 록셀라나가 자신의 입술을 그의 귓가에 살짝 갖다 대며 말했다.

"슐레이만, 아마 말씀도 하지 마세요. 그리고 지금은 제게 퀼바하르라고 부르지 마세요, 아침부터 입 맞추고 싶어지면 안 되니까요. 오늘 중요한 디반 회의가 있다고 들었어요. 어서 참석하세요."

재상인 이브라힘 파샤를 국방수석이 못 본 척하며 빠르게 지나가자 이브라힘은 잠시 생각에 잠겼다.

'저자가… 얼마 전부터 나를 대하는 태도가 불손하더니만 이젠 인사도 안 하는군. 저자의 지휘 하에 있는 군단이 너무 많은가? 군인만 수만 명에 이르니….'

디반 회의가 시작되었다. 황제와 재상 그리고 두 명의 부재상이 여러 사안에 대해 준비한 질문과 답변을 주고 받으며 오전이 지났고, 모두 함께 점심 식사를 한 후, 중요 직책을 맡은 신하들이 돌아가며 보고 사항을 발표하고 토론했다.

회의 끝 무렵 국방수석이 심각한 표정으로 종이 한 장을 펼쳐 들었다.

"폐하, 이것은 우리의 적국 페르시아 왕이 보낸 서신입니다."

"국방수석, 방금 페르시아 왕의 서신이라고 했소? 그런데 왜 페르시아의 대사가 아닌 그대가 서신을 갖고 오는가?"

"폐하, 이 서신은 공식적인 것이 아니옵니다. 페르시아 왕이 지금 부르사에 있는 무스타파 왕자에게 개인적으로 보내는 비공식적인 서신이옵니다."

"도대체 그게 무슨 소리인가? 무스타파가 왜 적국인 페르시아의 왕과 서신을 주고받는다는 것인가? 이리 갖고 오시오."

어려서부터 페르시아어를 배운 슐레이만은 능숙하게 서신을 읽어 나갔고, 이내 표정이 험악해졌다.

"이것은 페르시아 왕이 무스타파에게 보내는 답장인데… 무스타파, 이놈이… 이건 반란이야! 왜 군대의 이동을 적국인 페르시아 왕과 의논했단 말인가?"

슐레이만이 분노를 숨기지 못하자 이브라힘이 나섰다.

"폐하, 제가 부르사로 가서 자초지종을 확인해 보겠습니다."

"이브라힘 파샤, 이건 반란이란 말이오, 반란! 내가 이래서 황제 자리를 누구에게 물려줄 것인지 결정하지 않은 채 무스타파를 지켜봤던 것이오. 부르사로 보냈으면 부르사를 안정시키고 부유하게 만들 고민을 해야지, 어떻게 반란을 꾸민단 말인가? 술탄이자 칼리프인 내게 어떻게 칼을 빼 든단 말인가? 파샤, 그대는 사전에 파악한 게 없었소?

"죄송합니다, 폐하. 제가 부르사로 가서 조사하겠습니다."

"그만두시오! 국방수석, 그대가 부르사로 가라. 3군단을 지휘하여 가고 예니체리 한 개 중대에게 선봉을 맡기시오. 그런데 국방수석, 무스타파가 이동시키려 한 군단이… 부르사의 수비대일 텐데… 그대는 도대체 무엇을 한 것이오?"

"폐하, 대단히 죄송합니다만, 옛 수도였던 부르사의 수비는 그동안 파샤께서 지휘하는 군단이 담당해 왔습니다."

회의장에 있는 모든 사람들이 이브라힘을 쳐다봤고, 이브라힘이 입을 열었다.

"폐하, 어떻게 된 것인지 제가 확인하여…."

"됐소! 국방수석, 즉시 출동하여 부르사의 수비대를 안정시키고 수비대장과 장교들을 즉시 교체하시오. 그리고 무스타파를 내 앞에 끌고 오시오."

피바람이 불었다. 슐레이만의 장남인 무스타파가 이스탄불로 끌려와 처형당했고, 부르사의 수비대장과 장교들도 마찬가지였다. 무스타파의 어머니 마히데브란은 목숨을 건졌으나, 모든 것을 빼앗긴 채 부르사에서 쓸쓸히 홀로 살게 되었다.

슐레이만과 록셀라나의 4남 1녀 중 막내인 지한기르는 이복 형인 무스타파를 무던히도 따랐었는데, 무스타파가 처형되자 충격을 받아 자살했다. 슐레이만은 슬픔을 억눌렀다. 지한기르가 꼽추라는 장애를 갖고 있었기 때문이 아니었다. 왕자들 중 황제가 되는 왕자를 제외한 나머지는 어차피 죽음을 맞는 게 전통이었기 때문에 자신의 명령에 의해 처형당한 게 아님을 오히려 다행스럽게 생각했다.

그리고 당시 이브라힘의 지나친 권세를 못마땅히 여기던 신하들이 록셀라나의 후원을 받아 결집했고, 이브라힘을 궁지로 몰아넣자 이브라힘이 그동안 이뤄낸 성과는 다 사라지고 실책과 권력 남용만 부각되어 사형을 면하기 어려운 상황이 되었다.

모든 신하들을 버릴 수 없었던 슐레이만은 이브라힘의 사형을 재가해야 했으나, 그에 앞서 이브라힘과 두 차례 개인적으로 만났다. 두 사람은 그리스 출신이었던 이브라힘이 유년시절 데브시르메(다른 민족이나 종교인 가운데 인재 발탁하는 제도-저자 주)에 의해 오스만제국으로 와서 마니사 총독으로 근무 중인 한 살 아래 슐레이만 왕자와 친구가 되었던 추억을 되살렸다.

슐레이만은 이브라힘에게 도망칠 수 있는 기회는 그때뿐이라고 간접적으로 말했다. 그러나 이브라힘은 도망치지 않았고, 오스만제국이 이미 장악한 지중해 동쪽 외에 서쪽도 반드시 장악해야 함을 그래야 스페인처럼 대양으로 나아갈 수 있음을 강조한 후 의연히 죽음을 맞았다. 1536년이었다.

2년 후, 이브라힘의 아내, 바로 슐레이만이 끔찍이 아끼던 여동생 하티제가 자살했다. 슐레이만은 큰 충격을 받았으나, 우아한 록셀라나를 바라보며 또 그녀가 맑고 높은 명랑한 목소리로 해주는 위로를 받으며 이겨냈다.

슐레이만은 이브라힘을 그리워하며 이브라힘의 조언을 잊지 않았다. 에게해(지중해 동쪽 그리스와 터키 사이의 바다-저자 주)의 섬들을 점령해 나갔고, 그리스 북서부의 섬들과 이탈리아 남부까지 공략했다.

결국, 1538년 그리스 북서부 프레베자 앞 바다에서 가톨릭 세력과 이슬람 세력이 필연적으로 충돌했다. 프레베자 해전이었다.

가장 강력한 가톨릭 국가였던 스페인과 스페인이 다스리던 제노바 그리고 베네치아공국의 연합 함대가 초승달을 상징으로 하는 이슬람 국가 오스만 제국의 함대와 바다 위에서 격돌했다.

유럽의 가톨릭 국가들, 그리스정교 국가들, 프로테스탄트 국가들과 중동 및 아라비아에 펼쳐진 이슬람 국가들은 숨을 죽인 채 이 전쟁을 지켜보았다.

슐레이만으로부터 전권을 받은 하이렛딘 파샤는 유능했다. 그 옛날 로마 제국의 시저가 사망한 후 BC 31년 안토니우스와 클레오파트라의 연합 함대가 옥타비아누스와 충돌한 악티움 해전을 하이렛딘은 떠올렸다. 악티움을 선점하되 지상전을 위한 것이 아니라 악티움을 발판 삼아 해전을 벌이며 지상전을 병행했다.

오스만 제국의 압승이었고, 지중해 동쪽에 이어 지중해 중앙까지 초승달이 드리우게 되었다.

슐레이만은 매우 흡족했으나, 죽은 왕자 무스타파 대신 추후 황제가 되는 록셀라나의 아들 셀림 2세가 1571년 스페인의 무적함대와 벌이는 레판토 해전에서 참패하게 될 것이라고는 짐작도 하지 못했다. 더군다나 레판토 해전 이후 오스만 제국의 초승달이 조금씩 기울어 가리라고는 그래서 영토를 빼앗기며 19세기에 들어서면 유럽의 병자 취급을 받게 되리라고는 꿈에도 생각하지 못했다.

1541년 헝가리 북서부 지역 대부분도 오스만 제국에 복속되자 스페인과 합스부르크 왕가의 불안감이 고조되었고, 결국 1544년 스페인의 까를로스 1세는 합스부르크를 다스리는 자신의 동생 페르난도와 함께 오스만 제국을 향해 공격을 감행했다.

슐레이만은 잠시 생각에 잠기며 '스페인 왕은 예전부터 오스만 제국과 겨뤄보기를 희망한다고 말했다. 내가 신의 은총으로 군대를 이끌고 스페인 왕을 만나러 가니 스스로 위대하다고 생각한다면 전쟁터로 나와 나를 기다려라. 그렇지 않다면 내 제국으로 조공을 보내라'라고 자신이 페르난도에게 편지를 보냈던 1532년을 떠올렸다. 용감히 싸운 페르난도 때문에 쾨세그에서 발이 묶여 뜻을 이루지 못했으나, 이번에는 반드시 성공할 것을 다짐하며 총사령관에게 말했다.

"파샤, 형제만큼 소중했던 내 친구 이브라힘 파샤가 살아 있을 때 전쟁터에서 적장에게 이런 말을 했다 하오.

'나의 주군께서는 재물이 필요하지 않다'라고 말이오. 즉, 이번 전투는 재물을 얻고자 함이 아니오.

이브라힘은 또 적장에게 '하늘에 단 하나의 신 밖에 없듯이 땅 위에도 단 하나의 군주 밖에 없다'는 말도 했다지.

파샤, 내 나이 쉰이오. 예전처럼 칼을 휘두르고 말을 달릴 수는 없지만 내가 함께하며 군사들의 사기를 돋우겠소. 총사령관은 그대이니 전권을 갖고 최선을 다해 반드시 승리하기 바라오. 우리가 동유럽의 질서를 완전히 바로잡아야 하오. 그리고 무엇보다 이번 전쟁은 내 친구 이브라힘을 위한 것이오. 이브라힘에게 승리를 바칠 것이오."

쌍방 간에 경제적, 군사적 피해가 매우 컸지만, 결과는 오스만 제국의 승리였고, 오스만 제국은 헝가리를 완전히 차지했다.

유럽을 대표하는 세 사람이 아드리아노플에 모여 조약에 서명하며 전쟁을 종료했는데, 조약에는 '스페인 왕 까를로스, 도이칠란트 왕 페르난도, 로마 황제 슐레이만'으로 표기되었다. 실제로 오스만 제국의 영토가 옛 동로마 제국의 영토를 능가했기에 어느 누구도 불가하다고 말할 수 없었을 것이다.

온 유럽이 오스만 제국을 두려워했고, 제국은 안정되었으나, 이 브라힘이 죽기 전에 강조한 지중해 서쪽으로 진출하는 것은 끝내 이루지 못했다. 신대륙을 식민지로 만든 스페인의 힘이 너무나 강력해졌기 때문에 오스만 제국은 지중해 중앙을 넘어서지 못했다.

전쟁에서 돌아온 슐레이만은 제일 먼저 록셀라나를 찾았다.

"내가 사랑하는 로사, 아름답고 우아한 내 아내 로사, 내가 틈틈이 그대를 찬미하는 시를 썼소."

"슐레이만, 당신이 너무나 그리웠습니다. 그런데 고단한 전쟁터에서 시를 쓰시다니요?"

맑고 높은 명랑한 목소리로 록셀라나가 대답하자 슐레이만의 온몸이 반응하며 들떴다.

슐레이만은 록셀라나를 찬양하는 긴 시를 읽기 시작했고, 마지막에 이렇게 마무리했다.

"네 아름다움의 꽃밭에서 종달새는 아침이 되도록 그렇게 너를 찬미한다."

록셀라나는 우아한 동작으로 슐레이만의 품에 안겼다.

"로사, 당신은 내 사랑 귈바하르(봄장미-저자 주)…."

"슐레이만, 이제 저도 나이가 들었는데 정말 제가 귈바하르 같습니까? 이 말 들으면 제가 입 맞추고 싶어 하는 것도 물론 잊지 않았지요? 사랑해요….”

록셀라나는 슐레이만의 품 안에서 세상 그 무엇과도 견줄 수 없는 행복을 느꼈다. 그리고 조금씩 고통도 느끼고 있었다. 그리스정교를 버리고 스스로 무슬림이 된 이후 간혹 찾아오는 가슴의 통증이 점점 커졌다.

세월이 흘러 결혼한 지 25년이 되었다. 슐레이만은 일부일처를 유지하며 한결같이 록셀라나만을 사랑했으나, 1558년 록셀라나는 슐레이만의 품 안에서 슐레이만이 읽어주는 시를 들으며 가쁜 숨을 몰아쉬고 있었다.

“내 달빛이여… 내 봄날… 나를 구해주오…. 그대를 찬양하리…. 사랑하기 때문에 아픈 가슴을 지닌 눈물이 가득 찬 나는 무힙비요, 행복하오.”

“슐레이만, 사랑해요, 500년이 지난다 해도 영원히 당신만을… 사랑… 사랑합니다, 영… 원… 히….”

쉰여덟 살인 록셀라나가 사망했다. 오스만 제국의 최고 전성기에 세상 모든 것을 다 가졌던 황제 슐레이만, 황실의 관습을 파괴하고 주위의 만류를 뿌리치면서까지 록셀라나와 결혼하고 그녀만을 사랑했던 슐레이만은 예순네 살의 나이에 슬피 울며 고통스러워했다.

커피는 음악과 함께

"그래서요? 그 다음엔 어떻게 되었죠?"

진가비가 한덕기의 품 안에서 행복하지만 안쓰러운 표정으로 질문했다.

"저 세상 사람이 된 록셀라나를 너무도 그리워한 슐레이만은 어느 날 커피를 마시다가 록셀라나와 함께하는 듯한 느낌을 갖고자 문득 좋은 생각을 떠올렸고, 얼마 후, 최고의 보석장인이 다듬은 이 에메랄드빛 보석을 최고의 도자기장인이 바로 이 잔의 손가락걸이 위에 박아 넣은 거야."

"아 그럼, 바로 록셀라나의 에메랄드빛 눈동자 색깔과 비슷한 색깔의 보석을 붙인 것이군요. 커피를 마시면서 록셀라나를 그리워하고 또 그녀의 눈을 보는 듯한 착각에도 빠지려고… 아 멋지고 낭만적이다… 그럼 이 보석이 에메랄드인가요?"

"아니, 터키석이야."

"터키석? 어디서 들어본 것 같은데… 파란색 보석 아닌가요?"

"그래, 일반적으로 터키석은 파란색이야. 다른 나라의 터키석과는 달리 터키의 터키석은 색깔이 매우 푸르고 맑아. 그런 터키석 중에 앤틱 터키석이라고 귀한 게 있는데, 아마 긴 세월과 어떤 화학작용에 의해 색깔이 이렇게 에메랄드빛으로 변했을 거라고 해."

"정말 귀한 커피잔을 우리가 갖게 됐어요. 변치 않는 사랑을 약속하고 유지시켜 주는 커피잔이라고 할 수 있겠네…."

"그 변치 않는 사랑으로 슐레이만과 록셀라나는 몇백 년이 지난 지금까지 나란히 누워 있어. 당대 최고의 건축가였던 미마르 시난이 슐레이만의 명령에 따라 그의 이름을 따서 슐레이마니예 모스크를 지었는데, 바로 그 모스크 안에 슐레이만과 록셀라나의 영묘가 있지."

"우리 여보는 슐레이만이 그랬던 것처럼 정말 나만 사랑할 거예요?"

"그럼, 당연하지. 500년 전에 나 슐레이만이 너를 그러니까 로사를 사랑했고, 지금도 변함없이 가비 너만을 사랑하는 거야. 내가 항상 너를 지켜줄 거야."

"사랑해요. 난 여보만 믿을 거예요, 항상 내곁에서 날 지켜줄 거라고."

한덕기가 침대에서 일어나 잠시 노트북 컴퓨터를 만졌고, 곧 음악이 흘러나왔다.

"이 음악은 가비 너를 위한 음악이야. 교향곡의 아버지라 불리는 하이든이 만들었어. 하이든 교향곡 63번 C장조 2악장인데, 부제는 'La Roxelane'이야. 뭐, 그냥 록셀라나로 기억하면 되겠지. '술탄의 세 여인'이란 연극에도 사용되었다고 해."

침대를 빠져나온 진가비는 음악을 감상하며 코스타리카 따라쑤 커피를 핸드드립 방식으로 내리더니 슐레이만과 록셀라나의 커피잔에 마치 중요한 예식을 준비하듯 정성껏 따랐다. 두 사람은 음악을 들으며 마주보고 앉았다.

진가비가 음악에 취한 듯 눈을 살짝 감은 채 커피를 한 모금 마시고 커피잔을 한덕기에게 건네자 그는 에메랄드빛을 띤 터키석을 한 번 만지더니 그녀를 바라보며 커피를 음미했다.

"가비야, 어때? 이 커피잔에 커피를 마시니 또 그런 느낌이야? 막 뜨거워지는…."

"몰라, 그렇게 빤히 쳐다보면서 물으면 내가 부끄럽잖아요…. 음, 그런데 정말 뜨거워지는 것 같아. 아니, 뜨거워졌어요. 슐레이만과 록셀라나의 사랑이 우리에게 이어졌을까?"

"응, 난 그렇게 생각해. 커피잔 때문인지, 네가 정성껏 준비한 커피 때문인지 나도 주체할 수 없을 정도로 뜨거워졌어. 사랑해, 가비야. 내 봄장미."

"우리 여보가 또… 이 커피잔으로 커피 마시니까 막 뜨거워졌는데… 내가 듣기만 하면 입맞춤 하고 싶어지는 봄장미란 말을 또 하면 어떻게 하라는 거예요…."

진가비가 맑고 높은 명랑한 목소리로 말하면서 온몸이 반응하며 들뜬 한덕기의 무릎 위에 앉았다. 두 사람은 사랑이 가득한 눈빛으로 서로를 바라봤다. 음악 소리에 맞춘 듯 잔잔한 입맞춤으로 시작해 깊은 입맞춤으로 이어졌다. 각자의 입 안에서 새롭게 만들어진 커피의 맛을 서로 교환했다. 고급 아라비카 커피를 마시면 느낄 수 있는 초콜릿 향과 과일의 산미가 새로운 사랑의 맛으로 재탄생했다. 세상에 그 어떤 바리스타도 만들 수 없는 황홀한 사랑의 맛을 부드럽게 교환하며 깊은 쾌락과 설명 불가한 행복감에 빠져들었다. 그 깊은 곳에서 빠져나오지 않고 머물렀다, 오랫동안 서로 만지고 느끼면서.

500년 전 슐레이만과 록셀라나가 처음 만났을 때에도, 2007년 한덕기와 진가비가 처음 사랑에 빠졌을 때에도 그리고 이들이 다시 만난 2015년에도 7일 동안 한 곳에서 부끄러움 없이 사랑을 나누었다.

그리고 진가비가 내린 커피는 음악과 함께 더욱 황홀한 맛을 내는 그리고 사랑을 만드는 자극제가 되었다.

커피와 여행: 세계의 박물관 이스탄불, 에페수스, 파묵칼레

"가비야, '인생은 짧고 예술은 길다'는 말 들어 봤지?"

"네, 예술 작품이 우리의 인생보다 오래간다는 뜻 아닌가요?"

"그래, 보통 그렇게 알고 있지. 이 유명한 말을 한 사람은 히포크라테스였는데, 실제 의미는 좀 달랐다고 해. BC 5세기에 아트(art)라는 단어는 예술과 기술을 모두 의미했나봐. 그러니까 의학의 아버지라고 불리우는 히포크라테스는 당시 배워야 할 의술 즉 기술은 많은데 인생이 짧아 다 배울 수 없음을 한탄했던 것이겠지.

바로 이 위대한 히포크라테스, BC 6세기의 대수학자 피타고라스 그리고 BC 8세기에 인류 최초의 서사시 '일리아스'와 '오디세이아'를 쓴 호메로스의 공통점은 모두 터키에서 태어난 터키인이라는 거야.

물론 그리스 입장에서는 이들이 그리스인이겠지만, 당시에는 그리스도 터키도 존재하지 않았잖아. 그리스 땅에는 여러 폴리스(도시국가-저자 주)가 있었고, 몇몇 폴리스들이 터키 땅에 또 다른 폴리스들을 건설했지. 그리스 땅에 살던 사람들이 터키 땅으로 왔고 때론 다투고 때론 함께 일하며 어울려 살지 않았을까?"

"그 유명한 사람들이 모두 터키 땅에서 태어났다니 놀라워요. 난 내 이름 가비 때문에 커피에 관심을 갖게 되었고, 카페를 운영하면서 오늘날 우리가 마시는 커피와 가장 유사한 방법으로 처음 커피를 마셨던 곳이 바로 터키라는 것을 알게 된 다음부터 늘 궁금했거든요. 그런데 터키는 커피뿐만 아니라 정말 많은 것을 갖고 있는 매력적인 나라인가 봐요. 터키에 오길 정말 잘한 것 같아, 이렇게 우리가 다시 만날 수 있게 해준 나라이니 고맙기도 하고요."

"그래, 가비야. 터키는 동서양이 만나 조화로움을 이룬 곳이야. 그리스, 로마, 이슬람의 역사를 모두 품은 세계의 박물관이라 할 수 있지. 지금부터 우리 둘만의 여행을 시작하자."

이스탄불.

BC 8세기 비자스 장군이 폴리스를 만들었고 그의 이름을 따 비잔티움이라 불렀는데, 당시 그리스인들이 오늘날의 그리스나 터키 땅에 세운 여러 폴리스 중 하나이다.

BC 3세기 이후 로마가 부흥하고, 3세기 말 로마가 동·서로 분열되며 4명의 황제가 분할 통치하기도 하지만, 313년 밀라노 칙령으로 기독교를 공인하고 로마를 통일하며 325년 니케아(지명, 오늘날 터키의 이즈니크-저자 주)공의회를 주도한 콘스탄티누스 황제가 330년 로마의 수도를 비잔티움으로 이전한다.

이후 노바 로마나(Nova Romana: 새로운 로마-저자 주)로 부르다가 황제의 이름을 인용하여 콘스탄티노 폴리스 또는 콘스탄티노플이라 불렀고, 기독교를 국교로 삼은 테오도시우스 황제가 395년 사망한 후, 다시 동·서로 분열되며 동로마의 수도가 된다. 476년 서로마는 멸망하지만, 동로마는 6세기 유스티니아누스 황제 때 최고 전성기를 맞으며 천 년 동안 지속되었다.

동북아시아로부터 이주해 온 유목민족 투르크인들이 셀주크 제국을 세워 동로마를 압박하고, 11세기 말~13세기 말 8차까지 이어지는 십자군 전쟁에서 셀주크 제국이 가장 용맹히 십자군을 저지하며 분열되지만, 1299년 세워진 오스만 제국이 동로마 제국의 영토를 조금씩 잠식해 가며 콘스탄티노플을 포위한다.

그리고 1453년, 오스만 제국의 메흐메트 2세가 콘스탄티노플을 함락시키자 동로마 제국은 역사 속으로 사라지고, 이 도시의 이름은 이스탄불로 바뀌게 된다.

성 소피아 성당은 높이 54미터, 돔 지름 33미터, 창문 40개로 537년에 건축되었다. 13세기 초 같은 기독교인인 십자군에 의해 약탈당하기도 했고, 약 천오백 년 동안 진도 7도 이상으로 추정되는 20여 회 이상의 지진을 잘 견뎌냈다. 2차 니케아공의회(787년) 이후 제작된 여러 모자이크 종교화가 성당 내부를 장식하며 보존되지만, 오스만 제국이 성 소피아 성당을 모스크(이슬람 사원-저자 주)으로 변경하며 회칠을 했기에 손상되었다. 다행히 1934년 박물관으로 용도가 변경되며 대부분 복원되었다. 비잔틴 양식의 표준이며 동시에 이슬람 사원 건축의 모델이라 할 수 있다.

술탄 아흐메트 모스크는 성 소피아 성당보다 더 화려하고 큰 이슬람 사원을 원했던 아흐메트 황제 시절 1616년에 건축되었다. 그러나 높이 43미터, 돔 지름 24미터로 완성되었기에 무려 1,100년 정도 앞서 건축된 성 소피아 성당의 규모에는 미치지 못한다. 그렇지만 창문이 260개에 이르며, 이즈니크 산 화려한 아라베스크 무늬가 새겨진 약 21,000개의 푸른색 타일에 햇빛이 반사되면 모스크 내부가 푸른색을 띄게 되어 '블루 모스크'라는 별명을 갖게 되었다.

히포드롬 광장은 2세기 로마 제국 시절 검투사들이 생사를 걸고 싸우면서 관중들에게 오락을 제공하던 경기장이었고, 4세기 초 콘스탄티누스 황제가 이를 금지한 후, 가로 400미터에 세로 120미터의 전차 경기장이 되었다. 광장 안에는 BC 1500년 이집트에서 제작되었고 4세기 말 광장으로 이동된 테오도시우스 오벨리스크(하나의 돌로 만든 일종의 기념비-저자 주), BC 500년 그리스가 페르시아와의 전쟁에서 승리한 후 페르시아 군인들의 청동 방패를 녹여 제작한 것을 4세기 초 광장으로 이동시킨 뱀기둥, 10세기 콘스탄티누스 7세 때 세워진 후 13세기 초 십자군에 의해 청동 표면이 벗겨진 콘스탄티누스 기둥 그리고 1898년 독일에서 제작되고 빌헬름 2세가 터키에 선물하여 오리엔트 특급 열차로 이동된 네오비잔틴 양식의 빌헬름 2세 분수가 모든 사람들의 시선을 사로잡는다.

예레바탄 지하 궁전은 수로를 잘 만들던 로마의 걸작으로 시민들에게 물을 공급하기 위해 6세기에 건축된 지하 저수지이다. 길이가 140미터에 이르고 약 10만 톤의 물을 저장할 수 있었으며, 표면에 물이 마르지 않는 눈물의 기둥과 그리스 신화에서 저주 받은 여성인 메두사의 기둥이 유명하다.

돌마바흐체 궁전은 1856년 보스포러스해협 바닷가에 건축되었다. 궁전의 일부가 바다를 매립한 지역 위에 세워져 궁전 곳곳에서 손에 잡힐 듯 가까이 넘실대는 푸른 바다가 궁전을 더욱 아름답게 한다. 금 14톤, 은 40톤이 사용되었고, 250여 개의 방과 연회장 등 화려한 공간에 좌우 대칭을 기본으로 한 인테리어, 크리스털 난간으로 장식된 계단, 여러 술탄들의 수집품과 악기를 비롯 기네스북에 올라 있는 대형 카펫과 750개의 초를 사용하여 무게가 4.5톤에 이르는 초대형 샹들리에는 보는 이들을 매료시킨다.

사랑에 푹 빠진 두 사람은 여행 내내 손을 꼭 잡고 다녔다. 마치 손을 놓으면 큰일이라도 날 것처럼 길을 걸을 때에도 한덕기가 운전하는 차 안에서도 다정하게 잡은 손을 놓지 않았다.

세계의 박물관인 터키에는 다양한 사람들로 넘쳐났다. 북유럽이나 남유럽 사람들의 모습은 물론 아랍이나 중동인의 모습 그리고 7세기 후반부터 동북아시아에서 서서히 이동해온 투르크인들 중 혼혈하지 않은 채 살아온 사람들까지 모두 터키인이다. 또한 여성들의 경우 자유로운 유럽 여성의 모습은 물론, 머리에 히잡을 쓴 여성과 눈을 제외한 온몸에 차도르를 휘감은 여성까지 다양하다.

에게해에 접한 인구 삼백만 명의 3대 도시 이즈미르는 BC 8세기 호메로스가 태어난 곳으로 그리스를 옮겨 놓은 듯한 모습이다. 터키가 다른 이슬람 국가들에 비해 자유롭긴 하지만 특히 이즈미르는 더욱 자유스러운 분위기였다.

그래서 두 사람은 이즈미르에서는 여러 분위기 좋은 카페를 다니며 슐레이만과 록셀라나의 커피잔에 커피를 따라 마셨다. 즉시 달아올라 서로를 유혹할 듯 바라봤고, 사람들의 눈을 피해 조금씩 만지기만 하면서 포옹하고 싶은 본능을 억지로 참으며 밤까지 기다리는 것을 즐기기도 했다. 물론 다른 도시에서는 호텔 안에서만 그 커피잔을 사용했고, 사랑에 목말랐던 두 사람은 마술이라도 하듯 매일 밤 불타올랐다.

에페수스.

기독교 성경에서는 '에베소'라 하며 사도 바오로가 에베소의 기독교인들에게 보낸 서신을 '에베소서'라고 한다. 오늘날 터키의 지중해와 에게해에 접한 지역에 문명을 꽃피운 이오니아인들이 처음 건설했고, BC 5세기 페르시아가 지배할 때 일부 파괴된다. BC 4세기 마케도니아의 알렉산더 대왕 때 재건되고, 로마 시대에도 많은 건축물이 세워지며 대표적인 항구 도시로 성장하지만, 3세기에 발생한 대지진으로 폐허가 되었고, 동로마 시대에 이르러 기독교 교리에 맞지 않는 건축물들을 파손하기도 했다. 성모마리아를 신의 어머니로 인정한 에페수스 공의회가 4세기 말에 열린 곳이고, 성모 마리아가 여생을 보낸 집은 가톨릭교회에 의해 성지로 인정되어 있으며, 성요한이 세운 교회 터가 남아 있다.

공중목욕탕, 아고라(공공 광장-저자 주), 음악과 시 낭송을 감상하던 오데온, 인류 최초의 수세식 공중 화장실, 15,000여 권의 양피지 책을 보관했던 셀수스 도서관, 발의 크기로 미성년자를 구분하여 사창가 입장의 가부를 판단케 하던 돌 구조물, 25,000명을 수용할 수 있었던 안피테아트로(anfiteatro: 원형극장 또는 원형경기장-저자 주)는 당시 사람들의 생활상을 가늠케 한다. 특히, 안피테아트로는 터키의 아시아 지역인 아나톨리아의 부유한 유대인 가문 출신이었던 바오로가 우상숭배 문제로 논쟁을 벌이다가 쫓겨난 곳이기도 하다.

그리스 신화에서 다산의 여신인 아르테미스를 기리기 위해 BC 8세기에 세워진 아르테미스 신전은 잔재만 남아 있어 안타깝지만 세계 7대 불가사의 중 하나이다. 의학의 신 아스클레피우스와 전령의 신이자 장사의 신 헤르메스가 묘사된 기둥, 승리의 여신 나이키 조각, 제우스 신의 아들인 영웅 헤라클레스가 사자를 때려잡았음을 묘사한 헤라클레스의 문은 보는 이들에게 즐거운 상상을 선사하며 인문학의 세계로 안내한다.

"가비야, 이곳은 하드리아누스 기념 신전이야."

"네, 기억나요. 패키지 여행 중 한 번 본 곳을 지금 우리 여보와 다시 보니까 훨씬 강렬한 인상을 받게 되는걸요. 저 안에 있는 문 위에 그리스 신화의 메두사가 조각되어 있죠?"

"지난 여행 중 내 설명을 잘 들었네. 내가 미웠을 텐데… 고마워, 가비야. 그리고 사랑해, 내 봄장미."

"어멋, 지금 여기에서 봄장미라고 부르면 어떻게 해요? 이 말을 들으면 내가 입 맞추고 싶어 하는 것 잘 알면서, 치… 대신에 볼에 살짝 뽀뽀해 줘요."

"이렇게? 하하하, 본 게임은 오늘 밤에 하는 것으로…."

"몰라, 그러니까 우리 둘만 있는 곳이 아니면 봄장미라고 부르지 마세요. 어쨌든 기분은 너무 좋아, 후후."

"이제 메두사 조각이 왜 문 윗부분에 있는지 생각해볼까? 메두사는 원래 아름다운 여인이었는데 특히 아름다운 머릿결이 돋보였대. 그래서 자신의 머릿결이 아테나 여신의 머릿결보다 아름답다는 말도 해서 아테나의 심기를 건드렸는데, 바다의 신 포세이돈의 꾐에 빠져 하필이면 아테나 신전에서 포세이돈과 사랑을 나누었다는 거야. 화가 난 아테나가 메두사에게 저주를 내렸고, 그래서 얼굴이 못생겨 지고 머리카락은 수십 마리의 뱀으로 변한 거야. 뿐만 아니라 메두사와 눈을 마주치는 사람은 모두 돌로 굳어지게 되었지.

결국 최고의 신 제우스가 아들 페르세우스를 시켜 메두사를 처단하는데 페르세우스는 메두사와 눈을 마주치지 않기 위해 청동 거울을 보며 메두사에게 접근해서 목을 베었대.

지중해에 뿌려진 메두사의 피는 산호초가 되었는데, 아폴론(제우스의 아들. 태양, 음악, 시의 신-저자 주)의 아들 아스클레피우스가 메두사의 피를 일부 가져가 죽은 자도 살리는 약을 만들었어. 죽는 사람들을 다 살려내니까 이승과 저승의 질서가 무너졌겠지? 이를 바로잡기 위해 제우스가 자신의 번개로 아스클레피우스를 죽이게 되고, 그의 아버지인 아폴론에게 미안했던 제우스가 아스클레피우스를 의학의 신으로 승격시켰다고 해.

얘기가 길어졌는데, 여기에서 중요한 것은 메두사야. 메두사와 눈을 마주치는 사람은 돌로 굳어진다는 것을 세상 사람들에게 상기시키면서 문 윗부분에 메두사 조각을 만들어 넣었겠지. 이렇게 하면 사람들이 문을 통과할 때 고개를 빳빳이 드는 대신에 고개를 숙이고 예의를 갖출 테니까."

"우와, 그 많은 얘기와 신들의 이름을 어떻게 다 외웠어요? 대단한데요. 그런데 메두사는 좀 무섭다."

"하하하, 가비야 우리 이제 커피 마시러 갈까? 카페에서 마실까? 아니면 호텔에 가서 슐레이만과 록셀라나의 커피잔에 마실까?"

"커피잔 얘기만 나와도 느낌이 오는 것 같아, 후후. 게다가 여보가 조금 전에 나를 봄장미라고 불러서 입맞춤 하고 싶고. 호텔로 가요. 가서 우리 그 커피잔에 커피 마셔요."

"그 다음엔?"

"몰라. 왜 그래요? 다 알면서. 짓궂어, 후후."

파묵칼레.

석회 성분과 탄산칼슘을 포함한 온천수가 수만 년 이상 경사면을 흐르며 하얀 결정체로 남게 되었고 그 일대에 뒤덮였는데 마치 하얀 목화밭처럼 보였기에 터키어로 파묵칼레(목화의 성-저자 주)라 부르게 되었다. BC 2세기 이 지역을 다스리던 페르가몬 왕국이 신전과 목욕탕을 지었고, 로마의 영토가 된 후, 대형 목욕탕, 온천욕장, 안피테아트로(원형극장 또는 원형경기장-저자 주), 공동묘지 등이 들어서게 되며 히에라 폴리스(성스러운 도시-저자 주)라 불렸다. 황제와 귀족들, 권력자들의 휴양지였고, 세 개 대륙을 넘나들며 사랑했던 클레오파트라와 안토니우스가 목욕을 즐겼던 곳으로도 알려져 있다. 11세기 후반 셀주크 제국이 다스리면서 파묵칼레라는 이름이 붙었고, 14세기 중반 안타깝게도 대지진으로 폐허가 되었지만, 1988년 유네스코(UNESCO)에 의해 인류 복합유산(자연유산과 문화유산이 합쳐진 형태-저자 주)으로 지정됐다.

황금 커피

진가비는 용기를 냈고 한덕기의 손을 잡은 채 열기구에 올랐다.

"여보와 함께 타니까 위로 올라가도 무섭진 않겠죠?"

"걱정하지 마, 가비야. 여기 파묵칼레에서 타는 열기구는 카파도
키아에서 타는 것보다 좀 더 포근한 느낌이야. 카파도키아는 달 표
면 같기도 한데, 여기 파묵칼레는 눈 덮인 듯 하얀 온천장과 역사를
품은 히에라폴리스 그리고 그 주위의 산들이 아름다운 경치를 만
들고 있어. 물론, 어느 쪽이 더 멋지다고 말할 수는 없고."

"난 우리 여보와 함께라면 어디든 다 좋아요."

"가비야, 커피와 관련된 얘기 하나 해줄까?"

가스 연료로 불을 붙인 열기구가 힘찬 소리와 함께 서서히 하늘
로 떠오를 때 한덕기가 진가비의 긴장을 풀어 주려고 말하기 시작
했다.

"파묵칼레와 커피가 무슨 관련이 있어요? 옛날 이름 히에라 폴리
스는 더더욱 커피와는 관련이 없을 것 같고…."

"사실 커피와 직접적인 관련은 아닌데 어떤 단어와 관련이 있어.
고대 이집트에서는 나일강 유역에 자라는 식물의 줄기를 이용하여
파피루스를 만들어 종이처럼 사용했다고 하잖아? 그런데 바로 여
기 파묵칼레 지역을 다스리던 페르가몬 왕국의 도서관이 빠르게
발전하는 것을 본 이집트가 어느 순간 파피루스의 수출을 금지했
고, 이에 페르가몬 왕국은 파피루스 대신 양가죽을 이용했대.

터키 땅에는 예로부터 양이 많았으니까 그 가죽을 종이처럼 사용하기도 했는데 페르가몬 왕국이 이를 개선하여 양피지를 만들게 된 거지. 그래서 왕국의 이름 페르가몬을 인용해 양피지를 페르가미노(pergamino)라고 해.

그리고 일반적으로 커피를 만들기 위해선 커피체리의 과육을 벗겨내고 씨를 씻어 약 3일 정도 햇볕에 말린 후 자루에 담아 2~3개월 동안 창고에 보관하며 숙성시키거든. 바로 이 씨에 조금 남아 있는 과일 성분이 말라붙으면서 누런 색깔을 띤 껍데기가 되는데 이것도 스페인어로 페르가미노야. 페르가미노의 색깔이 누런 황금빛이라 스페인어로 까페 오로(café oro: 황금 커피-저자 주)라 하고, 탈곡기와 비슷한 기계로 페르가미노를 벗겨 내면 연한 연두색을 띠게 되지."

"그렇죠. 그게 바로 생두인데요, 색깔 때문에 영어로는 그린 빈(green bean)이라고 해요. 조금 전에 뭐라고 했죠? 페르가미노? 페르가미노는 영어로 파치먼트(parchment)라 하고요. 우리 여보는 어떻게 그런 것을 다 알았어요?"

"예전에 한 번 말했는데… 코스타리카에 커피 농장 운영하는 마누엘이라고. 그 아저씨가 농장 구경시켜 주면서 커피체리 따는 것은 물론 체리를 물에 씻는 것부터 모든 공정을 내게 보여 주며 설명했어. 황금빛 색깔 때문만이 아니라 수백 번의 뜨거운 낮과 차가운 밤을 견디며 단단한 씨가 되고, 사람의 정성에 커피를 예술로 여기는 철학이 더해진 매우 귀한 것이기에 황금으로 여기는 것이라고."

"아, 정말 멋진 표현이네요. 그 이름 얼핏 기억나요, 마누엘? 나도 코스타리카에 가서 커피 농장 구경하고 싶어요."

"당연히 가 봐야지. 네가 우리나라 최고의 바리스타인데."

"어머, 내가 무슨 최고의 바리스타? 그냥 가비라는 내 이름 때문에 커피를 좋아해서 바리스타가 된 거지⋯. 그런데 정말 신기하다. 내 이름 가비 때문에 커피에 관심을 갖게 되어 카페 가비를 열었고, 오늘날 커피와 가장 유사한 방법으로 커피를 처음 마셨던 곳이 터키라는 게 궁금해서 터키에 왔어요. 터키에서 우리 여보를 다시 만났고 또 여보는 커피와 관련된 단어인 페르가미노의 어원이 바로 여기 터키 땅에 있었던 페르가몬 왕국이라 하고⋯ 또 슐레이만과 록셀라나의 커피잔을 갖게 됐어. 그 잔에 커피를 마시면 우린 마술처럼 활활 타오르고⋯ 여보가 외국에서 사용하는 예명이 솔로몬 그러니까 슐레이만이고 내 세례명 로사는 바로 록셀라나의 이름이기도 하고요. 정말 우리가 전생에 슐레이만과 록셀라나였을까?"

"난 그렇게 믿고 있어. 아무리 부정하려 해도 우리가 터키와 깊이 관련되어 있는 것은 분명하고."

지중해를 품은 안탈리아

터키석처럼 파란 지중해를 품은 안탈리아의 해안 도로에서 드라이브를 즐긴 두 사람은 지중해를 온몸으로 느끼기 위해 요트에 올랐고, 행복의 절정에서 아름다운 풍경을 눈으로 찍어 마음에 현상했다.

잔잔히 밀려가다 해안가를 살짝 때리는 파도는 파묵칼레처럼 하얗게 변했다가 어느새 파란 지중해로 돌아가 그 안에 숨어버렸다. 파도 소리를 반주 삼아 갈매기가 끼룩대며 노래했고, 빠르게 날면서 멀리 하얀 뭉게구름 속으로 잠시 모습을 감추었다가 다시 나타나서는 파란 하늘과 파란 지중해를 연결하고 있었다.

"난 지금 너무 행복해서 좀 불안하기도 해요."

요트의 갑판 위에서 진가비가 한덕기의 손을 꼭 잡고 팔에 매달리며 말했다.

"걱정하지 마, 가비야. 내가 항상 네 손을 잡고 있을게. 언제나 너를 지켜 주고 네 옆에 있을게, 사랑해. 우리 이렇게 손 꼭 잡고 한국에 가서 결혼하자. 8년 전이었던 2007년에 못한 결혼… 가비야, 우리 내년 봄에 결혼할까? 넌 봄에 아주 잘 어울리니까…."

"잠깐! 지금은 봄장미라고 부르지 말아요. 그럼 입 맞추고 싶어지니까, 후후. 이따가 저녁에 그렇게 불러줘. 그래요, 우리 내년 봄에 결혼해요. 아, 어떡해, 다이어트 시작해야겠어."

"하하하, 알았어. 그런데 무슨 다이어트를 해? 이렇게 날씬한데.

지난번에 내가 널 업었을 때 하나도 무겁지 않았어."

"정말? 치, 거짓말 아니죠? 몰라, 분위기 때문인가…. 나 지금 입 맞추고 싶어졌어. 어멋!"

한덕기가 자신의 입술로 진가비의 입술을 만졌다. 마침 갑판 위에는 아무도 없었다. 설사 누군가 있었더라도 아름다운 지중해에서 로맨틱한 순간을 놓치고 싶지 않았던 두 사람은 영화 속의 남녀 주인공이 되어 지중해에 그 아름다움을 더했다.

안탈리아.

구시가지에 로마의 건축과 오스만 제국의 건축 양식이 혼재하는데, 카라알리올루공원은 건축 양식을 잠시 뒤로 하고 또 모든 상념도 뒤로 한 채 파란 지중해를 마음껏 바라볼 수 있는 곳이다.

로마 제국은 5현제 시대(Pax Romana: 로마의 평화. 훌륭한 황제 5명이 연이어 다스린 시기-저자 주)에 전성기를 맞았는데, 오늘날의 스페인 출신이었던 하드리아누스는 2세기 초 로마의 황제가 되어 국방, 행정, 관료 제도를 개선했고 학자들을 우대했으며 안탈리아를 포함 지방 곳곳을 직접 방문했던 황제로 유명하다. 그의 안탈리아 방문을 기념하여 '하드리아누스 문'이 세워졌다. 아치 세 개와 둥근 기둥, 기둥 상단의 이오니아 양식(기둥 상단에 양뿔 형태로 똘똘 말린 동그라미 모양 두 개가 장식되어 여성스런 아름다움을 표현-저자 주)은 14~16세기 유럽의 르네상스 양식에서 표현된 그것보다 훨씬 아름답게 보인다.

이슬람 사원의 탑을 미나렛이라 하는데 전통적으로는 아잔(이슬람교에서 1일 5회 기도시간을 알리는 것-저자 주)을 담당하는 무아진이 바로 미나렛에 올라가서 아잔을 낭송했다. 안탈리아 구시가지에 있는 이울리 미나렛은 12세기 셀주크 제국 때 건축된 것으로 일반적인 미나렛의 모습과는 달리 조감도로 본다면 꽃 모양을 하고 있어 그 가치가 크다.

올림포스는 그리스 신화의 열두 신들이 살던 곳이다. 오늘날 그리스에 있는 올림포스가 신화 속에 등장하는 원조라는 의견이 많지만, 올림포스는 터키의 안탈리아 근처에도 있다. 오늘날 터키의 에게해, 지중해 지역이 모두 고대 그리스 문화 지역이었기 때문이며, 올림포스는 어쩌면 특정 산이 아니라 단순히 높은 산을 의미했을 가능성도 있다. 터키의 올림포스는 유럽에서 가장 규모가 큰 케이블카 시설이 잘 갖춰져 있어 해발 725미터에서 출발하면 10분 후 해발 2,366미터 정상에 도착한다. 1년에 약 5개월 가까이 눈이 쌓이는 곳으로 유럽, 아시아, 아프리카가 공유하고 있는 지중해에서 유일하게 눈 덮인 산을 관찰할 수 있는 곳이 바로 터키의 안탈리아이다.

21세기의 슐레이만과 록셀라나인 한덕기와 진가비는 올림포스 정상에 섰다. 멀리 서쪽으로 에게해, 남쪽과 동쪽으로는 지중해가 펼쳐지며 파란 하늘과 맞닿은 멋진 풍경을 감상했다. 그리고 하늘색과 바다색으로는 구분하기 어려운 저 먼 곳을 향해 다시 여행을 시작했다.

클레오파트라와 안토니우스의 사랑

작렬하는 태양 아래 멋진 해안 도로를 달려 아폴론 신전과 아테나 신전이 있는 시데를 지났고, 클레오파트라와 안토니우스의 사랑 이야기를 하며 토로스산맥에 들어섰다.

"클레오파트라의 부탁으로 안토니우스는 여기 토로스산맥에서 수천 그루의 백향목(소나무과의 상록교목, 건축재목-저자 주)을 베어 이집트로 보냈고, 클레오파트라는 그 백향목으로 수백 척의 함선을 만들었대. 그리고 바로 그 함선들이 악티움 해전에 사용되었지.

하지만 클레오파트라와 안토니우스의 연합 함대는 악티움 해전에서 옥타비아누스에게 패하고 말았어. 실제 전력은 클레오파트라와 안토니우스 쪽이 우월했지만, 클레오파트라가 먼저 후퇴하는 바람에 전세가 기울었다는 의견도 있어.

만약 옥타비아누스 쪽이 패했다면 로마의 역사는 어떻게 진행되었을까? 역사는 이미 지나간 것이니까 만약이라고 가정할 수는 없지만 우리끼리 상상해볼 수는 있겠지. 아마 우리가 알고 있는 세계사와는 꽤 다른 방향으로 진행되지 않았을까?

자, 하여튼 세기의 사랑을 했던 한 두 사람의 연합 함대가 패했어. 자살을 시도한 상태에서 숨이 붙어 있던 안토니우스는 결국 클레오파트라의 품에서 숨을 거두고, 클레오파트라도 독사를 이용해 스스로 목숨을 끊었대."

"두 사람이 파묵칼레에서 목욕한 것까진 좋았는데, 결국 비극으로 끝났네요. 불쌍하다고 해야 하나?"

"뭐, 꼭 그렇게 볼 순 없지 않을까? 당시 최고의 권력을 가졌던 사람들이고 역사적인 배경도 매우 복잡해. 클레오파트라는 원래 시저의 부인이었고 안토니우스는 시저 밑에서 성장한 장군이었어."

"우리 여보가 터키에 있으면서 역사 공부를 많이 했나봐. 솔직히 난 역사엔 별로 흥미가 없었는데, 이렇게 들으니까 너무 재미있어요."

"사실 뭐 공부까진 아니고, 이브라힘이 역사를 전공했는데 스페인에서도 유학을 했기 때문에 터키 역사는 물론 스페인 역사에 대해서도 잘 아는 친구야. 나도 스페인에 대해선 좀 지식이 있어서 서로 대화를 많이 했지. 물론 주로 이브라힘이 나한테 많은 설명을 해주었어. 또 터키나 스페인 모두 로마와 관련되어 있으니까 로마 역사에 대해서도 대화를 많이 했고. 난 가이드로 일하면서 역사 이야기를 많이 곁들이는 편인데 대부분 관광객들이 즐거워하니까 큰 보람을 느끼게 되네."

"몰라. 난 그냥 여보가 많이 알고 재미있게 설명해주니까 좋아요. 그런데 클레오파트라가 원래 시저의 부인이었다면서 어떻게 안토니우스와 사랑하게 된 거죠?"

"하하, 가비 네가 재미있다고 하니까 난 아주 신난다. 설명이 좀 긴데…."

"괜찮아요. 난 그냥 여보가 해주는 얘기 듣는 게 너무 좋아, 후후. 록셀라나도 슐레이만의 얘기 듣는 것을 좋아했겠지?"

"하하하, 그럼 계속 할게. 시저는 젊은 시절 오늘날 스페인 남부 세비야에서 세금 징수 책임자로 근무했어. 세비야에는 엄청난 규모의 은광이 있었고, 로마의 화폐인 은화를 만들기 위해 매우 중요한 곳이었기에 그 임무도 막중했을 거야. 추후 장군이 되었으니 한마디로 문무를 두루 갖춘 사람이라 할 수 있겠지.

터키의 북부 지방을 정복하며 '왔노라, 보았노라, 이겼노라'라는 말을 남겼고, 심지어 터키 중부에 있는 도시 카이세리는 시저의 터키어식 발음이기도 해.

당시엔 어떤 장군이 전쟁에서 승리했던 패했던 로마로 귀환할 때는 군대를 남겨두고 무장도 해제한 채 루비콘강을 건너야 했대. 시저는 8년 동안 갈리아 지방(현재의 프랑스, 벨기에, 독일 서부-저자 주)에서 승전을 거듭했고 모든 땅을 로마의 속주로 만들며 동시에 재산과 군대를 엄청나게 불렸는데, 로마에서는 이런 시저를 경계하게 됐고, 시저를 암살할 계획도 꾸몄겠지. 이런 상황을 제대로 파악한 안토니우스의 조언 덕분에 그냥 자신의 군대와 함께 루비콘강을 건너며 '주사위는 던져졌다'라는 유명한 말도 남겼어.

이에 시저와 함께 삼두정치를 이끌던 폼페이우스는 겁을 집어 먹고 이집트로 도망갔다고 해. 이집트의 파라오는 로마의 시저가 두려운 나머지 시키지도 않았는데 폼페이우스의 목을 베어 버렸고, 시저가 이집트에 도착하자 폼페이우스의 목을 바친 거야. 하지만 시저는 폼페이우스를 처형해도 자신의 명령에 의해 처형해야 하는데 왜 자신의 허락도 없이 이집트 왕 따위가 감히 로마의 폼페이우스를 처형했냐고 추궁했어. 그리고 파라오를 처형했지. 바로 이 파라오의 누나가 당시 스물한 살의 클레오파트라였어.

시저가 휴식을 취하고 있는데 노예가 둘둘 말린 카펫 같은 것을 들고 와 클레오파트라가 보내는 선물이라며 시저 앞에 놓았대. 시저가 카펫을 펼쳐보니 그 안에 실오라기 하나 걸치지 않은 클레오파트라가 있었다는 거야. 그러니까 클레오파트라가 스스로 선물이 되었던 것이지.

시저는 이집트를 안정시켰고, 클레오파트라와 또 그녀와의 사이에서 낳은 아들과 함께 로마로 귀환했어.

당시 로마는 황제가 아닌 원로회에 의해 다스려지는 나라였는데, 영웅의 출현을 고대했던 로마시민들은 날이 갈수록 시저를 칭송했고, 원로회 내에서는 막강해진 시저가 독재를 할 것이라며 시저를 경계하는 반대 세력이 생겨났어.

어느 날, 시저가 원로회에 나가려고 준비하는데 클레오파트라가 꿈자리가 사납다며 원로회에 가지 말라고 말했대. 하지만 시저는 금방 다녀오겠다고 말한 후 원로회에 나갔고, 결국 반대 세력이 휘두른 칼에 맞아 살해당했는데, 이 반대 세력 중에 시저의 양아들이었던 브루투스도 있었던 거야. 칼을 휘두르는 브루투스를 본 시저가 '브루투스, 너마저'라고 모국어도 아닌 그리스어로 말하며 눈을 감았다지. 고통에 죽어가면서 어떻게 외국어로 말할 수 있었을까? 하여튼 대단한 영웅이었던 것만은 분명해.

시저가 남긴 유언장이 공개되는데, 그 내용이 클레오파트라와 안토니우스에겐 기가 막혔던 거야. 시저는 부인이었던 클레오파트라나 그 아들에게는 아무것도 남기지 않았고 또 가장 충성스런 심복이었던 안토니우스에게도 마찬가지였어. 시저는 자신의 여동생의 외손자인 옥타비아누스에게 모든 것을 계승하게 했어.

화가 난 클레오파트라는 이집트로 돌아가 버렸는데, 그때 안토니우스가 클레오파트라를 이집트까지 데려다줬다고 해. 두 사람 사이에 무언가 마음이 통했을까?

안토니우스는 터키 지역을 다스리는 총독으로서 바로 이 땅에 머물렀었는데, 클레오파트라와 서신을 주고받으며 또 몇 차례 만나며 두 사람은 사랑에 빠졌고, 안토니우스는 옥타비아누스의 여동생이자 자신의 부인이었던 옥타비아와 이혼하며 클레오파트라와 결혼했어.

여러 가지 원인을 따져봐야겠지만, 안토니우스가 자신의 나라인 로마를 향해 칼을 빼든 것이고, 클레오파트라는 안토니우스가 보내준 백향목으로 수백 척의 함선을 만들어 보태며 이를 부추겼다고 볼 수 있지.

어디까지 사실인지는 모르지만, 조금 전에 우리가 지나간 시데 해변에 백사장이 빈약하다고 클레오파트라가 말하자 안토니우스가 북아프리카의 사하라사막으로부터 모래를 퍼 날라와 시데 해변에 뿌렸다는데, 주인공만 부각시키면 멋진 사랑이라고 할 수 있겠지만, 그 많은 일은 누가 다 했겠어? 그 밑에 군인들만 죽어라 고생한 것 아니겠어?"

"후후, 정말 그래요. 세상에, 그 옛날에 가까운 거리도 아닌 사하라사막의 모래를 터키까지 날라왔다니 상상이 안 가요. 군인들만 불쌍하네. 옛날이나 지금이나 부와 권력을 가진 사람들이 세상을 쥐락펴락하나 봐요. 결론적으로 클레오파트라와 안토니우스의 사랑이 아름답기만 한 사랑은 아니었던 것 같아요. 이해관계가 얽힌 그러니까 그 시대의 권력자들에게 딱 맞는 그런 사랑이었나 봐요. 우와, 그런데 우리 정말 높이 올라가는 것 같아."

"그래, 토로스산맥의 최고봉은 3,916미터이고 도로는 해발 약 1,800미터 지점을 지나는데, 잠시 후 그곳을 통과하면 조금씩 아래로 내려가서 양의 가슴이란 뜻의 코냐평야에 들어설 거야. 토로스산맥 동쪽으로는 티그리스강, 유프라테스강의 발원지가 있어. 그러니까 성경에 언급된 최초의 강이 터키 동부에서 시작되는 거야. 그리고 바로 그 두 강을 중심으로 세계 4대 문명 중 가장 빠른 메소포타미아(그리스어, 두 강 사이란 뜻-저자 주) 문명이 일어났지."

토로스산맥을 넘어 코냐에 들어섰을 때 한덕기는 이브라힘으로부터 걸려온 전화를 받았다. 이브라힘은 일 때문에 앙카라에 있다며 혹시 두 사람의 여행에 방해가 안 된다면 앙카라에서 이곳저곳 안내도 해주고 식사도 대접하고 싶다는 것이었다.

"이브라힘. 음, 솔직히 말하면 방해되는 것 맞아, 하하하. 농담이야, 고마워. 당연히 네 말에 따라야지. 우린 500년 전부터 친구니까. 지금 막 코냐에 들어왔는데, 바로 앙카라로 갈게. 3시간 정도 걸려 밤에 도착할 테니 내일 오전에 만나자."

다양한 인종의 다양한 문화와 역사가 혼합되었기에 외국인에게 친숙하면서 동시에 낯설기도 한 나라인 터키의 수도 앙카라에 도착했다.

터키, 고마운 나라, 형제의 나라

다음 날 아침 한덕기와 진가비는 앙카라 소재 한국공원을 찾았다.

"덕기 씨, 여기 입구에 '한국공원'이라고 한글로 적혀 있어요. 우리나라가 아닌 외국에 우리 한글로 표기된 공원이 있다는 게 정말 신기해요."

"그래, 나도 여기 올 때마다… 뭐라고 할까? 왠지 숙연해지고 가슴이 뭉클해지는 기분이야."

"패키지 여행 중 덕기 씨가 6·25전쟁에 참전했던 터키 군인들에 대해 설명했을 땐 그냥 그런가 보다 하고 넘겼는데, 우리 둘이 이렇게 차분히 한국공원을 둘러보니 나도 마음이 좀 아파요. 정말 고마운 사람들이에요."

"그렇지, 정말 고마운 나라지. 6·25전쟁 중 22,000명의 군인을 파병했고, 1971년까지 총 57,000명을 파병했어. 유엔 참전국 중 미국 다음으로 많은 숫자인데, 전사 약 1,000명, 부상은 약 2,000명, 포로로 250명이 끌려갔다고 해. 부산유엔묘지에 약 440명의 터키 군인들이 잠들어 있고.

그래서 말이야, 난 우리나라가 터키에 빚을 지고 있다는 생각이 들어. 물론 당시 터키가 NATO(북대서양조약기구)에 가입하는 데에 파병이 도움되었다는 시각도 있지만, 우리나라에 아무 조건 없이 수많은 젊은이들을 보내 준 터키에 무언가 보답해야 하지 않을까? 군인들의 목숨을 결코 돈으로 보상할 수는 없겠지만 아무것도 안

하는 것보단 나을 것 같아.

지금 우리나라의 한 건설 회사가 보스포러스해협에 유라시아터널을 만들고 있는데 공사가 끝나면 그 회사가 대금 회수를 위해 일정 기간 동안 터널을 운영하면서 통행료를 징수할 거야. 난 이 운영 기간을 단축시켜 주고 대신 우리 정부가 그 회사에 보상해 주면 어떨까 하는 생각을 해봤어. 이렇게 하면 결국 우리 정부가 터키에 보상해 주는 것과 마찬가지니까."

"그렇겠어요, 두 나라의 우정도 더욱 두터워질 테고요."

"이 한국공원은 유엔군의 일원으로 참전하여 희생한 터키 군인들의 넋을 기리기 위해 설립되었다고 해. 1971년 서울시와 앙카라가 자매결연을 맺을 때 공원이 만들어진 거지. 큰 공원은 아니지만 작은 공원도 아니잖아? 이 정도 크기의 공원이 한국공원이라는 게 고맙기도 하고 미안하기도 해.

공원 중앙에 불국사 석가탑을 본떠 만든 기념탑은 1973년 터키 공화국 건국 50주년을 기념하여 한국 정부가 헌정했어. 탑 하단의 둘레에는 6·25전쟁에 참전하여 전사한 터키 군인들의 이름이 새겨져 있고."

"한국공원에 오길 정말 잘한 것 같아. 그런데 왜 터키와 우리나라를 형제라고 하죠?"

"학자들에 따라 의견이 분분하겠지만, 내가 믿는 내용은 터키와 우리 대한민국이 형제의 나라가 맞다는 거야. 먼 옛날 유목 민족이자 기마 민족이었던 훈은 수시로 중국과 전투를 벌였는데, 중국은 훈을 흉할 '흉' 자에 노비 '노' 자를 써서 '흉노'라고 불렀어. 중국놈들이 참 나쁜 이름을 붙였지. 어쩌면 우리나라의 김씨 성을 가진 사람들의 조상이 훈일 가능성도 있다는데 아직 연구가 더 필요할 거야.

오늘날 터키인들이 자신들의 직접 조상이라고 믿는 '투르크'가 바로 훈의 한 갈래였는데, 552년 나라를 세웠대. 그 투르크를 우리는 '돌궐'이라 부르기도 하는데 이것도 중국놈들이 만든 이름으로 갑작스럴 '돌' 자에 오랑캐 '궐' 자라네. 그러니까 돌궐이라 부르는 것보다는 원래 그들의 발음대로 투르크 또는 튀르크라고 부르는 게 좋겠어.

투르크는 바로 이웃한 고구려와 형제처럼 지내며 협력 관계를 유지했고, 함께 당나라에 대항하기도 했어. 그래서 투르크, 그러니까 터키와 우리나라를 형제의 나라라고 하는 거야. 두 나라 모두 우랄알타이어족으로 언어는 다르지만 어순이나 문장 구조는 매우 유사해.

당나라의 세력이 확대되자 투르크는 동투르크와 서투르크로 나뉘었고, 7세기 후반 고구려가 망하며 동투르크도 망하게 되지. 서투르크는 유목 민족답게 양떼를 몰고 서쪽으로 조금씩 이동하며 한때 넓은 영토를 다스리기도 했대. 중국의 서유기에 보면 현장법사가 서투르크의 카간으로부터 대접 받는 장면이 나오는데, 다양한 요리와 과일, 비단옷과 장식, 활과 창에 대한 묘사가 있어. 그만큼 서투르크가 한때 번영했었다는 증거이고 또 유목 민족 최초로 문자를 발명하기도 했어.

그러나 조금씩 서쪽으로 밀려오며 여기 아나톨리아 그러니까 오늘날 터키 영토의 아시아 지역으로 들어왔겠지. 10세기에 셀주크 제국을 세워 동로마와 세력을 다투었고, 십자군이 쳐들어왔을 때 셀주크의 활약이 가장 컸지만 분열되었어.

그리고 1299년 세워진 오스만 제국은 점차 영토를 확장하며 비잔티움 주변 지역을 자신의 땅으로 만들더니, 결국 1453년 동로마를 완전히 멸망시키며 비잔티움 그러니까 오늘날의 이스탄불을 차지했고, 이를 발판으로 동유럽과 지중해의 동쪽을 주름잡았지. 특히 내가 슐레이만 황제로서, 으흠, 하하하… 오스만 제국을 다스렸을 때 가장 넓은 영토를 유지했었고 문화와 예술도 발전했던 불멸의 제국이었어."

"후후, 다시 말하면 내가 황후였을 때 불멸의 제국이었다는 거죠?"

"그래요, 황후. 하하하."

"아 참, 난 커피 로스팅하는 것은 잘 모르지만, 터키가 로스팅 기계를 잘 만든다고 들었어요. 역사가 50년 넘은 회사도 있고 유럽 여러 나라에 수출도 많이 하나봐요. 다만 우리나라에서는 터키제 로스팅 기계 사용이 아직 드물어서 수입을 해 와도 관리나 수리 등 서비스에 문제가 있대요."

"그래? 이브라힘에게 물어봐야겠네. 가비야, 혹시 네 카페에서 로스팅도 해볼 생각이 있으면 로스팅 기계는 내가 사줄게, 터키에서 만든 것으로."

"정말? 고마워요. 서울에 가면 로스팅하는 것 열심히 배워야겠어요. 덕기 씨도 로스팅하는 것 배우면 어떨까? 카페에서는 카페에서 사용할 만큼만 로스팅하면 좋고요, 덕기 씨는 로스팅 전문 공방을 차리는 거죠. 그래서 로스팅한 원두를 여러 카페에 공급하는 거예요. 지금 우리나라에 카페가 너무 많아서 경쟁이 심하고 그래서 버티지 못해 문 닫는 카페가 많은 게 사실이지만요, 커피 수요가 많은 것도 사실이예요. 세계 인구 순위로 우리나라가 29위인데 커피 소비는 7위거든요."

"그럼, 나도 로스팅하는 것 배울게. 가비 네가 원하는 것은 다 할 거야. 넌 나의 봄장미, 나의 귈바하르니까."

"아, 왜 그래…. 내가 이말 들으면 입 맞추고 싶어 하는 것 알면서. 치, 어떻게 할 거예요?"

"그럼 우리 잠시만 입…."

"안 돼, 금방 이브라힘 만날 건데… 흐트러진 모습 보이기 싫어요."

"그럼 오늘 밤으로 미룰까…. 슐레이만과 록셀라나의 커피잔에 커피도 마셔야지?"

"응, 꼭 그렇게 해요. 아주 활활 타오르게, 후후."

그리스 신화로 위기 탈출

2015년 10월 10일 오전 10시, 앙카라 중앙역 앞 광장, 한덕기와 이브라힘이 포옹하고 양 볼을 번갈아 대며 인사를 나눴다.

"이브라힘, 이곳으로 올 땐 별 생각 없었는데, 지금 생각해보니 10월 10일 10시에 우리가 만났네."

"그래, 슐레이만. 바로 너 그러니까 슐레이만이 오스만 제국의 10대 황제였기 때문에 10은 행운의 숫자였어. 어때? 오늘 좋은 일이 일어날 것 같아?

"글쎄… 그럼 우리 이 자리에서 10시 방향으로 걸어가 보면 어떨까? 너처럼 좋은 친구와 함께라면 홍차를 마셔도 좋고 커피를 마셔도 좋아."

한덕기가 손으로 10시 방향을 가리켰고, 세 사람이 그 방향으로 걷기 시작했다.

"아 참, 슐레이만과 록셀라나의 커피잔은 사용하고 있어?"

이브라힘이 진가비도 알아듣도록 일부러 영어로 말했고, 진가비가 부끄러운 듯 한덕기의 팔에 매달린 채 얼굴을 붉히자 한덕기가 대답했다.

"하하하, 당연히 잘 사용하고 있지, 우리가 슐레이만이고 록셀라나니까 그 커피잔의 주인이고. 그래서 이렇게 꼭 붙어다니고 있잖아."

"이제서야 말이지만… 사실 그 커피잔은 우리 집안의 가보야. 내가 너를 알게 되고 너와 진가비 씨가 슐레이만과 록셀라나라는 민음을 갖게 된 후, 아버지를 설득했어. 몇 년 전에 겨우 허락을 받아 그 커피잔을 내 가게로 옮겼고, 금고 안에 보관하고 있었던 거야. 내 동생이 국립중앙박물관에서 일하는데 그 커피잔을 박물관에 기증하면 일정 금액을 보상 받을 수 있다고 했지, 하하하. 안 그렇겠어? 거의 오백 년 전에 만들어진 것이고, 1922년 오스만 제국이 무너질 때 궁전을 탈출하던 마지막 술탄 메흐메트 6세가 당시 시종으로 일하던 우리 증조할아버지에게 선물한 것이니까."

"이브라힘, 그럼 안 되는데… 터키석까지 박힌 너희 집안의 가보를 우리가 가져도 되는 거야?"

"하하하, 당연하지. 너희가 바로 슐레이만과 록셀라나니까 주인을 찾아간 거야. 그건 그렇고, 오늘 여기 광장에 시위가 아주 많아. 매우 복잡하니 조심해. 아무래도 내가 약속 장소를 잘못 잡은 것 같네, 미안해."

"무슨 소릴? 우리가 아침에 앙카라 한국공원에 들렀다 오느라 가까운 이곳으로 장소를 잡은 건데."

"지난 7월 20일 샨르우르파주의 수르츠에서 폭탄 테러가 있었어. 서른세 명이 사망했지. 터키 정부는 PKK(쿠르디스탄 노동자당-저자 주)를 그 배후로 지목했고, 터키 남동부와 이라크 북부의 쿠르디스탄(쿠르드족이 모여 사는 지역-저자 주) 자치 구역으로 육군을 파견했지. 당연히 육군과 PKK 반군 간에 전투가 벌어졌고 얼마 전엔 공군이 이 지역에 폭격도 가했어.

아마 지금 여기 있는 수많은 시위대는 PKK를 지지하는 사람들인 것 같은데 표면적으론 노동, 평화, 민주주의를 내세운 듯해. 난 정치에 큰 관심은 없는데… 어쨌든 테러엔 절대 반대야, 결코 테러 때문에 무고한 시민이 죽고 다치는 일이 발생해서는 안 되지."

그때 진가비가 한덕기에게 목마르다고 말했고, 한덕기가 주위를 두리번 거리며 말했다.

"이브라힘, 혹시 이 근처에 물 살만한 곳이 있을까?"

"슐레이만 폐하! 내가 사올 테니 여기에서 기다려. 록셀라나 황후 지켜주면서, 하하하."

이브라힘은 마침 이들이 걷던 동일한 방향인 10시 방향으로 걸어갔고, 한덕기와 진가비는 잠시 서서 기다렸다.

"가비야, 내가 사진 한장 찍어줄게. 아름다운 네 모습을 카메라에 담고 싶어. 그쪽으로 서봐."

"난 우리 여보 손 놓기 싫은데, 그럼 빨리 찍어요."

"괜찮아, 내가 바로 여기 있잖아. 그래, 그쪽에. 그렇지, 포즈도 멋지게 취해봐."

한덕기가 진가비로부터 약 3미터 떨어진 곳에서 그녀를 카메라에 담으려 할 때 그녀가 말했다.

"아, 그런데… 저기 저 여자 이상해. 저기… 보여요? 얼굴이 무섭고 머릿결이 꼭 메두사 같아."

진가비는 이브라힘이 막 걸어간 10시 방향을 가리켰다,

"뭐라고, 메두사?"

한덕기는 뒤로 돌아 그녀가 가리키는 곳을 쳐다봤고, 여러 인파들 사이로 약 20미터 거리에 정말 메두사와 흡사한 모습의 여자가 보였다. 그리고 그 여자는 손가락으로 자신의 뒤쪽 그러니까 이브라힘이 걸어간 10시 방향을 가리키고 있는 것 같았다. 불현듯 죽음이라는 단어를 떠올리자 이브라힘이 언급한 테러라는 단어가 연상

됐고 무서운 상상이 한덕기의 머리를 스쳤다.

'21세기에 무슨 메두사? 어쨌든 그리스 신화에선 메두사와 눈이 마주치면 모두 돌로 굳어. 그러니까 죽는 거야. 저렇게 특이한 모습을 한 사람은 다른 사람들의 시선을 끌 텐데, 그럼 많은 사람들이 죽는 건가…. 테러? 테러를 암시하는 건가?'

잠시 생각하는 중에 메두사는 감쪽같이 사라졌다.

그리고 갑자기 한덕기 눈앞에 백마를 탄 기사가 보였다. 복장이 특이했고 수백 년 전 중세 유럽의 왕이나 장군처럼 보였는데 동양적인 복장이 조금 섞인 듯했다. 마치 자세를 낮추라는 듯 위를 향해 들고 있던 칼을 아래로 내리며 바닥을 가리켰다. 한덕기는 자신도 모르게 잠시 눈을 감았다.

'온두라스에서 물난리 중에 물에 떠내려갈 뻔했을 때 나타났던 사람이다…. 날 구해줬지. 아, 어쩌면 저 사람은 슐레이만 황제일까? 바로 나 자신이 내 앞에 나타나서 나를 구해주는 건가'라고 생각하며 눈을 떴다. 백마 탄 기사는 사라졌다.

한덕기는 진가비에게 빠르게 다가가며 말했다.

"가비야, 메두사의 눈을 보면 안 돼! 고개 숙여! 아니, 엎드려!"

"왜? 갑자기…."

한덕기가 빠르게 진가비를 감싸 안으며 바닥에 막 엎드렸을 때 엄청난 폭발음이 온 광장을 찢었다.

"쾅!"

어마어마한 굉음에 천지가 빙빙 돌았지만, 한덕기는 진가비를 꼭 안고 있었다.

"쾅!"

몇 초 후 10시 5분, 두 번째 폭발음이 광장을 뒤흔들었고 한덕기는 종아리에 뜨거운 게 스치는 것을 느꼈다. 약 십 초 후 한덕기가 고개를 들어 진가비를 바라보며 말했다.

"가비야, 괜찮아? 다친 데 없어?"

"응, 없어요. 그런데 무슨 소리였어? 무서워, 안아 줘요."

"미안해, 가비야. 괜히 내가 사진 찍자고 해서 네 손을 놓았어. 정말 다친 데 없는 거야?"

진가비는 한덕기의 품 안에서 한동안 가만히 있더니 고개를 들며 말했다.

"응, 괜찮아. 그런데 정말 메두사였을까? 덕기 씨가 사진 찍자고 해서 내가 포즈 취하며 마침 그쪽 방향을 봤는데 메두사가 있었어요. 내가 메두사라고 말하니까 날 안아 주며 갑자기 엎드렸고… 그러니까 덕기 씨 아니었으면 내가 메두사를 못 봤을 거야. 그럼 우리 둘 다 많이 다쳤을지도 몰라요. 그런데 어떻게 엎드려야 하는 걸 알았어요?"

"그게… 슐레이만 황제가 말을 타고 나타나서…."

"어디에? 여기 광장에요?"

"아니야, 아무것도 아니야. 아무래도 테러인 것 같아. 폭발 소리가 두 번 들렸는데… 아까 이브라힘이 다른 곳에서 테러가 발생했었단 말을 했거든. 그래서 테러라는 단어가 떠올랐는데 또 네가 메두사처럼 생긴 사람을 발견했고 그래서 순간적으로 죽음을 떠올렸어."

주위에 부상당한 사람들이 많았는지 사방에서 고함 소리와 신음 소리가 들렸다.

"그런데 덕기 씨는 안 다쳤어요? 어머, 어떡해… 다리에서 피가 나…."

"괜찮아, 조금 다친 것 같아."

한덕기는 종아리에 통증을 느꼈지만 대수롭지 않게 말했다. 그리고 폭발음이 들렸던 쪽, 바로 이브라힘이 물을 사러 간 그 10시 방향을 바라봤다. 많은 사람들이 죽고 다친 것 같았다. 울부짖는 사람들을 잠시 바라보다 큰 소리로 말했다.

"아, 이브라힘, 이브라힘이 바로 저쪽으로 갔어. 이브라힘이… 가비야, 이제 일어설 수 있겠어? 우리 저쪽으로 가보자. 이브라힘을 찾아야 해."

한덕기는 걸음을 옮길 때마다 종아리에 심한 통증을 느꼈지만, 진가비의 손을 꼭 잡고 이브라힘이 물을 사러 간 방향으로 걷기 시작했다.

광장은 전쟁터를 방불케 했다. 이미 사망한 듯한 사람들과 중상을 입은 사람들이 사방에 누워 있었고 모두 피투성이었다. 고통 때문에 신음 소리를 내는 사람들, 두려움에 소리치는 사람들 그리고 구원을 요청하며 악쓰는 사람들….

아수라장이 된 끔찍한 모습에 진가비는 눈을 제대로 뜰 수 없었다. 한덕기는 두리번거리며 목청껏 이브라힘을 불렀다. 생지옥에서 약 40미터 걸었을 때 엎드려 사망한 듯 축 쳐진 이브라힘을 발견했다.

"이브라힘, 정신차려! 이브라힘!"

한덕기가 엎드려 있는 이브라힘을 조심스럽게 눕히며 피가 나는 부분을 잠시 살폈다.

"아무래도 복부에 큰 부상을 입은 것 같아. 이브라힘! 눈 떠봐!"

"덕기 씨, 살아 있어요. 방금 손가락이 조금 움직였어. 어떡해. 나 때문이야. 내가 괜히 목마르다고 해서… 미안해요. 이브라힘. 정말 죄송해요."

"가비야, 이브라힘을 업을 수 있게 조금만 도와줘."

이브라힘은 전혀 몸을 가누지 못했으나, 잠시 정신이 들었는지 보일 듯 말 듯한 미소를 띠며 작은 소리로 말했다.

"슐레이만, 괜찮아? 록셀라나는?"

"야, 이 사람아! 지금 그 말이 나와? 이렇게 다쳤는데, 왜 우리 걱정을 해?"

진가비가 온 힘을 다해 이브라힘을 부축하자 한덕기는 종아리의 통증을 이겨 내며 이브라힘을 업었다. 부상을 당한 이브라힘은 물론 한덕기와 진가비의 옷도 온통 피투성이가 됐다.

경찰들이 몰려오고 있었으나, 아직 앰뷸런스 소리는 들리지 않았다.

"앰뷸런스가 오려면 시간이 걸릴 거야. 숫제 택시를 타고 병원으로 가는 게 빠르겠어. 가비야, 혹시 택시 보여?"

"덕기 씨, 저쪽에 택시가 몇 대 있어요."

"같은 방향이네, 모두 같은 방향… 숫자 10이 행운의 숫자라고 이브라힘이 말했고 그래서 내가 10시 방향으로 걷자고 했지. 바로 그 10시 방향으로 이브라힘이 물을 사러 갔어. 그 방향과 우리 사이에 메두사 모습을 한 사람이 있었고, 그 사람이 10시 방향을 가리켰는데 바로 그쪽에서 폭탄이 터진 것 같아. 방금 우리가 그곳을 지나왔고, 이브라힘이 쓰러진 곳도 지금 막 지났어. 그러니까 모두 10시 방향에서 일어났고, 바로 그 10시 방향에 택시가 있네…. 게다가 오늘은 10월 10일, 우리가 만난 시간은 10시…."

한덕기가 거친 숨을 몰아쉬며 말했고, 잠시 후 택시 앞에 도착했다.

택시기사가 이미 보았는지 문을 열어 놓은 채 도와줄 준비를 하고 있었고, 이들을 태우자마자 인근 종합병원으로 향했다.

"이브라힘! 이브라힘! 잠들지 마. 500년 전에도 내가 널 죽였는데… 죽으면 안 돼. 내가 물을 사겠다고 하는 바람에 네가 다쳤어. 미안해, 이브라힘. 눈 떠! 널 반드시 살릴 거야."

이브라힘이 눈을 살짝 뜨더니 기어들어가는 목소리로 말했다.

"슐… 레이만, 좀… 작게 말해, 흐흐. 너 혈액형 뭐야? 병원에… 혈액이 충분치 않을 수도…."

"난 O형. 넌?"

"나도…."

여기까지 말한 이브라힘은 기절했고, 한덕기는 눈물을 흘리며 한국어로 말했다.

"이브라힘, 500년 전에 내가 네게 몇 번이나 말했지. 내가 황제로 있는 한 네가 무슨 죄를 짓던 너를 처형하는 일은 없을 거라고. 그런데 그때 난 그 말을 지키지 못했어. 하지만 이번엔 반드시 너를 살릴 거야. 내 피를 뽑아서 네게 줄게. 아무 걱정하지 마."

"덕기 씨, 피를 뽑아야 해요? 그렇겠네요, 피를 많이 흘렸으니까. 그런데 덕기 씨 혈액형이 이브라힘과 일치하나요?"

"응, 우린 O형이야."

"나도 O형이에요, 잘 됐어요. 나도 헌혈할게요."

"너까지 헌혈할 필요는 없을 거야, 일단 병원에 가서 상황을 보자."

"무슨 소리예요? 나 때문에… 내가 목마르다고 해서 이브라힘이 물 사러 가는 바람에 이렇게 많이 다쳤어요. 아, 그런데 덕기 씨도 종아리에서 피가 많이 나. 어떡해, 아플 텐데…."

택시는 약 10분 만에 종합병원 응급실 앞에 멈췄다.

택시기사는 돈을 받지 않겠다고 극구 사양했다. 세상엔 테러를 일으키는 사람도 있지만, 좋은 사람도 많았다.

응급실 내부는 분주한 모습이었다. 아마 테러가 발생했다는 연락을 받았는지 의료진이 긴장한 모습으로 대기하고 있었다.

불행 중 다행이었던 것은 이브라힘이 피를 많이 흘렸으나, 생명이 위독한 정도는 아니었다. 그리고 이브라힘이 첫 번째 환자였기에 병원에 혈액이 부족하지도 않았다.

하지만 한덕기와 진가비는 의료진에게 자신들의 친구를 돕고 싶다는 의사를 밝혔다. 많은 환자들이 몰려오면 혈액이 부족할 수도 있으니 헌혈하게 해달라고 부탁했다. 나란히 누워 헌혈을 했고, 이들의 피가 이브라힘에게 투여되었다.

헌혈을 하며 한덕기가 말했다.

"가비야, 터키와 우리나라를 형제의 나라라고 하잖아. 이번에 이브라힘과 정말로 피를 나눈 형제가 됐어. 그리고 500년 전 슐레이만 황제가 자신의 친구인 이브라힘을 처형했던 것… 그것에 대해 지금 내가 사죄하고 있는 거야. 물론 충분하진 않지만… 가비야, 괜찮아? 어지럽진 않아? 넌 헌혈하지 않아도 되는데…."

"이브라힘이 나 때문에 죽을 뻔했어요. 작은 도움이라도 주는 게 당연해요. 그리고 내가 만약 500년 전에 록셀라나였다면, 이브라힘에게 이 정도 해주는 건 당연해요."

"하긴 이 모든 게 전생에 우리가 만든 업보일지도 몰라. 500년 전에 우리가 슐레이만과 록셀라나였고, 그 당시 이브라힘이 처형당하는 데에 록셀라나의 입김이 작용했을 가능성이 많거든."

"우리의 인연이 터키와 관련되어 있다는 것은 나도 확신해요. 게다가 그 커피잔은 정말 이상해. 그 커피잔에 커피를 마시기만 하면… 하지만 내가 가톨릭 신자라서 하는 말은 아닌데요, 전생에 우리가 슐레이만 황제와 록셀라나였다 믿고 싶진 않아요. 그런데 자꾸만 관련이 있다는 생각이….."

바로 그때 한덕기의 종아리를 살피던 의사가 영어로 말했다.

"큰 상처는 아니지만 그냥 놓아두면 아무는 데 오래 걸릴 겁니다. 한 열 바늘 꿰매야겠어요."

"열?"

한덕기와 진가비가 동시에 열이라 말하며 놀란 눈빛으로 잠시 서로를 쳐다봤다.

"가비야, 이게 우연일까?"

"아, 아니… 우연이라고 하기엔 왜 모든 게 숫자 10과 관련이 있죠?"

"음… 뭔가 있어. 뭔가 풀어야 할 문제가…."

"우리가 본 그 메두사 같은 여자는 어떻게 되었을까요? 정말 메두사는 아니었겠죠?"

"그리스 신화가 21세기에 재현되었을 리는 없지. 그런데 정말 메두사와 흡사한 모습이었어. 우리 둘 다 봤으니 분명히 헛것은 아니었을 텐데. 테러를 일으킨 사람들과 한 패였을까? 아니면 보이지 않는 어떤 힘이 우리를 살리려고 우리에게 메두사를 보여준 것일까?"

복부에서 파편을 제거하는 수술을 받은 이브라힘은 병실 침대에 잠들었고, 종아리를 열 바늘 꿰매며 상처를 치료 받은 한덕기는 진 가비와 함께 병실을 지켰다.

병실 밖은 매우 소란스러웠다. 폭탄 테러로 부상당한 사람들이 앰뷸런스에 실려왔고, 아우성치고 울부짖는 소리와 의료진들이 분 주히 움직이며 다급히 외치는 소리가 들렸다.

TV와 라디오에선 연일 폭탄 테러에 관한 보도를 내놓았다. 몇몇 정당들과 정치인들 또 뜻을 함께하는 시민들이 곳곳에 모여 테러 를 규탄했고, 폭탄 테러로 사망한 사람들에게 애도를 표했다.

최종 정리된 뉴스 내용에 의하면, 2015년 10월 10일 현지 시각 10시 5분에 앙카라 중앙역 앞 광장에서 몇 초 간격으로 두 번 발생 한 이 끔찍한 폭탄 테러로 102명이 사망했고 500명 이상이 중경상 을 입었다.

터키 정부는 이보다 앞선 7월 20일 샨르우르파주의 수르츠에서 발생했던 폭탄 테러와 마찬가지로 이번 테러도 PKK(쿠르디스탄 노 동자당-저자 주)의 소행일 것이라고 발표했다.

정부의 발표와는 달리 쿠르드족에 대한 정책이 지나치게 강압적 이라는 의견도 있었다. 하지만, 약 삼천만 명에 이르는 쿠르드족이 터키 남동부, 시리아 북동부, 이라크 북부 그리고 이란 북서부에 걸 쳐 거주하면서 쿠르디스탄으로 독립을 원하고 있는데, 관련 국가들 중 어떤 나라도 영토의 일부를 쿠르드족에게 떼어줄 수는 없는 노 릇이고 또 이 국가들 간에 국경 문제는 물론 유전을 포함한 경제적 인 사안까지 첨예하게 얽혀 있기 때문에 뾰족한 해법은 없었다.

행운의 숫자 10을 완성하다

이브라힘은 7일 동안 병원에 입원해 있었다. 이브라힘의 부인과 가족들이 병원으로 왔지만, 한덕기와 진가비는 앙카라를 떠나지 않았다. 호텔과 병원을 수시로 오가며 이브라힘을 살폈고, 필요한 것을 도와주었다.

자초지종을 들은 이브라힘의 가족들은 한덕기와 진가비에게 몇 번이나 감사를 표했지만, 두 사람은 그 가족들에게 용서를 빌었다.

"이브라힘이 저희에게 앙카라 구경을 시켜주느라 일부러 중앙역에 왔고 또 저희 때문에 물을 사러 가다가 사고를 당했으니 이 모든 게 저희 잘못입니다. 죄송합니다."

한덕기가 가족들에게 말하자 그 중 한 명이 대답했다.

"무슨 말씀을요. 이브라힘이 다쳤을 때 이브라힘을 병원에 데려다 주셨으니 저희가 감사를 드려야죠. 아참, 저는 이브라힘의 동생 아틸라라고 합니다. 당신은 한국인 한덕기 슐레이만 맞죠? 형으로부터 매우 가까운 친구라고 들었습니다. 우리 형의 친구니까 슐레이만 형이라고 부를게요."

"아틸라 씨, 이브라힘의 동생이었군요. 그런데 아틸라… 이 이름을 어디선가 들어본 것 같은데요. 흔한 이름은 아니죠?"

"슐레이만 형, 혹시 훈을 아시나요?"

"네. 투르크가 훈의 한 갈래라고 이브라힘이 알려줬어요. 그런데 어쩌면 우리 한국인 중에도 일부가 훈과 관련되었을지도 몰라요.

아직 학자들의 연구가 더 필요하지만요."

한덕기가 대답했고, 아틸라가 질문을 이어갔다.

"훈이 5세기에 유럽을 침공했던 일이 있어요. 그것도 아세요?"

"물론이죠. 유목민족인 훈이 오늘날 동유럽의 헝가리로 쳐들어갔는데, 워낙 기마술이 좋았고 전투력도 뛰어나 그 지역에 살던 고트족과 게르만족이 혼쭐이 나 유럽 각지로 밀려들었죠. 로마는 고트족과 게르만족을 야만인이라고 무시했었는데 그들은 하필이면 로마로 밀려들었고, 이 때문에 유럽에 민족 대이동이 일어났습니다.

결국 476년 서로마가 멸망했는데, 직접적인 원인은 고트족과 게르만족이었지만, 최초 원인 제공은 훈이 한 것이었죠. 영어식 발음인 '헝가리'는 스페인어로 '웅그리아', 이탈리아어로는 '웅게리아'입니다. 단어의 맨 앞에 '웅'의 실제 발음인 '운'이 바로 '훈'이란 뜻이고, 단어 끝에 '리아'는 '무엇의 땅' 또는 '무엇이 있는 곳'이니까 바로 훈의 땅이란 뜻이 됩니다. 스페인어와 이탈리아어의 이 발음을 영어로는 헝가리라고 하잖아요."

"우와, 대단해요. 유럽으로 쳐들어온 훈의 왕이 바로 아틸라 대왕이죠. 그리고 우리 부모님께서 제게 아틸라란 이름을 붙여주셨어요. 그런데 슐레이만 형, 형은 역사에 대해 꽤 많은 지식을 갖고 있군요. 모든 게 정확해요, 하하하. 저도 부지런히 공부해야겠어요."

"아녜요. 그저 조금 알고 있을 뿐이죠. 그런데 아틸라, 왜 공부를…."

"사실은 우리 형처럼 나도 역사를 전공했어요. 부끄럽지만, 내 박사 학위 논문이 슐레이만 형의 이름과 똑같은 슐레이만 황제 그리고 그의 부인이었던 록셀라나에 관한 것이었죠. 그리고 현재 이스탄불 소재 국립중앙박물관에서 일하고 있어요."

"아, 그래요. 이브라힘으로부터 들었어요, 동생이 박물관에서 일한다고…. 또 슐레이만과 록셀라나의 커피잔을 박물관에 기증하면 보상 받을 수 있다고…. 여기 내 여자친구 진가비는 곧 나와 결혼할 사람인데요 가톨릭 세례명이 로사예요. 슐레이만 황제의 부인이었던 알렉산드라 라 로사, 바로 록셀라나의 이름이죠."

"아… 우리 형의 이름이 이브라힘, 바로 슐레이만 황제의 가장 소중한 친구였던 이브라힘 파샤와 같은 이름이잖아요. 우리 형이 이 점을 상기시키면서 슐레이만 형과 자신이 보통 인연이 아니라며 마치 500년 전의 불행을 해결하기 위해 환생한 것 같다는 말을 한 적 있어요. 게다가 진가비 씨의 또 다른 이름이 로사라니…."

"초면에 이런 말을 하긴 좀 그렇지만, 사실 나는 나와 내 여자친구가 바로 500년 전의 슐레이만 황제와 록셀라나라고 생각하고 있어요."

"아… 그럼 혹시 우리 형이 그 커… 아, 아네요."

아틸라가 눈에 보일 듯 말 듯 고개를 갸우뚱하더니 말을 이었다.

"사실 요즘 박물관에 매우 바쁜 일이 있어요. 우리 형과 해결할 문제도 있고요. 테러 때문에 형이 다치지만 않았어도 어떻게 해서든 빨리 해결할 텐데. 저는 이제 이스탄불로 돌아가려고 해요. 슐레이만 형, 우리 다음에 또 봐요. 아니, 꼭 만났으면 좋겠어요."

입원한 지 7일 만에 이브라힘이 퇴원할 때 한덕기와 진가비는 병원 앞에 차를 세워놓은 채 기다리고 있었다. 이브라힘은 거듭 사양했지만, 한덕기는 친구에 대한 최소한의 도리라며 고집을 피웠다. 결국 한덕기가 운전했고, 진가비는 조수석에 그리고 이브라힘과 그의 부인은 뒷좌석에 앉았다. 이브라힘은 조그마한 움직임에도 수술 받은 부위에 통증을 느꼈기 때문에 한덕기는 최대한 조심스럽게 운전했고, 이스탄불로 향하며 자주 휴게소에 들렀다.

이브라힘의 부인 카드리예는 보라색 히잡을 쓰고 있었는데, 휴게소에서 잠시 쉴 때 진가비가 카드리예에게 말했다.

"저, 카드리예. 히잡이 참 예뻐요. 어떻게 보면 가톨릭교회의 미사포와 비슷하기도 하고요. 당신의 파란 눈동자와 잘 어울려요."

"저는 이즈미르 출신이예요, 터키에서 가장 자유로운 곳이죠. 사실 저는 이즈미르나 안탈리아 또 이스탄불에서는 히잡을 사용하지 않아요. 그리고 사실 터키는 이슬람 국가들 중에서는 완벽하게 종교의 자유가 허락되어 있죠. 그래서 관공서나 학교 등 공공장소에서는 히잡 사용이 금지되어 있어요. 하지만 터키의 서쪽을 벗어나 동쪽으로 이동할 경우에는 히잡을 씁니다. 아무래도 좀 더 보수적이기 때문이죠, 물론 공공장소에서는 안 쓰지만요. 이스탄불에서 보셨겠지만, 사실 요즘 히잡은 패션의 한 부분이기도 해요. 한 번 써보겠어요?

"정말요? 괜찮겠어요?"

진가비가 미안한 표정을 지으며 반문했고, 카드리예는 얼굴에 미소를 가득 띤 채 대답했다.

"이제 이스탄불에 가까이 왔으니 괜찮아요. 어차피 벗을 생각이었어요. 자, 써보세요."

카드리예는 히잡을 선뜻 벗어 진가비에게 건네며 말했다.

그녀들을 바라보며 한덕기와 이브라힘이 대화를 주고받았다.

"이브라힘, 종교란 무엇일까? 사실 한 종교의 내면을 보면 다른 종교와 별 차이가 없는 것 아닐까? 표현하는 방법만 다를 뿐 궁극적인 목적도 대동소이하고 말이야."

"그렇지. 너도 알다시피 가톨릭, 그리스정교, 프로테스탄트, 유대교, 이슬람교는 공통적으로 동일한 유일신을 믿고 있잖아. 유사한 교리도 있고 조금씩 다르게 전개된 부분도 있는데, 아마 지역별로 상이한 문화와 관습이 영향을 미쳤을 거야."

"그래. 내가 알기로는 전 세계 인구 중에서 가톨릭이 18%, 그리스정교 4%, 프로테스탄트 11%, 유대교 0.22%, 이슬람교 25%야. 이 중에서 현재 가장 보수적인 종교는 이슬람교 아닐까? 그 다음은 가톨릭이고. 사실 가톨릭 국가들은 불과 몇십 년 전에 이혼을 합법화했어. 프로테스탄트 국가들은 그 전에 합법화했을 것이고.

이혼 가능 여부가 보수적인지 아닌지를 판단하는 기준은 아니지만, 난 이렇게 생각해. 지금 내가 속한 종교나 나라의 기준으로 평가할 때 보수적이고 인권이 무시당하는 것으로 보이는 종교나 나라가 있겠지만, 사실 내가 속한 곳도 백 년 또는 몇백 년 전에는 동일하게 보수적이고 인권이 무시되었을 것이라고."

"슐레이만, 아주 좋은 표현이야. 난 네 의견에 전적으로 동의해. 역시 내 친구 슐레이만이야, 하하하. 아, 그건 그렇고, 말 좀 시키지 마, 배가 당겨져서 아파."

"하하하. 알았어, 이 친구야."

한덕기와 이브라힘은 많은 부분에서 생각과 의견을 같이했다. 한국인 그리고 터키인으로 국적도, 문화도 달랐지만, 두 나라는 형제의 나라이고 두 사람도 형제였다, 오백 년 전에 그랬듯이.

"이브라힘, 이건 믿기 어려운 얘긴데, 그냥 한 번 들어봐. 사실 직접 본 가비나 나나 믿기지 않는데….”

“슐레이만, 어서 말해봐. 너나 나나 농담을 잘 하지만, 진지할 땐 진지하게 얘기하고 또 듣는 게 우리니까. 안 그래?”

“그게, 사실은… 메두사를 봤어, 그리스 신화의 메두사….”

“슐레이만, 진지하게 듣고 있으니 네가 본 것을 말해봐. 메두사를 어디에서 봤는데?”

“그날, 10월 10일 10시, 우리가 광장에서 만나 2~3분가량 대화를 나누었잖아? 그때 넌 슐레이만이 10대 황제였기 때문에 10이 행운의 숫자였다고 말했지. 그래서 우리 모두 10시 방향으로 걷다가 네가 물을 사러 갔어. 기억할지 모르지만, 넌 그때 바로 동일한 10시 방향으로 갔어. 그리고 가비와 난 사진을 막 찍으려 했는데, 네가 사라진 10시 방향에 메두사와 매우 흡사한 모습을 한 여자가 있었어. 왜 그랬는진 모르지만, 그 여자는 10시 방향을 가리켰는데, 난 순간적으로 ‘죽음’ 그리고 네가 이미 언급했었던 ‘테러’라는 단어를 떠올렸어. 그때 메두사는 감쪽같이 사라졌지.

게다가 그게 두 번째였는데, 어쩌면 오백 년 전의 내 모습일지도 모를… 하여튼 중세풍의 왕 같기도 하고 장군 같기도 한 사람이 백마를 타고 나타나서는… 칼끝을 위에서 아래로 내리며 바닥을 가리켰어.

난 순간적으로 가비를 안으며 바닥에 엎드렸고, 바로 그때 쾅 소리와 함께 폭탄이 터졌어, 바로 그 10시 방향에서. 미리 엎드린 우리는 다행히 다치지 않았던 거야.”

“안 다치긴? 너도 종아리에 열 바늘 꿰매는 수술을 받았잖아. 다친 상황에서 날 찾아내어 날 병원까지 데려갔어.”

"네가 다친 것에 비하면 아무것도 아니지. 그런데 이브라힘, 그 메두사를 나만 봤다면 혹시 헛것을 본 것이라고 대수롭지 않게 넘길 수도 있겠지만, 사실 가비가 먼저 발견했거든. 그리고 모든 게 숫자 10이야. 10월 10일 10시, 우리가 함께 걸어간 방향도, 네가 물을 사러 간 방향도, 메두사가 가리킨 방향도, 폭탄이 터진 곳도, 부상당한 너를 발견한 곳도 모두 10시 방향 그리고 내가 열 바늘 꿰매는 수술을 받은 것까지."

"음… 슐레이만, 세상 사람들이 말이야… 500년 전의 슐레이만 황제와 그의 부인 록셀라나 그리고 그의 친구 이브라힘이 환생하여 21세기에 살고 있다는 것을 믿을까?"

"아니지. 우리가 만약 그런 말을 한다면, 모두들 우리에게 미쳤다고 하겠지."

"그런데 우리는 이 모든 것을 사실이라고 믿고 있지?"

"물론이지. 내가 이브라힘 너를 스페인 마드리드에서 처음 만난 이후 항상 그렇게 믿고 있지."

"그럼 메두사는?"

"그건… 다르지, 메두사는 그리스 신화고… 신화가 현실이 될 수는 없잖아."

"슐레이만, 잘 들어봐… C-130이란 수송기가 있어, 그 이름이 헤라클레스야. 바로 그리스 신화의 영웅이지. 달에 착륙한 우주선 이름은 아폴로야, 그리스 신화에선 아폴론이고 로마 신화에선 아폴로지. 로마 신화에서 아름다움의 여신인 비너스는 오늘날 여성 의류 이름에 사용되기도 해. 전 세계에서 가장 강력한 가톨릭 국가 스페인의 수도 마드리드 한 복판 프라도미술관 앞 분수대에 있는 조각은 포세이돈, 그리스 신화에서 바다의 신이고. 그곳으로부터 가까운 곳에 마드리드의 명물이며 유럽에서 가장 아름다운 분수대에 있는 조각은 대지의 여신인 키벨레. 터키 에페수스에 있는 승리의 여신 나이키 조각은 유명 스포츠 브랜드가 되었어. 그리고 의학의 신 아스클레피우스의 지팡이와 휘감긴 뱀은 많은 나라에서 의학이나 의사와 관련된 로고에 사용되고 있어. 대부분 네가 아는 내용들이지?

고대 그리스와 로마는 유일신이 아닌 여러 신들을 믿는 다신교 문화였어. 기독교의 시각으로 보면 당연히 우상숭배였고. 그렇지만 그런 신들이 대부분 기독교를 믿는 유럽과 아메리카의 곳곳에 남아 있어… 군사 장비에, 과학 기술에, 건물에, 예술 작품에 그리고 냉정해야 할 의사들의 모임에도.

슐레이만, 500년 전에 난 이브라힘 파샤였고 넌 슐레이만 황제 그리고 가비 씨는 록셀라나 황후였어. 모두 환생하여 21세기에 살고 있고, 우린 필연적으로 다시 만났어. 그런 너희들이 메두사를 본 게 과연 이상한 것일까? 어쨌든 메두사가 너희들을 살렸고 또 메두사가 10시 방향을 가리켰기에 너희들도 10시 방향에서 나를 발견해 병원으로 데려갔어.

이 세상 모든 현상을 우리가 다 알 수는 없지. 또 현상이라는 게 모두 과학으로 증명될 수도 없고.

페니실린이 만들어지기 전에 곰팡이로 사람을 치료하려고 누군가 시도했다면, 사람들이 미쳤다고, 미신이라고 하지 않았을까? 그 시대의 과학으로는 증명할 수 없었던 것이니까. 마찬가지로 지금 이 시대의 과학으로 증명할 수 없는 것이 지금은 초자연적인 현상이라 해도 몇십 년 후엔 과학이 될 수도 있겠지."

"이브라힘, 넌 정말 훌륭한 역사학자야. 설명이 아주 명쾌해. 그럼 행운의 숫자 10은⋯ 이건 어떻게 이해해야 하나? 10으로 무언가⋯ 무언가 완성해야 하는 것일까? 아니면 10이 되어야 비로서 어떤 것이 완성되는 것일까?"

"음, 글쎄⋯ 어쩌면 내 동생⋯ 아니야, 우리 시간을 갖고 천천히 생각해보자. 그보다는 이제 내 걱정은 하지 말고, 너희들이 즐겼으면 좋겠어. 멋지고 아름답고 의미 있는 것들 많이 보며 터키의 다양한 음식도 즐기고 말이야. 한 달 이상 더 여행한 후에 한국으로 간다고 했지?"

"그래, 고마워. 항공권을 12월 초로 예약해 놓았어."

"슐레이만, 설마 이제 한국에 가면 다시 터키엔 안 오려고 생각하는 건 아니지?"

"그럴리가 있겠어? 이브라힘 네가 터키에 있는데⋯ 가비가 서울에서 카페를 운영하니까 나도 서울에서 뭔가 해야겠는데, 가능하면 터키와 관련된 일을 하고 싶어. 아, 맞다! 로스팅 기계⋯ 한국으로 수출할 수 있는 내구성 좋은 로스팅 기계를 생산하는 업체들이 있을 거야. 좀 알아봐 줘. 터키에서 생산되는 로스팅 기계가 품질이 좋다고 가비가 말했는데, 한국에서 이 기계가 고장이 나면 수리에 어려움이 있을 거라고 하네. 내가 만약 로스팅 기계 수입·판매하는 회사를 차린다면, 유지 보수 및 수리 서비스까지 제공해야겠어."

진가비는 터키의 매력에 푹 빠졌다. 그리고 한덕기는 그런 진가비의 매력에 푹 빠졌다. 두 사람은 손을 잡고 또 팔짱을 끼고 하루 종일 이스탄불 구석구석을 돌아다녔다. 승용차 대신 버스나 메트로를 이용하기도 했고, 시내에서는 트램에도 올라타며 사랑을 속삭였다.

한덕기는 아파트 주인에게 12월 초까지만 아파트를 사용하고 한국으로 귀국하게 되었다고 알렸다. 마음씨 좋은 주인 부부가 돈두르마(끈기 있고 쫀득한 터키식 아이스크림-저자 주)와 꽃다발을 사들고 아파트로 찾아왔고, 바리스타인 진가비가 솜씨를 발휘하여 커피를 대접했다.

나이가 지긋한 주인 부부는 이토록 맛이 좋은 커피는 처음이라며, 원두가 좋은 것인지 아니면 바리스타가 훌륭한 것인지 물었다. 한덕기는 웃으면서 바리스타가 훌륭하다고 말했고, 진가비는 원두가 좋다고 말하며 중미에 있는 작은 나라 코스타리카의 따라쑤(Tarrazu) 지방 커피가 전 세계에서 가장 훌륭하다는 그녀의 생각을 설명했다. 그리고 그 따라쑤 커피를 이번 여행에서 모두 사용했고 마지막 남은 원두를 대접한 것이라고 부연했다.

주인 부부는 고마워하며 말했다.

"가장 소중한 것을 선뜻 내어주는 당신들은 정말 좋은 사람들이군요."

"무슨 말씀을요. 두 분께서도 돈두르마와 예쁜 꽃을 사오셨는데요. 게다가 제가 8년 동안 이 아파트에서 편히 살았고, 두 분께서는 8년 동안 환율만 반영했을 뿐 임대료를 전혀 인상하지 않았어요."

"돈두르마와 꽃은 터키에 흔하지요. 하지만 따라쑤 커피는 어쩌면 지금 터키에 단 한 알도 없을지 모릅니다. 그런 귀한 것을 받았으니 무언가 보답해야 할 텐데…. 빚을 지고 사는 인생은 무거운 것이니까요."

진가비가 '코스타리카의 따라쑤 커피가 없어도 우리에겐 슐레이만과 록셀라나의 커피잔이 있으니 늘 즐겁고 행복해, 커피를 마셔도 또 사랑을 해도'라고 생각할 때 한덕기가 주인 부부에게 말했다.

"아닙니다, 빚이라니요? 저는 그저 두 분이 늘 건강하셨으면 좋겠어요. 그리고 한국에 가더라도 간혹 연락드릴게요. 물론 터키에도 자주 오도록 노력할 겁니다."

"인샬라!"

찬바람이 제법 휘몰아치며 날씨가 쌀쌀해진 11월 중순, 아틸라가 자신의 형 이브라힘은 물론 한덕기와 진가비를 저녁 식사에 초대했다. 뺏고 빼앗긴 수많은 전쟁의 역사를 품은 보스포러스해협을 따라 이동하다가 아름다운 돌마바흐체 궁전을 지나 레스토랑에 도착했다.

한덕기와 진가비가 식당에 도착하여 이브라힘과 아틸라가 앉아 있는 테라스를 발견하고 다가갔는데, 이들이 온 것도 모른 채 두 사람은 큰 소리로 언쟁을 하고 있었다. 보스포러스해협을 날아다니는 수많은 갈매기들의 끼룩거리는 소리가 묻힐 정도로 두 사람은 언성을 높이고 있었다.

"아틸라, 나도 알아. 슐레이만과 록셀라나의 커피잔이 우리 집안의 가보라는 것을. 하지만 아버지가 내게 주셨잖니? 그러니 내 것이고, 내가 내 것을 내 친구에게 준 것뿐이야. 너한텐 내가 다른 방법으로 보상할 테니 제발 그 커피잔에 대해선 거론하지 마."

"형. 그 커피잔은 우리 집안의 가보이기 전에 우리나라의 보물이야. 형, 부탁이야. 제발 역사를 전공한 사람답게 굴어."

"뭐라고? 지금 그 말, 너무 심한 것 아냐? 내가 우리나라의 역사를 져버리기라도 했다는 거니?"

"그래, 역사를 져버리는 것과 다르지 않아. 슐레이만 황제와 록셀라나에 대해선 솔직히 내가 형보다 더 전문가잖아? 오스만 제국 역사상 가장 훌륭했고 유럽 사람들조차 장대한(magnificente, magnificient-저자 주)황제라고 부르는 슐레이만 황제가 사용했던 커피잔이야. 그것을 지금 국립중앙박물관이 찾고 있어. 아니, 우리 터키의 역사가 필요로 하는 거야. 그런데 형은 지금 그것을 빼돌리고 있는 거야."

"아틸라, 너 정말 말 다했니? 어떻게 네가 내게 그런 식으로 말할 수 있어? 내가 몇 번이나 말했잖아? 500년 전의 슐레이만 황제와 록셀라나 황후가 환생하여 21세기에 살고 있다고. 또 이브라힘 파샤도 지금의 나로 환생했다고. 그들이 바로 내 친구 한덕기 슐레이만과 그의 여자친구 진가비 로사야. 그러니 커피잔을 원래 주인에게 돌려준 것뿐이야."

"제발, 형! 하긴 지난번 앙카라 병원에서 슐레이만 형도 그렇게 말하더라, 자신과 로사가 환생했다고. 하지만 이건 세상이 웃을 일이야. 말이 된다고 생각해?"

두 사람의 목소리가 점점 커졌고 거의 싸우는 수준에 이르렀다.

"아틸라, 지금 이 세상의 과학으로 설명하기 어려운 것도 있는 거야. 두 사람이 500년 전 슐레이만 황제와 록셀라나였다는 데에 너무나 많은 정황과 증거들이 있어. 게다가 두 사람은 아픔을 겪으며 오랫동안 헤어져 있었어. 8년만에 두 사람이 재회했고, 그 커피잔으로 두 사람은 500년이란 긴 세월을 뛰어 넘어 사랑과 인연을 다시 이어가고 있어. 그런데 어떻게 그것을 돌려달라고 하니? 네가 나라면 그렇게 말할 수 있겠니? 더군다나 슐레이만은 내 생명의 은인이야. 500년 전엔 이브라힘 파샤를 어쩔 수 없이 처형했지만, 환생했고 그래서 그 빚을 이제 갚았단 말이야."

"내가 형이라면 애초에 그 커피잔을 슐레이만 형과 로사에게 주지 않았을 거야. 형은 미쳤어. 이건 우리나라를 배신하는 행위야."

이브라힘이 손을 들어 아틸라의 뺨을 때리려는 순간 한덕기가 이브라힘의 손목을 잡아채며 말했다.

"안 돼! 멈춰, 이브라힘!"

"아, 슐레이만… 왔구나…. 미안해, 이런 꼴을 보여서 부끄럽네. 혹시 다 들었어? 표정을 보니 그렇군. 음… 아틸라, 어서 슐레이만에게 사과해, 어서."

"슐레이만 형, 안녕하세요? 저, 그게…."

"아틸라, 괜찮아요. 사과하지 않아도 되요. 이 모든 게 나 때문에 벌어진 일이니까."

"슐레이만 형. 미안해요. 하지만 잠깐만 내 얘기 좀 들어주세요. 내가 국립중앙박물관에서 일한다고 지난번에 말했죠? 박물관에 바쁜 일이 많다고도 했고요. 얼마 전부터 오스만 제국 황제들이 사용했던 개인 물품들을 모아 고증하며 각 물품의 중요성을 따져 국보나 보물로 지정하는 작업을 진행하고 있어요. 슐레이만 황제가 사용하던 개인 물품은 열 개로 정해졌어요…."

그때 한덕기는 "열? 또다시 숫자 10이다."라고 나지막이 중얼거리며 아틸라의 다음 말을 기다렸다.

"슐레이만 황제의 의복, 말안장, 전쟁에서 사용하던 칼, 일기장, 록셀라나에게 바친 시, 슐레이만의 부친 셀림 1세가 슐레이만에게 선물한 새끼 양가죽 가방 등 아홉 점은 모두 준비되어 있고 고증학에 입각하여 지금 연구 중인데, 그 커피잔, 슐레이만 황제와 록셀라나가 사용했던 그 커피잔이 바로 열 번째 물품이에요. 그리고 박물관에서 그 커피잔의 행방을 아는 사람은 제가 유일해요. 당연하죠, 우리 증조할아버지가 오스만 제국의 마지막 술탄 메흐메트 6세로부터 받아서 보관하며 우리 집안의 가보가 되었으니까요. 나는 학자적 양심에 입각하여 얼마 전부터 이브라힘 형에게 그 커피잔을 달라고 했고, 형은 안 된다고 하는 거예요. 알고 보니 형은 그것을 슐레이만 형에게 이미 줘버렸고요."

"아틸라, 난 그 커피잔을 돌려줄 수 있어요. 하지만, 애초에 선물한 사람이 이브라힘이고 또 이브라힘이 나한테만 준 것이 아니라 나와 진가비 로사에게 준 것이니 난 이브라힘과 로사의 의견을 듣고 싶어요."

이렇게 말한 한덕기가 이브라힘을 향해 말했다.

"이브라힘, 내가 이미 말했듯이 모든 게 숫자 10이야. 10월 10일 10시, 10시 방향으로 걸었고, 10시 방향에서 테러가 일어났으며, 난 너를 10시 방향에서 발견했어. 난 열 바늘 꿰매는 수술을 받았고… 지금 아틸라는 바로 그 커피잔이 슐레이만 황제의 열 번째 물품이라고 말하네."

"슐레이만, 네가 바로 슐레이만 황제야. 내가 네게 준 것이 아니고 애초부터 네 것이었어. 난 그것을 찾아서 원래 주인인 너한테 전한 것뿐이야."

"모든 게 행운의 숫자 10과 관련되어 있어. 기억나? 10이 되어야 비로소 어떤 것이 완성되는 것일지 모른다고 지난번에 내가 말했지? 그리고 넌 이 시대의 과학으로 증명할 수 없는 것이라고 해서 무조건 미신이나 초자연적인 것으로 여길 수는 없다고 했잖아? 그런 것이 몇 십 년 후엔 과학이 될 수도 있을 거라 말했고.

그래, 가비와 나 그리고 너까지… 우리가 환생하여 21세기에 살고 있어. 하지만 지금 이 시대의 과학으론 증명이 안 되지. 분명히 믿지만 증명이 안 되니 몇십 년 후에 미래의 과학으로 증명되기를 기대하는 게 어떨까?

그것보다는 지금은 숫자 10이 완전한 10이 되도록 만드는 게 훨씬 현실적일 것 같아. 물론 우리에게 일어난 현상들을 숫자 10과 관련짓는 것도 미신이라 볼 수 있겠지만, 많은 사람들이 럭키 세븐을 행운의 숫자라 여기는 것처럼 우리도 행운의 숫자 10을 만들자. 터키어로 10이 '온'이잖아? 한국어로 '온'은 과거엔 숫자 100(백)이란 뜻이었고 현재는 '전부의, 모두의'란 뜻으로 사용되고 있어. 어쩌면 '온'이란 단어가 우랄알타이어족인 두 나라의 언어에 남았을 수도 있겠지.

온… 터키어로 10이란 의미에 한국어로 전부이고 모두라는 의미를 부여하자. 그러려면 커피잔을 반환하여 슐레이만 황제의 물품 열 개가 모두 완성되도록 해야 해. 어쩌면 말이야… 10시 방향에서 일어난 테러와 또 바로 그 테러 때문에 네가 부상당한 것은 그 커피잔을 반환하라는 암시였는지도 모르겠어. 만약 반환하지 않는다면 불행이 닥칠 거라는 암시… 또 네가 말했듯이 10은 행운의 숫자니까 그 커피잔을 국립중앙박물관에 기증하면 우리에게 행운이 일어나지 않을까?"

한덕기는 이 모든 내용을 한국어로 진가비에게 설명했다. 이브라힘과 아틸라의 격한 언쟁을 이미 지켜본 진가비는 놀라지 않으며 차분히 듣고 이해했다.

"덕기 씨, 제가 그랬잖아요, 큰 보석까지 박혀 있는 것을 돈도 안 내고 그냥 받아도 되는 건지 모르겠다고요? 우리 그 커피잔을 저분들에게 돌려줘요, 네?"

"하긴 아파트 주인 부부가 그랬지, 빚을 지고 사는 인생은 무겁다고… 500년 전의 우리가 환생하여 지금 여기 있지만, 이건 우리만 믿는 것이고, 세상 사람들은 믿을 수 없는 얘기지. 반면에, 국립중앙박물관이 슐레이만과 록셀라나의 커피잔을 찾고 있는 것은 현실이니까.

하지만 가비야, 정말 괜찮겠어? 사실 우리 그 커피잔에 커피를 나누어 마실 때마다 너무나 좋잖아? 몽환적이고 에로틱한 분위기의 주인공이 되어 표현할 수 없을 정도로 뜨거운 사랑을 나눌 수 있고…."

진가비가 검지 손가락을 한덕기의 입술에 대며 말을 끊더니 그의 어깨에 얼굴을 대고 말했다.

"여보, 우리가 처음 만났을 때 기억나요? 난 부끄러움도 없이 여보의 무릎 위에 올라 앉았어. 난 그때 우리가 나눈 사랑을 단 한 번도 잊은 적이 없어요. 그땐 우리에게 그 커피잔이 없었어요, 존재도 몰랐고요. 하지만 그때 나눈 사랑도 최고였어, 온몸이 녹아서 가벼워진 듯 저 위로 날아올랐고, 한참을 머물렀으니까. 그 후, 8년이 넘도록, 여보가 마흔여덟이 되고 난 마흔둘이 되도록 우리 둘 다 결혼도 안 한 채 서로를 그리워하며 기다렸어요. 그리고 이제 우리의 사랑을 충분히 확인했잖아요? 우리 그 커피잔 돌려주기로 해요. 터키의 보물이니까 터키에 남아 있어야 하지 않겠어요?"

한덕기는 고개를 끄덕이더니 자신과 진가비의 뜻을 이브라힘과 아틸라에게 전하며 이브라힘에게 말했다.

"이브라힘, 이제 너만 결정하면 돼."

"슐레이만, 넌 정말 훌륭한 사람이야. 나의 좋은 친구이자 형제야. 게다가 우리는 실제로 피를 나눈 형제잖아? 내가 테러 때문에 부상당했을 때 네가 나를 구했고 또 내게 피를 나누어 줬으니까."

이브라힘이 계속해서 아틸라에게 말했다.

"아틸라, 미안하다. 아까 내가 너무 심했지? 진심으로 사과할게. 역사학 박사인 네게 내 생각만 강요한 것도 미안하고. 그리고 말이야, 앞으로는 슐레이만을 정말 네 친형으로 대해야 한다. 부탁이야."

"형, 고마워. 나도 아까 형한테 언성 높이고 심한 말을 했어, 정말 미안해."

아틸라가 이번엔 슐레이만을 향해 말을 이었다.

"슐레이만 형, 형은 이제 내 친형이에요. 한국과 터키가 이미 형제의 나라지만, 우리는 그것을 뛰어 넘어 이제 친형제예요. 그리고 너무 고마워요. 형수님께도 고맙다는 말 지금 바로 전해줘요."

한덕기가 진가비에게 통역했고, 가족이 된 네 사람은 보스포러스 해협을 비추는 태양보다 더 환한 미소를 띄우며 굳게 손을 잡았다.

며칠 후, 이들은 다시 만났다. 한덕기와 진가비가 슐레이만 황제와 록셀라나의 커피잔을 아니, 21세기를 살고 있는 슐레이만 황제와 록셀라나가 바로 자신들의 커피잔을 아틸라와 동행한 국립중앙박물관장에게 전달했다.

박물관장이 서류 가방에서 봉투를 꺼내 보이며 진가비가 알아들을 수 있도록 영어로 말했다.

"터키 국립중앙박물관이 형제의 나라 대한민국에서 온 당신들에게 전하는 것입니다. 물론 이 커피잔의 가치를 돈으로 따질 수는 없지만, 이게 박물관이 할 수 있는 최선입니다. 자, 받으세요. 미화 일만 달러짜리 수표 열 장입니다."

"열 장이요?"

한덕기와 진가비는 물론 이브라힘과 아틸라까지 거의 동시에 말했다. 그리고 서로를 쳐다보며 고개를 끄덕였다.

"왜들 그러시죠?"

박물관장이 다소 놀라며 물었다.

"아, 아닙니다. 액수가 너무 커서요…."

"이미 발행한 수표입니다. 좋은 일에 사용하시기 바랍니다. 그리고 이것은 국립중앙박물관이 두 분께 드리는 감사패입니다. 박물관장인 제 서명이 기입되어 있어요. 하나 더 있습니다. 바로 이 감사패를 근거로 이민청장에게 특별히 부탁했고, 이민청장이 관련 부서 및 기관들과 협의한 끝에 두 분께 드리는 명예 시민증을 만들었습니다. 자, 받으세요. 대한민국 대사관에 확인해 보니 대한민국은 이중국적을 허용하지 않더군요. 그래서 터키 국적 여권은 만들 수 없었지만, 이 시민증으로 두 분은 이제 터키인입니다. 터키 내에서는 여권 없이 이 명예 시민증만으로 신분을 증명할 수 있습니다, 관공서에서도 은행에서도 또 어디에서든지요."

박물관장이 먼저 자리를 떴고, 네 사람은 즐겁게 대화하며 화려하고 맛도 훌륭한 터키의 해물요리를 즐겼다.

"이브라힘, 아틸라, 하하하. 또 10이야! 수표가 열 장! 우리가 함께 숫자 10을 완성했어. 역시 10은 행운의 숫자야, 행운의 숫자 10."

"어머, 여기 이 큰 새우들 보세요, 열 마리예요."

"하하하, 하하하하!"

모두가 즐겁게 웃었고, 잠시 후 진가비가 말했다.

"이브라힘, 수표 열 장 중 다섯 장, 그러니까 오만 달러를 드릴 테니 로스팅 기계를 수출하고 서비스를 제공하는 회사를 하나 만들면 어떻겠어요? 나머지 오만 달러로는 덕기 씨가 로스팅 기계를 수입하고 마찬가지로 서비스를 제공하는 회사를 한국에 만들고요, 동시에 로스팅까지 하는 거죠."

"하하하, 역시 카페 사장님이라 결정도 빠르구나. 가비야, 네 말대로 할게. 이브라힘, 자, 여기 오만 달러 받아."

"아니, 이건 너무 갑작스러운데… 더군다나 이 돈은 터키 국립중앙박물관이 너희들에게 준 거야."

"상관없어. 가비가 그렇게 결정했으니까. 게다가 박물관장도 좋은 일에 사용하라고 말했잖아? 터키의 로스팅 기계를 형제의 나라인 대한민국으로 수출하는 게 좋은 일 아니겠어?

양 쪽에 회사를 설립하면 내가 로스팅 기계들을 수입해야 하는데… 내가 무역은 좀 알잖아?

한국에서 내가 거래하는 은행 통해 3개월 Usance L/C(기한부 신용장-저자 주)를 발행하여 네가 터키에서 거래하는 은행에 전달되도록 할게. 그럼 넌 그것을 이용하여 Local L/C(내국 신용장-저자 주)를 열고 로스팅 기계 생산하는 회사에 전달하면 돼. 그럼 그 회사는 자금 압박 없이 기계를 생산할 수 있을 거야. 물론, 내가 한국에서 영업을 잘하고 또 3개월 내에 잘 팔아서 은행에 대금을 입금해야겠지. 별 문제 없을 거야, 또 내가 그동안 모아 놓은 돈도 있으니 자금 회전을 원활하게 할 수 있어.

넌 로스팅 기계 생산하는 회사들을 만나보며 가격 흥정하고 품질, 선적 날짜 엄수, 서비스 등 고려해서 네 판단으로 한 업체를 결정해줘.

그리고 난 로스팅하는 것을 배워야 하는데, 글쎄… 최소한 3개월 아니, 6개월은 배워야 할까 모르겠네. 아마 생두를 볶는 열기를 이해하는 게 중요할 텐데… 수백 번은 볶아 봐야 조금 이해하겠지. 시간을 갖고 하나씩 준비해 가자.”

“하하하, 좋아, 슐레이만. 무역 얘기가 나오니까 역시 전문가다운 그림을 바로 그리는구나. 아, 그런데 말이야… 행운의 숫자 10을 이용하면 어떨까? 첫 선적은 열 대로 하는 거지.”

“하하하, 하하하하!”

모두들 즐겁게 웃었다.

“그런데 슐레이만, 괜찮겠어? 이젠 슐레이만과 록셀라나의 커피잔이 없는데?”

“괜찮아, 이 사람아. 가비와 난 이미 충분히 사랑을 확인했어. 그리고 그 커피잔을 사진으로 남겨 뒀어. 필요하면 하나 만들지 뭐, 하하.”

눈꽃@터키

　며칠 후 12월 초, 한덕기와 진가비는 지중해에 있는 안탈리아로 마지막 여행을 떠났다. 진가비가 눈 덮인 올림포스를 보고 싶어했기 때문이다. 한덕기가 자신의 승용차를 이미 팔았기에 렌터카를 사용했다. 차를 빌릴 때도 또 호텔에서도 두 사람은 명예시민증을 제시했다. 지중해 해변에 위치한 오성급 럭셔리 호텔인 라마다 플라자 안탈리아(Ramada Plaza Otel Antalya)의 직원이 말했다.

　"터키인이시군요, 그런데 외모는 한국인인 것 같습니다."

　"네, 우린 한국인입니다. 하지만 터키인이 되었어요, 하하."

　"아, 형제의 나라 한국에서 오셨군요, 환영합니다. 그리고 저희 호텔을 찾아 주셔서 감사합니다. 바다가 보이는 방으로 준비했습니다."

　객실도, 식당도 모든 게 훌륭했다. 호텔에서 여유로운 시간을 보낸 두 사람은 다음 날 아침 10시에 맞춰 올림포스에 다시 올라갔다.

　눈 덮인 올림포스는 그리스 신화처럼 신비스런 매력을 발산하고 있었다. 이 시기엔 구름이 잔뜩 끼어 있거나 눈이 내리곤 해서 지중해를 바라볼 수 없는 경우도 많지만, 좋은 운이 따르는지 날씨가 쾌청했다.

　눈부시게 하얀 올림포스의 정상에서 눈부시게 파란 지중해를 바라봤다. 눈부시게 아름다운 진가비가 한덕기의 눈동자에 빠졌다. 그리고 한덕기는 진가비에게 빠졌다.

올림포스 정상 2,366미터에 위치한 카페에서 두 사람은 나란히 앉아 커피와 빵을 먹으며, 멋진 경치에 몸과 마음이 매료되도록 한참을 머물렀다.

"가비야, 바깥에선 추웠지? 커피 마시니까 몸이 좀 녹아?"

"응. 그런데 커피 때문이 아니라 우리 여보 옆에 있어서 몸이 녹았어요, 후후."

"그럼 더 가까이 붙어야겠는데, 이렇게?"

"아이, 몰라. 이러다가 입맞춤 하겠어요…. 재밌는 얘기나 해줘요."

"그럴까? 이곳 날씨가 추워서 생각났는데… 수백 년 전에 전 세계에 걸쳐 소빙하기가 있었대. 보통 서기 1300년 또는 1400년부터 시작되었다 하고, 17세기에 기온 저하 현상이 가장 심했다지. 평균 온도가 2도 정도 강하했었다는데 아마 이 때문에 내가, 하하하, 흠… 슐레이만 황제가 비엔나를 포위했지만 실패했을 거야. 1529년 10월에 비가 많이 왔고 또 눈까지 내리며 추위가 너무 일찍 몰아닥쳤으니까. 내가 지난번 패키지 여행 중 유럽을 죽음으로 몰아넣은 흑사병에 대해 잠시 이야기했는데, 어쩌면 소빙하기였기 때문에 기상이변으로 인해 농업에 불균형이 발생하고 굶주림과 위생 불량이 생겼을 거야. 그래서 흑사병이 더욱 창궐했는지도 몰라…."

5세기에 동북아시아의 훈, 10세기에는 훈의 한 갈래인 투르크가 유럽으로 밀고 들어왔다. 14세기 중반에는 한민족과 외모가 거의 똑같은 몽고가 대제국을 이루더니 서쪽으로 진출하여 1346년 크림반도에 있는 카파(오늘날 페오도시아-저자 주)를 공격했다.

카파는 동서양 간 육상 무역로에 있는 중요 거점으로 오늘날의 이탈리아 상인들과 스페인 상인들이 자주 다니는 곳이었다. 거칠 것 없이 밀고 들어가던 몽고는 카파의 견고한 성에 막혔고, 성이 함락되지 않자 전전긍긍했는데, 마침 시커멓게 된 시체를 발견했다. 바로 흑사병(페스트-저자 주)이었다.

과거 중국에서도 몇 차례 발병했었지만, 몽고인들은 흑사병에 잘 감염되지 않았었다. 이에 몽고는 시체를 절단하여 석포에 걸어 카파성 안으로 날려 보냈다. 카파성은 지옥 아수라장이 되었고, 놀란 사람들은 서쪽 즉 유럽을 향해 보균자가 되어 뛰었고, 페스트균을 옮기는 쥐벼룩을 몸에 붙이고 있는 쥐들도 보균쥐가 되어 서쪽으로 뛰었을 것이다. 동쪽은 몽고가 휩쓸고 지나간 후였으니 먹을 게 남아 있을 리 없었으므로 쥐들이 동쪽이 아닌 서쪽으로 이동했을 것이라 짐작할 수 있다.

자료에 따라 차이는 있지만, 대략 이 시기 약 5년 동안 유럽 인구 1억5천만 명 중 40%인 6천만 명이 흑사병에 의해 사망했다고 한다. 10명 중 4명이 사망했으니 당시 기술로는 시체를 처리하는 것만 해도 힘겨운 일이었을 것이다. 어쩌면 인류 최초의 세균전이었을 수도 있다. 분명히 천인공노할 만행이었고, 유럽인들에게는 동북아시아 사람들이 지긋지긋한 존재였을 것이다.

당시 세비야(스페인 남부의 도시-저자 주) 인구의 절반이 흑사병으로 사망하는 등 많은 피해를 본 까스띠야 왕국(스페인 통일의 중심이었던 왕국-저자 주)은 국민들을 결집시킬 방법이 필요했는데, 바로 1세기 유대인 기득권층의 요구에 따라 빌라도 총독이 예수 그리스도의 사형 집행을 허락했던 상황을 떠올린 듯하다. 사형 집행을 허락한 로마 총독 빌라도가 자신은 그 일과 관계가 없다고 중얼거린 것에 대해 유대인들이 스스로 책임지겠다고 말한 것을 까스띠야 왕국이 이용했다는 의견이 있다. 흑사병의 원인이 마치 유대인 때문인 것처럼 유대인을 지탄했고, 유대인에게 개종을 강요했으며, 추방시키기도 했는데, 당시 많은 유대인들이 네덜란드와 영국으로 이동했을 것이라 추측한다. 실제로 오늘날 스페인에는 다른 유럽 국가들에 비해 유대인 비율이 낮다.

온 유럽이 흑사병으로 허덕일 때 몇몇 사건이 이어서 발생했다.

1억5천만 명이었던 유럽의 인구가 9천만 명으로 감소하니 일손 부족 현상이 발생했고, 자연스럽게 임금이 상승되었으며, 이에 따라 농노들의 지위도 향상되었다.

많은 사람들이 사망하므로 살아남은 사람들이 유산을 상속 받는 과정에서 언제 죽을지 모르는 세상이라 생각하며 흥청망청 소비하는 풍조가 물가 상승을 부채질했다.

임금 상승과 물가 상승은 병행하는 개념이고, 자본주의로 이어지는 계기가 되었다고 볼 수도 있다. 물론, 자본주의에 더 많은 영향을 준 것은 16세기 이후 스페인이 아메리카로부터 운반해 온 금과 은이었다.

신앙심도 추락했을 것이다. 아무리 기도해도 끊임없이 사망자가 발생하자 사람들이 교회로부터 멀어졌을 것이며, 인간성을 회복하자는 르네상스에도 자극이 되었을 것이다.

유럽을 공포의 도가니로 몰아넣었던 몽고의 만행이 역설적으로 르네상스 형성에 어느 정도 영향을 주었고, 르네상스가 유럽 발전의 견인차 역할을 하게 되었다.

"우리는 학창시절에 주로 근현대사 위주로 배웠잖아? 그래서 영국, 프랑스, 미국에는 익숙한 반면, 5세기에 훈, 10세기 투르크인들에 의한 셀주크 제국, 14세기 몽고 제국, 투르크인들이 13세기 말에 세운 오스만 제국이 특히 15~16세기에 대 제국을 이루었던 것 그리고 16세기 초부터 200~250년 동안 전 세계 네 개 대륙에 걸쳐 대 제국을 건설했던 최초의 해가 지지 않는 제국 스페인이 있었다는 것은 잘 모르지.

그 후, 영국, 프랑스, 네덜란드도 경쟁적으로 식민지 쟁탈전에 나섰고, 아시아에도 식민지를 건설했으니 역사는 분명히 돌고 도는 것 같아.

난 그래서 수도 없이 많은 외세의 침략을 이겨 내며 지금까지 버텨 온 우리나라도 곧 크게 부흥할 때가 올 거라 생각해. 그러기 위해선 미국과 동맹 관계를 잘 유지하면서 동북공정으로 우리의 역사까지 왜곡하고 훔쳐가려는 열등감에 사로잡힌 중국을 견제해야 해. 그리고 끊임없이 독도 관련 망언을 일삼으며 정신대로 또 강제 징용으로 끌려갔던 분들에게 사죄하지 않는 일본을 견제해야 하고. 동시에 어떻게 남북 통일을 이루고, 어떤 기술과 문화를 무기로 삼아 우리 땅을 지켜갈 것인지 고민해야겠지.

이런 중요한 시기에 왜 정치인들은 당면한 과제보다는 다음 선거를 위한 공천 받기에만 또 공천된 후엔 당선되는 것에만 급급할까? 덴마크의 국회의원들은 보좌관도 없이 스스로 소형차를 운전하거나 자전거를 타고 출퇴근한다는데, 흐흐… 마지막에 얘기가 좀 빗나갔나?"

"우리 여보, 정말 대단해요. 얘기도 재밌고 쉽게 설명해 줘서 좋아."

"가비야, 최초의 해가 지지 않는 나라 스페인에 대해 잠깐 언급하다가 생각났는데… 우리 코스타리카에 한 번 갈까? 커피 농장 운영하는 마누엘 아저씨를 찾아가면 많은 것을 보고 배울 수 있을 거야. 게다가 코스타리카는 아름다운 친환경 국가야."

"정말? 우리 꼭 그렇게 해요. 그런데 난 여기 하얗게 쌓인 눈이 너무 좋아, 나뭇가지마다 하얗게 핀 눈꽃. 그런데 코스타리카엔 눈이 없겠죠?"

케이블카를 타고 내려와 차를 몰고 잠시 이동하자 다시 눈앞에 터키석처럼 파란 지중해가 펼쳐졌다. 차에서 내려 사진을 찍고 산책하며 바람도 쐬었다. 따뜻한 지중해 뒤편에 병풍처럼 서 있는 눈 덮인 산이 멋진 조화를 이루었다.

해안에서 가까운 곳에 위치한 식당에서 늦은 점심 식사를 한 두 사람은 북서쪽으로 방향을 잡아 천천히 달렸다. 안탈리아를 벗어난 지 얼마 안 되어 오르막길에 접어들자 설원이 이들을 맞이했다.

하얀 도화지가 펼쳐지고 직선과 구불거림을 반복하는 도로 위를 붓이 된 듯 자취를 남기며 달리는 차 안에서 잠시 상념에 사로잡히기도 했다. 눈 덮인 산 하나를 넘는 듯하면 더 커다란 눈 덮인 산이 손에 잡힐 것처럼 다가와 흠칫 놀라며 잠시 서로를 바라보기도 했다.

눈부시게 하얀 설원과 흰 구름이 맞닿은 곳에 지평선은 선명하지 않았다. 해가 흰 구름 사이로 모습을 감추었는지 설원 속으로 파묻혔는지… 이 모든 것이 하얗고 차가운 겨울을 아름답게 만들고 있었다.

온통 하얀 곳에서 색깔을 품은 것은 한덕기와 진가비 뿐이었다.

옷 색깔이 아닌 이들이 내뿜는 사랑의 향기에서 묻어나는 색깔.

한적한 호텔에서 저녁 식사를 마친 두 사람은 벽난로의 따뜻한 온기에 등을 맡긴 채 멍하니 창밖을 바라봤다. 가로등 불빛 아래로 떨어지는 함박눈에 초점 없는 시선을 한참 동안 고정시켰다.

진가비는 한덕기의 어깨에 기대고 있던 고개를 천천히 들더니 말했다.

"덕기 씨, 나 눈 맞고 싶어. 우리 잠깐 밖으로 나가 봐요."

"그럴까? 자, 목도리 잘 두르고 나가자."

한덕기는 진가비에게 정성스레 목도리를 둘러주며 이마에 가볍게 입 맞췄다.

"아… 이런 느낌도 너무 좋아. 내가 사랑 받고 또 보호 받고 있다는 느낌."

겨울밤은 길고 느렸다. 소란스럽지 않은 함박눈이 부드러운 소리를 내며 수북이 쌓였다. 격하지 않은 사랑이 우아한 그림이 되어 이들의 가슴에 쌓였다. 나뭇가지 마다 눈꽃이 활짝 폈고 온 세상에 눈꽃이 날렸다.

줄타나이트, 마술 같은 보석

한덕기와 진가비가 출국하는 날은 마침 일요일이었다. 이브라힘과 그의 부인 카드리예가 두 사람을 공항까지 데려다 주었고, 두 사람이 탑승권을 받은 후, 모두 함께 공항 청사 내 카페에서 커피를 마시며 잠시 대화를 나누었다.

"슐레이만, 어때? 이런 커피잔으론 안 되겠지? 슐레이만과 록셀라나의 커피잔이 아쉽지 않아?"

"뭐, 좀 아쉽긴 하지. 그게 아주 특별한 마술을 부렸었거든, 하하하."

두 남자 이야기를 알아듣지는 못하지만 눈치로 알아차린 진가비가 당황스런 표정을 짓자 카드리예가 진가비에게 영어로 말했다.

"맞아요, 로사. 지금 그 커피잔에 대해서 대화했어요. 마술을 부리는 커피잔이 없어서 조금 아쉽다고요, 호호호."

상황이 이렇게 되자 서툴지만 모두들 영어로 대화를 이어갔다.

"카드리예까지 웃으면 어떻게 해요? 내가 지금 얼마나 부끄러운지 알아요?"

"하하하, 하하하하."

모두들 한바탕 크게 웃었다.

"커피잔 때문에 사랑이 만들어지는 게 아니라, 사랑하기 때문에 커피잔이 가치를 발휘한 거야. 그리고 우린 국립중앙박물관에서 진행하는 일이 더 가치 있다고 판단했기에 그 커피잔을 제 자리로 돌려놓은 것이고."

"옳은 말이야, 슐레이만. 어쨌든 요즘 예전 같진 않지? 하하하!"

웃음이 진정되었을 때 카드리예가 작은 보석함을 꺼내 한덕기와 진가비에게 내밀었다.

"우리 부부가 함께 준비한 작은 선물이에요."

진가비가 보석함을 열자 진한 청록색 보석이 반짝이고 있었다.

"이건… 터키석인가요? 아닌가, 터키의 터키석은 파란색이니까…."

"아뇨, 이건 줄타나이트라고 해요. 이 세상에서 유일하게 터키에서만 생산되는 보석이죠. 반지용으로 세공했으니 한국에 가면 두 사람 반지 맞추면서 이 보석을 끼워 넣으면 될 거예요. 이 봉투엔 영수증이 들었어요, 세관에서 문제되지 않도록 꼭 갖고 가세요. 아, 그리고 제품 보증서도 동봉했어요."

"너무 예뻐요. 정말 특별한 선물을 받게 되었어요, 고마워요."

그때 카드리예가 진가비의 손을 잡아 끌더니 햇빛이 들어오는 창가로 갔다.

"자, 보세요. 어때요? 색깔이 변했죠?"

"어머, 정말… 아까는 진한 청록색이었는데, 지금은 커피의 생두 그러니까 그린 빈(green bean)이라고 하는데요…. 하여튼 그 색깔이 됐어요. 신기하네요."

"불빛의 종류에 따라 자색으로도 변하고, 그린 호박색으로 변하기도 하죠. 보석 하나로 여러 개의 보석을 가진 것처럼 생각하면 될 거예요."

"마술 같은 보석이네요. 정말 고마워요, 카드리예."

아쉬운 이별이었다. 하지만 터키의 로스팅 기계를 수출하고 이를 한국에서 수입하여 판매하는 새로운 비즈니스를 준비하기 위한 생산적인 이별이기도 했다. 게다가 한덕기와 진가비는 서울에서 결혼 준비를 해야 했기에 행복한 마음으로 터키의 하늘을 날아올랐다.

"덕기 씨, 저… 나 조금 전에 좀 이상했어… 후후."

"왜? 가비야, 어디 불편해?"

"아니, 그냥… 비행기가 하늘로 막 올라갈 때… 좀 흥분….""

"하하하, 나의 봄장미, 나의 퀼바하르….""

"몰라, 왜 지금 여기서 봄장미라고 불러요? 내가 이 말 들으면 입 맞추고 싶어 하는 것 알면서… 일부러 그러는 움….""

한덕기의 입술이 잠시 동안 진가비의 입술에 닿았다 떨어졌다.

"이젠 우리에게 그 커피잔이 없으니 앞으론 봄장미라고 더 많이 불러야겠어. 사랑해, 가비야."

"나도 우리 여보 정말 사랑해요.""

서울에 도착한 두 사람은 바쁜 나날을 보냈다. 한덕기의 어머니 그리고 진가비의 언니와 형부까지 모이는 가족 모임을 갖고 결혼에 대해 대화를 시작했다.

진가비는 카페를 함께 운영하는 동업자 친구와 커피 로스팅 관련하여 여러 차례 대화를 나누었고, 두 사람 모두 학원에 등록했다. 카페 한쪽에 작은 로스팅 기계 설치를 가정해보며 실내 디자인에 변화를 주는 방안도 구상했다.

한덕기도 학원에 등록하여 로스팅을 배우는 동시에 틈틈이 서울 외곽으로 나가 로스팅 공방 차릴 만한 곳을 알아보러 다녔다. 물론 열 대 또는 그 이상의 로스팅 기계를 보관할 공간도 함께 고려했다.

2016년 초, 마흔아홉 살 그리고 마흔세 살이 된 두 사람은 진가비의 오피스텔에서 우선 살림을 시작했다. 먼저 정식으로 결혼하는 게 옳은 순서였겠지만, 두 사람이 적은 나이도 아니었고 또 21세기에 큰 흉이 되는 것은 아니라는 판단 하에 양쪽 집안 모두 동의해 주었다.

　결혼 날짜에 대해 양쪽 집안과 의견을 조율할 때 이것저것 따져봐야 한다는 가족들의 의견을 무시한 채 두 사람은 10월 10일을 고집하며 웃음을 참았다. 의아해하는 가족들에게 두 사람은 10이 행운의 숫자라며 뜻을 굽히지 않았고, 노총각과 노처녀가 결혼하는 것만도 다행이라고 생각한 가족들은 모두 따르기로 했다.

　사실 이들이 터키에서 만났을 땐 2016년 봄에 결혼하는 것을 계획했으나, 10월 10일로 변경한 것이었다. 결혼식 날짜로 정해진 2016년 10월 10일은 월요일이었다. 결혼을 축하해주기 위해 결혼식장에 올 가족, 친지와 지인들을 고려한다면 주말이 적합하겠지만, 두 사람은 개의치 않았고, 게다가 시간을 오전 10시로 잡으며 행복해했다.

　결혼식까진 열 달이나 남았으므로, 로스팅을 배우고 또 로스팅 기계 수입·판매 사업을 준비하는 데에 충분한 시간을 할애했다.

　2016년 3월 초 어느 아침, 진가비는 부드러운 한덕기의 입술을 이마에 느끼며 눈을 떴다.

　"가비야, 잘 잤어? 저… 어젯밤에도 불타오르진 않았지?"

　"덕기 씨, 난 이미 충분히 행복해요. 어떻게 항상 불타오를 수 있겠어요? 그럴 때도 있고 아닐 때도 있겠지. 더군다나 우리 나이도 생각해야죠. 덕기 씨와 함께 있어서 난 이 세상 모든 것을 다 가진 것 같아. 그리고 덕기 씨가 나를 봄장미라고 자주 불러주니까 그것만으로도 충분해요. 잠깐! 지금 봄장미라고 부르지 말아요, 아침부터 입 맞추고 싶어지니까, 후후."

"하하하. 그럼 그 말은 오늘 밤에 사용할게."

"여~보! 커피 마시고 싶어요? 커피 내릴까?"

슐레이만과 록셀라나의 커피잔을 터키 국립중앙박물관에 전달한 이후 활활 타오르는 마술 같은 사랑은 더 이상 일어나지 않았다. 두 사람 모두 이를 잘 알고 있었지만, 내색하지는 않았다. 내색하는 순간 그 커피잔이 더욱 아쉬워지고 소유하고 싶은 마음이 강해질 것 같았기 때문이었다. 그 때문인지 진가비는 한덕기에게 더욱 애교스럽게 대했지만, 왠지 모를 어색함도 묻어났다.

사람에 따라 판단 기준은 다 다르겠지만, 남녀 간의 육체적인 사랑은 분명히 중요한 것이고, 육체적인 사랑이 없다면 가족도, 사회도 유지될 수 없다.

물론 두 사람은 정상적인 사랑의 범주 안에 있었기에 문제될 것은 전혀 없었지만, 이미 몽환적이고 에로틱한 사랑을 맛보았기 때문에 서로 말은 못해도 다시 그 마술 같은 사랑에 취하여 깊은 쾌락에 빠지고 싶은 생각이 간혹 들었다.

"저… 가비야, 그 보석… 이브라힘과 카드리예가 준 보석 말이야…."

"색깔 변하는 마술 같은 줄타나이트?"

"응. 그 보석을, 음… 내가 좀 사용하고 싶은데…."

"그 줄타나이트 두 개로 우리 결혼반지 만들기로 했잖아요?"

"그게 저… 그냥 날 믿어주면 좋겠는데… 아주 특별한 것을 만들어 보려고 해. 잘 안 되면 반지로 만들면 되니까 염려하지 말고…."

"후후, 청산유수인 우리 여보가 말을 더듬으며 너무 진지하니까 이상해. 난 우리 여보 믿어요. 저기, 저쪽 테이블 서랍에 있어요."

오전에 로스팅 학원에서 열심히 공부하고 실습한 한덕기는 오후에 경기도 이천으로 향했다. 도자기의 본고장 이천에 들어서서 천천히 차를 몰며 둘러보는데, 그의 시선을 잡아끄는 상호가 있었다.

'행복한 도자기 공방 열: 정성스런 열을 이용하여 하루에 열 개만 만듭니다'

한덕기는 자신의 눈을 의심했고 공방 앞에 차를 세우며 중얼거렸다.

"열? 또다시 열… 10이네. 오스만 제국의 10대 황제였던 슐레이만 때문에 숫자 10은 행운의 숫자였다. 그래! 바로 나, 한덕기 슐레이만의 숫자야. 망설일 이유가 없어."

한덕기는 '행복한 도자기 공방 열'의 주인과 대화를 나누었다. 슐레이만과 록셀라나의 커피잔을 터키 국립중앙박물관에 전달하기 전에 여러 각도에서 사진을 찍어 두었는데, 그 사진을 공방 주인에게 보여주며 설명했다. 그리고 줄타나이트 보석을 꺼내보였다.

"저, 손님… 솔직히 말씀 드리는데요, 커피잔은 똑같진 않더라도 유사하겐 만들 수 있습니다. 하지만 이 보석을 박아 넣는 게 문제인데요…. 사진으로 보기에 상당히 오래된 물건 같은데 언제, 어디에서 만든 것인지 아십니까?"

"터키에서 약 500년 전에 만든 것입니다."

"제가 실물을 볼 수는 없을까요?"

"그게 터키 국립중앙… 아닙니다. 실물을 볼 수는 없고요, 두 개 만들어주시면 좋겠어요. 사례는 충분히 하겠습니다."

"그 당시에 보석을 어떻게 끼워 넣었는지 모르겠습니다. 제 생각엔 손가락걸이 상단에 보석이 끼워질 자리를 보석 크기보다 0.1밀리미터 정도 작게 만들어야 할 것 같은데요, 도자기를 이렇듯 0.1밀리미터 단위까지 정교하게 만들 수 있을지 모르겠습니다. 뿐만 아니라, 보석을 끼워 넣을 때 깨지지 않아야 할 텐데…."

"혹시 실패하시더라도 수고비는 반드시 지불할 테니 염려하지 마세요. 그리고 아마 커피잔을 만들 때 보석이 끼워질 자리까지 만든 게 아니라, 잔은 이미 완성되어 있는 상태에서 홈을 내어 보석을 박아 넣었을 겁니다."

"저, 손님, 그걸 어떻게 아시죠?"

"아, 뭐 그럴 것 같아서요…. 하여튼 가장 좋은 방법을 찾아 주시기 바랍니다."

일주일 뒤 한덕기는 도자기 공방 주인으로부터 연락을 받았고, 이천으로 갔다. 공방 주인은 커피잔을 여러 개 만들며 실패를 거듭했는데, 한덕기의 말처럼 완성된 커피잔에 치기공사가 사용하는 연삭기를 사용하여 조심스럽게 홈을 내며 몇 개 깨지는 아픔을 맛본 끝에 커피잔을 뜨겁게 한 후 보석을 끼워 넣을 수 있었다고 너스레를 떨었다.

슐레이만과 록셀라나의 커피잔 두 개를 들고 설레는 마음으로 집에 도착한 한덕기는 아무 말 없이 환하게 웃으며 진가비 앞에 커피잔을 내밀었다.

"덕기 씨, 이건? 어머, 정말 똑같아요. 앤틱 터키석 대신 이브라힘과 카드리예가 준 줄타나이트를 박아 넣었네요, 호호호. 하나는 우리 것이고, 다른 하나는 이브라힘과 카드리예에게 주려고요?"

"그래, 가비야. 만약 효과가 없으면 보석을 빼서 반지로 만들면 되지, 뭐."

진가비는 "효과가 있던 없던 그냥 이렇게 커피잔으로 사용하는 게 좋겠어요. 이런 커피잔을 갖고 있다는 것만으로도 행복해지니까요. 하나는 이브라힘과 카드리예에게 발송해야겠어요"라고 말하면서 벌써 코스타리카의 따라쑤(Tarrazú) 원두를 갈기 시작했다.

콧노래를 부르며 가정용 에스프레소 기계로 정성껏 에스프레소를 만들었다. 그리고 슐레이만과 록셀라나의 새로운 커피잔에 신중한 동작으로 따르더니 우아한 걸음걸이로 한덕기에게 다가왔다. 눈을 지그시 감고 한 모금 마시더니 커피잔을 한덕기에게 건넸다. 한덕기도 잠시 눈을 살짝 감았다. 한 모금, 두 모금 마시고 잔을 다시 진가비에게 주었고, 진가비는 한 모금 더 마시더니 잔을 놓았다.

"덕기 씨, 여보… 아, 이 느낌… 여보도 느껴져요? 줄타나이트가 마술 같은 보석일까?"

"응, 터키에서 느꼈던 것과 똑같은 느낌이야. 줄타나이트가 마술을 부리네. 가비야, 나의 봄장미…."

진가비는 상기된 표정으로 그리고 뭔가에 취한 듯한 몸동작으로 한덕기의 무릎 위에 앉았다. 두 팔을 크게 들어 그의 목을 감싸 안으며 속삭였다.

"여보, 나 어떡해… 뜨거워졌어. 어서 안아 줘요."

깊은 입맞춤이 시작됐다.

커피는 각자의 입 안으로 들어가 각각의 화학 반응을 일으킨 후, 입과 입을 통해 다시 합해지며 화학식으로는 표현 불가한 사랑의 화학 반응을 일으켰다.

"내 봄장미, 사랑해. 내가 늘 네 옆에 있을게."

"나도… 항상 우리 여보 옆에서 사랑 받을래요. 어떡해… 입맞춤 만으로도 난 이미 올라갔어… 허공에 떠있는 것 같아."

두 사람은 그 어떤 로맨스 소설보다 더 간절하고 아름답게 서로를 바라봤다. 그리고 그 어떤 에로스 영화보다 더 과감하고 뜨겁게 껴안았다.

서두르는 듯 서두르지 않았고, 서두르지 않는 듯 서둘렀다. 한 번은 부드럽게, 한 번은 강하게 그리고 때론 조심스럽게, 때론 격렬하게 포옹했다. 한참을 달리다 보면 어느새 활활 타올랐다. 불에 타녹아 없어지는 듯한 느낌에 이르면 사랑을 속삭이는 입김으로 불을 껐다.

그리고 촉촉한 입맞춤과 부드러운 손놀림으로 아궁이에 불을 지피듯 서로를 또 한 번 뜨겁게 만들었다. 다시 달렸더니 타지 않았다. 대신 저 위로 올라갔다. 몸과 마음이 편안한 그곳에서 끊임없이 사랑을 속삭이며 한참을 머물렀다.

좋은 커피를 찾아

아름다운 친환경 국가 코스타리카

 2016년 봄, 중미의 스위스라 불리는 아름다운 친환경 국가 코스타리카의 따라쑤(Tarrazú)에 위치한 커피 농장 '쎄로 블랑꼬(Cerro Blanco)'의 주인 마누엘은 테라스에 앉아 커피를 즐기고 있었다.

 해발 1,900미터에 위치한 쎄로 블랑꼬는 하얀 언덕이란 뜻으로 증조부가 처음 시작한 커피 농장이었다. 오전에 이미 세 바퀴나 돌아본 농장을 한동안 쳐다보더니 허공을 응시하며 생각에 잠겼다.

 '요 며칠 정오 지나면 구름이 제법 모였는데… 오늘은 구름이 좀 무거워 보여. 이젠 때가 되었어, 때가…'

 그때 푸른 언덕 저 편으로 작은 번개가 번쩍였고, 이어서 "콰광" 하는 다소 약한 듯한 천둥소리가 들려왔다. 3분 정도 지났을까?

 "톡, 톡, 톡, 토독, 토독, 토도독, 토도도도독…."

 빗소리를 들은 마누엘은 테라스 옆 층계로 내려가더니 빠르게 농장으로 걸어갔다. 보통 사람들은 비가 오면 피하기 마련이지만, 마누엘은 오히려 비를 맞으려는 것 같았다.

 무릎을 살짝 굽혀 손으로 땅을 만지더니 "성부와 성자와 성령의 이름으로 아멘"하며 성호를 긋고 엄지와 검지로 십자가 모양을 만들어 입술에 대었다. 가톨릭 국가의 축구 선수들이 보통 축구장에 입장할 때 하는 행동과 같았다.

 "주님, 감사합니다. 올해에도 어김없이 이 시기에 생명수를 뿌려 주셨습니다. 한 달 정도 휴식한 이 녀석들이 이제 다시 움직일 것입니다. 많은 사람들에게 행복을 나누어 줄 겁니다. 감사합니다, 주님."

마누엘이 잠시 농장 가장자리를 둘러보는 약 10분 동안 적은 양의 비가 조용히 지나갔다. 커피나무의 가는 가지들이 촉촉이 젖을 정도의 적당한 양이었다.

다시 테라스로 돌아온 마누엘은 핸드폰을 보고 날짜를 확인하며 생각했다.

'오늘은 2016년 3월 15일 오후 3시. 그래, 한 달 전이었나? 정말 오랜만에 살로몬이 내게 전화했을 때 농장 구경하러 오고 싶다는 말을 했는데… 지금 한국은 아침인가?'

마누엘은 한덕기에게 전화했다.

2016년 3월 16일 아침 6시, 전화벨 소리가 아직 곤히 잠들어 있는 한덕기와 진가비를 깨웠다. 한덕기가 핸드폰을 확인해 보니 코스타리카의 마누엘이었기에 스페인어로 대답했다.

"안녕하세요, 마누엘 아저씨? 어떻게 지내세요?"

"하하하, 살로몬. 난 잘 지내네. 한국은 지금 아침인가? 내가 너무 일찍 전화한 것은 아닌지 모르겠어."

"한국이 열다섯 시간 빠르니까 여긴 아침 6시죠. 한국은 중미처럼 하루 일과가 일찍 시작되진 않지만, 지금 일어날 시간이에요."

"그래, 좋아. 그건 그렇고… 자네가 지난번 통화할 때 농장 구경하러 오고 싶다고 말했지?"

"네, 맞아요. 제 여자친구가 바리스타거든요. 커피 농장을 보면 배울 게 많을 거예요."

"됐어. 그럼 빨리 여행 준비하게. 항공권 구매하고 가방 꾸리고 말이야. 농장에 여자친구와 함께 사용할 방도 준비되어 있어, 하하하. 무슨 일이 있어도 우리 농장에서 3월 25일 아침엔 나와 커피를 마시고 있어야 하네. 그러니 코스타리카에는 23일 또는 그 전에 도착하는 게 좋겠어. 그리고 아무리 늦어도 24일 오후에는 농장으로 오게. 여기 이 테라스가 딸린 방에서 하루 쉬고 나면 25일 아침엔 세상에서 가장 아름다운 것을 구경하게 될 걸세."

한덕기는 진가비에게 통화 내용을 설명했다.

"여보, 그런데 왜 24일 오후까지 농장에 가야 하는 거죠? 다른 사람들도 초대하나? 그래서 날짜 맞추려고?"

"글쎄, 그건 잘 모르겠어. 그냥 25일에 아름다운 구경을 할 수 있을 거라는데… 어차피 초대 받아 가는 거니까 우리가 마누엘 아저씨한테 맞춰 주지, 뭐."

"그래요. 난 우리 여보와 여행 가는 것만으로도 너무 좋아. 더군다나 중미는 정말 생소한 곳이라서 기대가 커요. 커피 농장이 어떻게 생겼는지 너무 궁금하기도 하고요. 특히 내 기준으론 세상에서 가장 좋은 커피를 생산하는 곳이 코스타리카라고 말한 적 있죠? 어서 보고 싶어, 후후. 여기서 몇 시간이나 걸리죠? 비행기는 한 번에 가나?"

"하하하, 가비야. 너를 힘들게 하고 싶진 않은데, 비행기는 최소한 두 번 타야 해. 가장 일반적인 경로는 미국 LA까지 가서 환승하는 거야. LA까지 열두 시간 걸리고… 또 LA에서 코스타리카까지 한 번에 갈 경우 다섯 시간 남짓 걸려."

두 사람은 기쁜 마음으로 항공권을 구매했고, 3월 말의 모든 일정을 조정했다. 4월 초에 로스팅 중급 강좌가 시작되므로 문제없었고, 로스팅 기계 사업을 위한 준비도 잘 진행되고 있었다.

특히 이브라힘이 터키에서 적극적으로 추진했는데, 이브라힘은 자신도 로스팅을 알아야 로스팅 기계를 선적하고 서비스를 제공할 수 있을 거라며 이스탄불에서 로스팅을 배우기 시작했다. 그리고 낮은 가격과, 좋은 품질, 선적 날짜 준수는 물론, 각종 서류 준비와 서비스까지 완벽하게 제시해 온 업체와 적극적으로 대화했는데, 이브라힘의 동생인 아틸라가 추천한 업체였고, 업체의 사장이 마침 아틸라의 친한 친구였다.

업체 사장이 한덕기 슐레이만과 이브라힘을 수신으로, 아틸라를 참조로 하여 정중한 메일을 보내왔다. 그 내용은 자신의 친구인 아틸라가 있고, 아틸라의 형인 이브라힘은 그랜드 바자르에서 가게를 운영하고 있으며, 슐레이만은 이브라힘의 친구이고 또 국립중앙박물관으로부터 감사패와 명예 시민증까지 받았으니 비즈니스 성립을 위해 가장 중요한 가치인 신뢰가 충분히 만들어졌다며, 아무 조건 없이 우선 로스팅 기계 한 대를 선적했다는 것이었다. 그리고 이 기계로 충분히 테스트하며 평가해달라고 부탁했다.

2016년 3월 20일 아침, 코스타리카의 수도 산호세 외곽에 있는 공항에 비행기가 부드럽게 착륙했다. 규모는 크지 않았지만, 코스타리카의 특징을 잘 표현한 깔끔한 공항 내부를 한덕기와 진가비는 천천히 둘러보며 입국 심사대와 세관을 통과했다. 설레는 마음으로 청사 밖으로 나온 두 사람은 주차장 입구에서 미리 예약해 놓은 렌터카를 수령했다.

차를 몰아 주차장 밖으로 나오자 파란 하늘과 하얀 구름이 이들을 맞이했고, 병풍처럼 둘러서 있는 부드러운 산이 끝도 없이 이어졌다.

"가비야, 코스타리카에 대한 첫 인상이 어때?"

"음… 무엇보다 너무나 평화스럽고 아름다워요. 컬러판 동양화 같기도 하고…."

"그래, 평화스런 곳이야. 코스타리카는 스페인어로 해안이 풍부하다는 뜻인데, 국토 면적은 51,000제곱킬로미터로 한반도의 1/4을 조금 넘는 크기에 불과하지만, 태평양과 대서양을 모두 갖고 있어 해안선 길이가 1,300킬로미터에 이르지. 인구는 450만 명, 스페인계 60퍼센트, 독일계 10퍼센트, 프랑스계 5퍼센트, 메스티조 20퍼센트, 원주민 2퍼센트, 흑인 2퍼센트, 중국계 1퍼센트로 구성되어 있어. 1인당 GDP는 13,000달러 수준이고."

"와, 생각보다는 GDP가 높은데요?"

"그렇지, 라틴 아메리카에서는 남미의 칠레가 24,000달러로 제일 높고, 두 번째로 높은 나라들이 북미의 멕시코, 중미의 코스타리카 그리고 남미의 아르헨티나와 우루과이일 거야.

코스타리카는 정말 특이한 아니 특별한 나라야. 우리나라 대한민국이 정부를 수립한 해가 1948년이지? 코스타리카는 1948년 12월 1일 헌법에 의해 군대를 폐지했는데, 예비군조차 없는 나라는 아마 코스타리카가 유일할 거야. 군대의 중요성을 논하기 전에 난 그런 결정을 내릴 수 있었던 이 나라의 민주주의를 높이 평가하고 싶어. 국방비를 줄여 공교육과 의료 서비스에 투자했고 그래서 고등학교까지 무상 교육을 실시하고 병원도 무료야.

코스타리카에도 유전이 있어. 2004년에 발견했지만, 모든 경제적인 이익을 포기하며 법으로 유전 개발을 금지시켰어, 친환경국가를 지향하기 위함이었다고 해.

내가 2000년 초부터 2007년 초까지 7년 동안 이곳에 살면서 일했는데, 그 당시에 가끔 여행했던 곳 중에서 가장 멋진 곳으로 지금부터 안내할게."

"정말 기대 되요. 코스타리카에 오길 잘한 것 같아."

"하하하, 네가 좋아하니까 신난다. 그럼 설명 좀 해볼까? 난 코스타리카를 작지만 큰 나라라고 불러. 왜냐하면, 코스타리카는 세계 1위, 세계 최초 또는 세계에서 유일하다는 수식어가 자주 따라 붙기 때문이야.

우선… 작은 국토임에도 불구하고 25%가 국립공원으로 지정되어 있어. 국토 면적 대비 국립공원 비율이 세계 1위야.

단위면적 당 생물다양성 세계 1위로 지구상에 존재하는 동·식물과 곤충의 5%가 이 작은 땅에 서식하는데, 코스타리카 면적보다 거의 네 배가 큰 한반도보다 오히려 네 배나 많은 수치라고 해. 아마 국토는 좁은 반면 서쪽엔 태평양, 동쪽엔 대서양을 갖고 있고, 북아메리카와 남아메리카를 연결하는 부분에 위치해 있으며, 저지대와 고지대가 고르게 분포되어 있기 때문일 거야.

500년 전 스페인 사람들이 아메리카에 올 때 아마도 코스타리카에는 군인보다 예술 활동을 하는 사람들이 더 많이 왔을까…. 그래서 나쁘게 말하면 모든 게 느리고, 좋게 말하면 낙천적인 사람들이 사는 곳이지. 이런 모든 것들이 종합적으로 작용하여 2009년과 2012년에 행복지수 1위를 차지했어.

지금까지 말한 내용을 정리하면, 행복한 사람들이 평화롭게 사는 나라 코스타리카는 친환경 국가를 지향하는 생태 관광의 천국이라고 할 수 있어.

그리고 정말 특별한 것은 세계 최초로 탄소중립(CO_2 Neutral) 국가가 되겠다고 전 세계에 공식적으로 발표했다는 점이야.

지구 온난화의 주범이 탄소임은 잘 알려져 있지만, 사실 많은 나라들이 탄소 배출권을 얻어내려고 애쓰는 판국에 코스타리카는 탄소중립을 이루겠다고 선언한 거야.

탄소 배출의 주범은 화력발전소인데 특히 석탄에 의한 화력발전이 주범이라 할 수 있잖아? 현재 우리나라의 석탄에 의한 발전 비율이 약 45퍼센트인 반면 코스타리카는… 놀라지 마, 가비야. 바로 올해 2016년부터 화력발전 비율이 0퍼센트야. 모든 전기를 수력, 지열, 풍력, 태양광발전에서 얻어내고 있어. 안전 문제가 늘 대두되는 원자력발전은 아예 없고. 아무리 작은 나라이고 인구도 적지만 한 국가에서 사용되는 전기가 100퍼센트 청정에너지라는 것은 정말 대단하고 존경스러운 것 아니겠어? 어쨌든 코스타리카는 탄소 배출을 계속 줄여 나가면서 숲의 면적과 산림은 늘리고 있어. 배출되는 탄소 대비 이를 흡수 또는 중화시키는 숲과 산림의 양이 같거나 많아지면 바로 탄소중립을 이루는 것인데, 그 목표가 2021년이라고 해.

선진국인지 또는 후진국인지 논하기 전에 우리가 사는 이 소중한 지구에 또 인류라는 거대한 공동체에 얼마나 기여하는지도 생각해 봐야 하지 않을까? 정권이 바뀌어도 일관되게 추진해 나가는 환경 보호 정책은 물론 자연 자원 관리와 산림 생태계 보전의 선두 주자

이며 동시에 선도 주자인 코스타리카는 그저 사전적 의미로만 산림과 자연 자원을 보호하는 게 아니라 녹색 경제(green economy)라는 새로운 패러다임(paradigm)을 제시하고 있는 진정한 선진국이라고 생각해."

"덕기 씨, 대단해요. 코스타리카도 또 덕기 씨도요. 누가 보면 코스타리카 홍보 대사인 줄 알겠어, 호호호."

"하하하, 그런가? 내가 코스타리카를 정말 좋아하긴 하지. 예전에 이 나라에서 일할 때 출장 오는 동료, 선후배들 또 방문하는 바이어들에게 자주 설명하던 내용이라 아직 줄줄 외우고 있어. 또 늘 관심이 있어서 기사도 자주 찾아보고."

세계 최고 수준의 코스타리카 커피

　행복하고 아름다운 나라 코스타리카에서 행복하고 아름다운 두 사람은 서쪽 태평양으로 향하는 고속도로를 달리기 시작했다.

　"세계에서 유일하게 코스타리카에서만 실행하는 게 또 있어. 가비네가 더 잘 알겠지만, 커피를 크게 두 가지로 나누잖아? 하나는 일반적으로 해발 900미터 이상 고산지대에서 재배되는 아라비카. 다른 하나는 저지대에서 재배되며 카페인 함량이 아라비카보다 두세 배 많은 로부스타. 그런데 코스타리카에서는 로부스타를 재배하면 감옥에 간대."

　"뭐라고요? 호호호. 로부스타 심었다고 정말 감옥에 가요?"

　"실제로 감옥에 간 사례가 있는지는 모르겠어, 하하하. 어쨌든 로부스타 재배는 법으로 금지되어 있어. 코스타리카는 북위 8~11도에 위치해 있으니까 만약 저지대에 로부스타를 재배한다면 일 년에 두세 번 수확하여 생산량을 늘릴 수도 있겠지만, 이를 포기한 채 고산지대에서 아라비카만 고집스럽게 재배하고 있는 거지."

　"아, 이제 알 것 같아요. 우리가 앞으로 로스팅도 할 거라 내가 인터넷에서 생두에 대해 좀 조사해 봤거든요. 우리나라에 생두 수입하는 큰 회사가 예닐곱 개 정도 있고요, 가격은 품질에 따라 다양해요. 그런데 우리가 직접 구매할 수는 없겠지만 뉴욕 선물시장에서 거래되는 가격이 있더라고요…. 물론 그 가격은 늘 등락을 반복하는데요, 거래 단위인 낀딸(quintal: 스페인의 예전 도량 단위, 100파운드, 45킬로그램-저자 주) 당 로부스타는 70~80달러, 아라비카는 120달러, 중미의 아라비카는

140달러 정도 되는데, 코스타리카의 커피는 160달러가 넘는 거예요.

　가격도 비싸지만 왜 코스타리카 커피에는 아라비카라는 말을 뺐는지 의아했는데, 아마 코스타리카는 백 퍼센트 아라비카만 재배하는 나라이기 때문인가 봐요."

　"그래, 나도 얼마 전에 비슷한 자료를 본 적 있어. 사실 코스타리카도 중미 5개국에 속한 나라지만 좀 더 특별대우를 받는 것 같아. 그도 그럴 것이… 여섯 개의 활화산 덕분에 미네랄 성분이 풍부한 화산 토양이 전 국토에 고르게 분포되어 있고, 국토의 70퍼센트인 산악 지형 중 해발 1,400에서 2,000미터에 이르는 고산 지대가 많기 때문에 아라비카 커피 재배를 위한 천혜의 조건을 갖추고 있어.

　일 년에 한 번, 10월에서 2월 사이에 수확 시기가 되면 빨갛게 익은 커피체리를 손으로 따고, 대형 수조에서 물 위에 뜨는 불량 체리를 걸러내어 좋은 체리만 다음 공정으로 이동시키는 거야. 그 다음엔 과육을 제거하고, 각 체리에 두 개씩 있는 씨가 모습을 드러내면 세척 과정을 거치게 되는데, 바로 이것을 습식가공법이라고 해. 코스타리카는 습식가공법을 고수하고 있어서 전문가들로부터 완벽한 커피라 칭송받고 있대.

　또 일반적으로 커피를 재배하는 나라들에서 아동 노동 착취 사례가 보고되는 것과는 달리 고등학교까지 무상 교육을 실시하고 있는 코스타리카는 아동 노동을 철저히 금지하고 있지.

　이런 장점들 덕분에 코스타리카 커피는 한 마디로 세계 최고 수준의 커피라 할 수 있고 그래서 뉴욕 선물시장에서 비싼 가격에 거래되고 있을 거야."

SHB 등급

"해발 고도가 그렇게 높은 곳이 많으니 아라비카 중에서도 SHB 등급이 매우 많겠어요."

"SHB는 뭐지?"

"SHB는 Strictly Hard Bean의 줄임말이예요. 엄격하게 단단한 콩이란 뜻인데, 사실 콩이란 표현보다는 씨라고 하는 게 옳겠죠…."

커피는 체리처럼 생긴 작은 과일로 그 크기는 약 15밀리미터에 불과한데, 빨갛게 익은 체리는 새콤달콤해서 과일로써 손색이 없는 좋은 맛이다. 그러나 체리 안에 체리 크기 대비 지나치게 큰 두 개의 씨가 마주 보고 앉아 있어 과일로 먹기엔 역부족이다. 우리의 손이나 입이 수고한 만큼 적당한 양의 과육이 우리의 입을 즐겁게 해주어야 하는데, 커피체리는 우리의 수고에 비하면 그 양이 너무 적다. 어쩌면 그래서 인류는 커피체리의 과육이 아닌 씨를 먹는 방법을 발전시켜 왔을 수도 있다.

커피는 북위 20도~남위 20도 지역, 즉 열대 지방에서 재배되는데, 아라비카는 일반적으로 해발 900미터 이상의 고산 지대에서 까다로운 조건 하에 재배된다. 열대 지방인데 고산 지대이므로 햇볕은 매우 뜨겁지만 날씨는 그리 덥지 않고, 우기와 건기가 존재하는 지역이다. 바로 이러한 지역의 해발 1,200미터가 넘는 곳에서 재배된 커피를 SHB(Strictly Hard Bean)등급으로 분류하며, 1,100~1,200미터를 GHB(Good Hard Bean)등급, 900~1,100미터를 HB(Hard Bean)등급이라 한다.

열대 지방의 해발 1,200미터가 넘는 고산 지대에서는 낮과 밤의 일교차가 심한데, 낮에는 뜨거운 햇볕에 커피체리도 뜨거워진다. 반면에 밤에는 순식간에 식어버린 흙과 차가운 대기에 의해 커피체리가 차가워진다. 당연히 체리 안에 씨도 뜨거워졌다 차가워졌다 매일 반복된다. 마치 대장간에서 쇠를 담금질하듯이 씨가 단단해지는 것이다. Hard(단단한)라는 단어는 이런 이유로 사용되는 것이며, 단단할수록 맛과 향이 뛰어나다.

저지대에서 재배되는 로부스타는 이러한 등급이 책정될 수 없는데, 씨가 단단하지 않고 작으며 과일의 향이라던가, 단맛 또는 신맛의 조화가 없어 주로 인스턴트커피 또는 블렌딩(blending: 주로 아라비카 커피와 혼합함-저자 주)에 사용된다.

"야, 역시 바리스타다운 지식을 갖고 있는걸?"

"아니야, 그냥 조금 아는 것뿐이예요. 인터넷에 찾아보면 다 나오는 내용인데 뭐….'"

"그런가? 그래도 내겐 가비 네가 최고의 바리스타야, 하하."

두 사람이 탄 차는 해발 1,000미터로부터 서쪽 아래를 향해 계속해서 내려가고 있었다.

탄소중립(CO₂ Neutral) 커피

태평양이 가까워지며 산과 숲 그리고 나무의 모양이 바뀌었다. 날씨가 뜨거웠지만, 천천히 달리는 차 안에서 창문을 통해 들어오는 바람을 맞으니 상쾌했다.

"덕기 씨, 코스타리카가 세계 최초로 탄소중립(CO₂ Neutral)국이 될 거라고 했죠? 그럼 혹시 탄소중립 커피도 있나요?"

"하하, 이거 또 내가 아는 것을 좀 더 설명해야겠는데? 21세기의 화두가 '친환경(eco-friendly)'과 '지속 가능(sustainability)'이잖아? 이를 위해 여러 나라의 많은 기업들이 탄소중립을 실천하려 애쓰고 또 탄소중립 인증서를 획득하기 위해 노력하고 있지만, 쉬운 일이 아니야. 그런데 코스타리카가 2010년에 쾌거를 이뤄냈어."

탄소중립 인증서를 발급하는 국제적인 기관들은 각 국의 상공회의소 또는 정부 기관과 협력하며 대상 기업의 전기 사용, 트럭 사용, 종이 사용 등 탄소를 배출하는 모든 자취를 추적한 후, 탄소를 얼마나 배출했는지 또 배출된 탄소를 중화하는지 여부를 판단하여 인증서를 발급하기 때문에 한 기업이 이러한 인증서를 획득한다는 것은 매우 어려운 일이다.

현재 코스타리카에 여러 기업들이 탄소중립 인증서를 획득해 나가고 있는데, 커피 분야에서 가장 대표적인 사례가 바로 COOPE Dota(도따 협동조합-저자 주)이다. 이 조합은 커피체리와 씨를 세척할 때 물 사용량을 최소화하고, 정수를 위해 거름망 및 침전조를 사용하며 물을 재활용하는 것은 물론, 커피 과육을 썩혀 비료로 사용하는 등 다양한 노력을 실천한 결과 2010년 BSI(영국표준협회-저자 주)로부터 커피 분야에선 세계 최초로 PAS2060(탄소중립 달성 인증서-저자 주)을 획득했다.

그리고 2012년 11월 카타르에서 개최된 제18차 기후 변화 총회에서 바로 이 도따(Dota) 협동조합의 커피가 소개되었다. 여러 나라의 대표들은 도따 커피의 맛을 보면서 탄소중립 커피라는 데에 놀라움을 금치 못했고, 특히 그 훌륭한 맛에 찬사를 보냈는데, 도따는 코스타리카에서 최고의 커피산지로 꼽히는 따라쑤(Tarrazú) 지방에 위치해 있다. 그 후, 여러 나라에 도따 또는 따라쑤 커피가 소개되며 유명세를 타기 시작했는데, 실제로 코스타리카의 8개 커피산지인 브룽까(Brunca), 과나까스떼(Guanacaste), 오로시(Orosi), 따라쑤(Tarrazú), 뜨레스 리오스(Tres Ríos), 뚜리알바(Turrialba), 바예 쎈뜨랄(Valle Central), 바예 옥씨덴딸(Valle Occidental) 중에서 신맛과 단맛 그리고 자스민 같은 연한 꽃내음이 완벽하게 조화를 이룬 따라쑤 커피를 최고의 커피로 꼽는 데에 많은 사람들이 주저하지 않는다.

세계 최초의 탄소중립 커피는 코스타리카의 모범적인 친환경 정책을 명확히 보여준 사례이며, 코스타리카 내 다른 농장들도 탄소중립 인증서를 획득해 나가고 있다.

태평양에서 본 석양

공항에서부터 서쪽으로 약 50분 이동하여 따르꼴레스강(Río Tárcoles)에 이르렀다. 진가비는 한덕기의 손에 이끌려 다리 위를 걸었는데, 다리 아래 강바닥이 군데군데 드러난 곳에 수십 마리의 악어가 우글댔다. 입을 쩍 벌린 채 일광욕을 즐기는 놈들도 있었다.

"여보, 내 손 놓으면 안 돼!"라고 말하며 한덕기의 팔을 꼭 잡고 있던 진가비가 어느새 진풍경에 적응했는지 사진을 찍기 시작했다.

"어떻게 이럴 수가 있어요? 공항에서 얼마 떨어지지 않은 곳에 어떻게 이토록 생태계가 잘 보전된 곳이 있죠?"

"하하하, 벌써 놀라면 안 되는데. 내가 말했지? 코스타리카는 친환경국가이고 생태관광의 천국이라고."

다시 차에 오른 두 사람은 이번엔 따르꼴레스강 하구로 향했고, 잠시 기다린 끝에 스페인에서 온 관광객들과 함께 악어 사파리 보트에 올랐다. 보트가 강의 상류 쪽으로 천천히 움직이기 시작했을 때 진가비가 말했다.

"덕기 씨, 이거 무서운 것 아니죠? 악어가 갑자기 나타나고 그러면, 나 싫어…."

"하하하, 걱정하지 마. 이 보트 위로 올라오지는 못하니까. 손은 절대 보트 밖으로 내밀지 말고, 악어가 물 수도 있으니까. 오늘 운이 좋으면 아주 다양한 것을 구경할 수 있을 거야."

바로 그때 "까악, 까악"하는 소리가 들렸다. 한덕기가 민감하게 반응하며 두리번거리더니 물감보다 더 선명한 빨강, 노랑, 파랑, 초록색이 아름답게 섞인 라빠(lapa: 금강앵무새-저자 주) 한 쌍을 가리켰다. 큰 날개와 긴 꼬리까지 모두 알록달록한 두 마리가 사이좋게 날아가고 있었다.

"여보, 너무 예뻐. 부부일까?"

"응, 백 퍼센트 부부야. 라빠는 한 쌍이 부부로서 평생 함께 산대."

"슐레이만 황제와 록셀라나 황후처럼? 그러니까 우리처럼? 후후."

"그래요, 황후. 우리처럼."

"어머, 저건 뭐예요? 저기 까만 것….”

"우와, 어떻게 발견했어? 저건 뚜깐(Tucán: 반금류의 왕부리새-저자 주)이라고 해. 여러 종류가 있는데 몸은 검정, 엉덩이는 빨강, 목과 가슴은 주로 노랑 또는 주황색이지. 부리는 몸집에 비해 매우 길고 두꺼우며 활처럼 부드럽게 휘어졌는데 종류마다 부리의 색깔이 달라. 내가 본 것들 중에서 가장 신기한 것은 무지개 뚜깐이라고 하는데… 부리에 여러 색상이 선명하고 마치 실로 꿰맨 것 같은 자국이 있었어."

"여보, 코스타리카는 정말 기대 이상이에요."

"그렇지? 마음이 아주 평온해지는 것 같지? 이쪽으로 고개 돌려 봐, 크고 작은 학 종류도 있고… 또 저쪽 야생 바나나도 있고. 방금 가이드가 설명했는데, 저 바나나는 먹을 수 없다네, 씨로 가득 차서 떫은맛이 난대."

"그러고 보니 참 신기해요. 대부분의 과일은 씨를 빼고 먹는데, 커피는 씨를 먹는 거니까…. 덕기 씨, 사람들이 처음에 어떻게 커피를 먹게 됐는지 알아요?"

"글쎄… 어떻게 씨를 먹게 됐을까?"

"여러 가지 설이 있는데요, 그중에서 가장 그럴듯한 것은요… 서기 300년경 아프리카 대륙 에티오피아의 한 목동이 커피 열매를 먹은 염소 또는 양이 밤에 잠을 안 자고 우는 것을 발견했대요. 호기심을 느낀 목동은 앵두와 유사하게 생긴 빨간 커피 열매를 먹어 봤겠죠? 그런데 아무렇지도 않고 멀쩡하니까 열매 안에 있는 씨까지 먹어 봤을 거예요. 그렇게 알게 된 거죠, 커피 열매의 씨를 먹으면 잠을 쫓을 수 있고 활력이 생긴다는 것을요."

"그 옛날에 그런 것을 알아내다니 참 대단하네. 우리에게 이런 큰 기쁨을 주는 커피를 발견했으니 상이라도 줘야 하는 것 아닌가? 하하하."

"그러게 말이에요. 목동은 뭐 그렇다 치고요… 저는 사실 에스프레소 기계를 발명한 이탈리아 사람들에겐 상을 줘야 한다고 생각해요, 호호호."

"그러고 보니, 이탈리아 사람들이 이 세상에서 제일 잘한 일은 로마 제국도, 르네상스도 아닌 에스프레소 기계를 발명한 것 아닐까? 하하하."

"정말 그래요, 호호호… 아, 그런데 왜 갑자기 보트가 천천히 가죠?"

"아마, 악어를 발견한 것 같아. 잠깐만, 가이드 설명이… 하하하. 여기 따르꼴레스강의 왕이라는데, 숨은 채 그 모습을 잘 드러내지 않아서 여기 현지인들이 이름을 붙여주었대. 이름이 재밌네, 테러를 일으키고 잘도 숨어 다녔던 오사마 빈 라덴, 하하하."

"호호호, 정말 재밌어요."

"몸길이가 5.3미터나 되고 나이가 거의 여든 살 정도 되었다고 하네. 앗! 저기, 저기 있어. 가비야, 봤어? 사진 찍자."

"어머나… 저기 꼬리부터 머리까지 너무 커. 좀 무서워요. 뭘 먹고 저렇게 자랄까?"

"악어는 물고기만 잡아먹는대, 배고플 때만. 생존을 위해서만 사냥하는 거지. 만약 여기 따르꼴레스강에 악어가 너무 많다면 물고기가 전멸할 거야. 또 악어가 너무 없으면 물고기가 많아질 거고. 현재 생태계 피라미드가 아주 딱 맞게 돌아가고 있는데, 그 이유는 악어 새끼를 잡아먹는 새가 있기 때문이래. 일종의 천적이지. 알에서 나온 악어 새끼는 길이가 10센티미터 정도밖에 안 되는데 바로 이 악어 새끼를 천적이 잡아먹는다는 거야. 새끼를 잡아먹는 나쁜 동물이라고 볼 수도 있지만, 결국 이 지역 생태계를 위한 기가 막힌 조화 아닐까?"

어느새 보트는 강 하구로 향했다. 잔잔했던 강에 갑자기 파도가 몰려오는 듯 하더니 끝도 없이 넓은 태평양이 눈앞에 펼쳐졌다. 파도 때문인지 두근거리는 감동으로 바다를 바라볼 때 소란스런 소리와 함께 수백 마리의 펠리컨 떼가 나타나 바다 위를 낮게 날다가 하늘로 치솟았다.

파도 소리를 뒤로 한 채 보트는 조용한 정글로 들어섰다. 맹그로브(mangrove)숲이었다. 주로 열대지방의 해변이나 강 하구의 습지에서 숲을 이루는데, 물을 정화하고 많은 양의 산소를 공급하는 역할을 해서 지구에 매우 필요한 것이며, 특히 지진으로 인해 해일이 올 때 방파제 역할을 하므로 코스타리카에서는 맹그로브를 보호하고 있는 반면, 몇몇 나라에서는 맹그로브를 베어 버리고 호텔이나 리조트를 짓고 있어 안타깝다는 가이드의 설명이 관광객들의 가슴 한쪽에 남았다.

사람의 손이 닿지 않은 맹그로브숲은 고요한 적막만이 흐르는 곳이지만 귀를 기울이면 자연의 소리를 들을 수 있었다. 강물이 느리게 움직이는 소리 위에 바람이 나뭇가지 스치는 소리가 더해졌고, 간혹 들려오는 새들의 지저귐이 합쳐져 세상 그 어떤 오케스트라보다 감동적인 음악을 연주했다. 맹그로브 오케스트라였다.

20분 정도 차를 몰아 비야 깔레따스 호텔(Villa Caletas Hotel) 입구에 들어섰다. 좁고 구불구불한 길을 따라 들어가자 양 옆 아래로 태평양이 보였고, 바다 쪽으로 튀어나온 언덕 위에 위치한 호텔에 도착했다. 차를 주차하고 로비에 들어섰는데 호텔 직원은 체크인은 뒷전인 채 지금 빨리 가야 석양을 볼 수 있다며 카페 쪽을 가리켰다.

언덕 위 멋진 야외 카페 안으로 들어가자 놀랍게도 안피테아트로 (Anfiteatro: 원형극장 또는 원형경기장-저자 주)가 있었다. 터키의 에페수스에 있는 것과 유사한데, 현대적인 감각을 적용하여 아주 작은 규모로 지어졌고, 몽환적인 음악이 흘러나오고 있었다. 두 사람은 계단식 좌석에 자리 잡고 앉았다.

그 옛날 안피테아트로와는 달리 코스타리카 태평양의 안피테아트로에는 검투사들이 없었다. 군대를 폐지한 나라답게 검투사 대신 평화스런 바다가 펼쳐졌다. 2,500년 전 터키의 이오니아에서 시작된 이오니아 양식의 기둥들 사이로 태양이 바다를 향해 조금씩 하강하고 있었다.

진가비는 한덕기의 어깨에 기댄 채 세상에서 가장 평화스런 순간을 맞이했다. 태양은 노란색에서 주황색이 되더니 고운 빨간색으로 변하며 하늘을 온통 붉게 만들었다. 멀리 수평선은 빨간 태양을 천천히 잡아당기고 있었다. 태양 윗부분이 아슬아슬하게 버티다가 어느 순간 아래로 자취를 감추었고, 한동안 바다도 하늘도 온통 강렬한 붉은색을 띠었다. 시간이 멈춘 것 같았다.

창조주이신 신만이 보여주실 수 있는 가장 아름다운 붉은색에 두 사람의 사랑도 붉게 물들었다.

다음 날 아침 바다를 품은 호텔 방 베란다에서 두 사람은 시간 가는 줄 모르고 바다를 바라봤다. 간혹 짓궂은 바람이 진가비의 머리카락을 얼굴 위로 떨어뜨리면 한덕기가 손으로 조심스럽게 쓸어올려 주었다. 그리고 그녀는 그 손을 살며시 쓰다듬었다.

조식 시간을 놓쳤지만 개의치 않았다. 체크아웃을 한 후, 안피테아트로 옆 레스토랑에서 푸른 태평양을 바라보며 브런치를 즐겼다.

호텔을 나와 태평양 해안가 하꼬(Jaco) 지역을 드라이브하며 까라라(Carara)국립공원을 방문했다. 약 두 시간 동안 천천히 트래킹을 즐기며 태평양 바닷가 정글을 구경했다. 기분 좋은 습기 덕분에 기분 좋은 땀을 흠뻑 흘리면서 병정들처럼 줄줄이 행진하는 개미들을 관찰했고, 라빠의 '까악' 대는 소리를 따라 둥지를 찾아보기도 했다. 천 년 수령의 거대한 고무나무를 만져보고 사진을 찍으며 대자연 앞에 인간이 얼마나 작은 존재인지 그리고 인간은 결코 자연의 주인이 아니라 그저 자연의 일부분이기에 순응하며 살아야 한다는 것을 깨닫는 시간도 되었다.

뿌라 비다(Pura Vida)

두 사람이 탄 차량은 로스 수에뇨스(Los Sueños: 꿈-저자 주)라는 이름이 붙은 커다란 문을 통과해 잘 정비된 거대한 공원으로 들어갔다.

"덕기 씨, 커다란 공원 안으로 들어온 것 같아요. 모든 게 너무 멋져요."

"그래 이곳은 해변과 정글을 품고 있는 하나의 거대한 리조트야. 여러 개의 콘도 단지들과 레스토랑, 카페는 물론 요트장까지 잘 갖추어져 있어. 매리어트(Marriot) 호텔과 그 부대시설이 있고, 골프장 이름은 이구아나(Iguana: 이구아나과의 파충류-저자 주)가 많아서 이구아나 골프장이라고 해."

매리어트 호텔에서 체크인을 하며 진가비가 한덕기에게 물었다.

"오늘 여기서 우리는 뭐 하는 거죠? 뭐, 덕기 씨와 있으면 뭘 해도 좋지만."

"아무것도 하지 말자. 어때? 그냥 여기 리조트 이름처럼 꿈을 꿀까?"

"후후, 좋아요. 난 여보만 옆에 있으면 돼요. 그런데 옛날에… 록셀라나도 슐레이만 옆에서 지금 나처럼 이렇게 행복했을까?"

"가비야, 지금 네가 느끼는 게 그 옛날 록셀라나가 느꼈던 것이야. 네가 록셀라나 황후였고 내가 슐레이만 황제였으니까, 하하하. 하긴 우리가 터키를 떠난지 벌써 세 달이 넘었지? 그래서 그런지 우리가 슐레이만과 록셀라나라는 사실이 이젠 지나간 역사로 바뀌는 것 같기도 해."

"나도 그래요. 여보, 우리 그 커피잔을 갖고 올 걸 그랬나? 이천에 '행복한 도자기 공방 열'에서 만든 그 커피잔은 슐레이만과 록셀라나의 커피잔과 효과가 똑같으니까…."

"우리가 바로 슐레이만과 록셀라나라는 사실을 느끼려고? 아니면 활활 타오르는 마술 같은 사랑을 느끼려고?"

"아이, 여보… 몰라. 왜 날 부끄럽게 해요? 치, 그렇게 빤히 쳐다보지 말고, 그 말 해줘요."

"내 봄장미, 나의 귈바하르. 사랑해, 가비야."

"아, 나도 우리 여보 사랑해요…."

두 사람은 눈을 맞췄다. 그리고 방문을 열고 안으로 들어가며 긴 입맞춤을 시작했다. 머리부터 발끝까지 신경을 곤두세우고 작은 움직임까지 느끼며 서둘지 않았다. 꿈꾸듯 느리게 사랑했다. 꿈꾸듯 사랑을 속삭이며 달콤하고 편안한 꿈에 천천히 빠져들었다.

늦은 오후, 작열하는 태양이 주춤해지자 수영장에서 물놀이를 즐겼고, 갈증과 식욕을 느낀 두 사람은 레스토랑 테라스에 자리 잡고 앉았다. 주문한 맥주와 샐러드 그리고 해물요리가 나왔다. 코스타리카의 맥주 바바리아 골드(Babaria Gold)를 컵에 따르는 순간 작은 거품들이 터지며 상쾌하고 시원한 냄새가 퍼져나갔다. 구수한 맛이 일품인 바바리아 골드는 샐러드와도 또 해물요리와도 잘 어울렸다.

열대 해안가에 기온이 섭씨 25도로 떨어졌다. 검푸른 하늘엔 별이 쏟아졌다. 완벽한 밤이었다.

아침이 되자 서늘했던 공기가 떠오르는 태양에 의해 그리고 사람들 사이에 오고 가는 뿌라 비다(Pura Vida)라는 인사말에 의해 서서히 뜨거워지고 있었다.

"가비야, 사람들이 뿌라 비다라고 말하면 너도 그냥 뿌라 비다라고 대답하면 되는 거야. 따라 해봐, 뿌라 비다!"

"뿌라 비다? 후후, 무슨 뜻이에요?"

스페인어로 뿌라 비다(Pura Vida)는 순수하고 깨끗한 삶이란 뜻으로, 스페인어를 사용하는 대부분의 나라 사람들에게는 바로 이 뜻 외에 다른 의미는 없다. 그런데, 코스타리카에서는 이를 인사로 사용한다. 만나고 헤어질 때 또는 고맙다거나 괜찮다는 의미에까지 광범위하게 사용되는데, 물론 원래 스페인어 표현도 사용하지만 뿌라 비다를 병행하여 사용한다는 뜻이다.

코스타리카는 세계 최초로 헌법에 의해 군대를 폐지했고, 경제적 이익을 포기한 채 유전 개발을 금지했으며, 세계 최초로 탄소중립국이 되겠다고 선언했다. 국토 면적 대비 국립공원으로 지정된 면적 세계 1위, 단위 면적당 생물다양성 세계 1위, 2016년부터 100% 청정 에너지 사용, 산세가 부드럽고 1년 내내 다양하고 아름다운 기후를 갖춘 곳에서 일찌감치 정착된 민주주의 제도 하에 행복한 국민들이 평화롭게 살고 있는 나라이다. 바로 이러한 법규, 제도, 문화 및 환경에 의해 뿌라 비다(Pura Vida)라는 독특한 인사와 문화가 정착되었을 것으로 본다.

코스타리카 사람들로 보이는 부부가 지나가며 "뿌라 비다!"라고 인사를 건네 왔고, 한덕기와 진가비도 "뿌라 비다!"라고 대답한 후,

마주보며 웃었다. 오백 년 전부터 이어 온 슐레이만과 록셀라나의 사랑 때문인지, 뿌라 비다 때문인지 얼굴에서 웃음이 떠나지 않았다. 눈동자엔 사랑이 가득했다.

레스토랑엔 열대 지방의 아침에 걸맞는 경쾌한 음악이 흘러나오고 있었다. 아침 뷔페는 훌륭했다. 온갖 열대과일과 다양한 종류의 치즈는 물론 가요 뻰또(gallo pinto: 코스타리카식 콩밥-저자 주)까지 천천히 즐기며 뿌라 비다를 만끽했다.

식당 직원이 두 사람에게 커피를 따라주었고, 한덕기가 고맙다는 말 대신에 "뿌라 비다"라고 말하자, 그 직원은 춤추듯 몸을 흔들면서 흥겹게 "뿌라 비다, 뿌라 비다!"를 큰소리로 연발했다.

"덕기 씨, 여기 너무 재밌어, 호호호. 우리나라 같으면 어림도 없을 텐데… 그렇죠? 어떻게 직원이 손님 앞에서 몸을 흔들며 저렇게 큰 소리로 말할 수 있겠어요? 그런데 여기에선 저런 행동이 하나도 기분 나쁘지 않아, 오히려 기분을 즐겁게 해요."

"맞아, 정확히 봤어. 우리의 문화와 언어 특성상 어른을 공경하고 또 윗사람에게 존댓말을 하며 예의를 갖추는 것은 당연하고 옳은 거야. 하지만 때론 지나치단 생각이 들어. 특히 식당이나 가게처럼 손님과 종업원 또는 고객과 판매자의 관계 그러니까 갑을 관계가 형성되는 곳에서 지나치게 갑의 위치를 강조하며 소위 갑질을 하는 경우가 종종 발생하잖아? 쇼핑센터 주차 요원이 뭘 그렇게 잘못했다고 고객 앞에 무릎까지 꿇고 빌어야 할까? 나이도 많은 아파트 경비원이 무슨 실수를 했다고 젊은 사람에게 매를 맞아야 할까? 돈이면 다 된다는 생각은 정말 우리 사회를 병들게 하는 암적 요소야."

"정말 그래… 나랑 카페 동업하는 친구 있잖아요? 걔 아빠가 퇴직하신 후 한 아파트에서 경비원으로 일하셨는데요, 택배 온 것을 바로 알려주지 않았다고 아들뻘인 사람이 하도 욕을 하길래, 욕은 하지 말고 말하라고 했더니, 험한 표정으로 언성을 높이며 더 욕을 하더래요. 그리고 그 다음 날 경비 용역 회사 인사 담당자로부터 그만두라는 통보를 받았다는 거예요."

"바로 그런 게 우리 사회의 어두운 단면이야. 자신이 을의 위치에 있을 땐 지나치게 감내하다가 갑의 위치에 있을 땐 스트레스를 퍼붓는 것 같아. 그래서 예의를 갖추되 지나치지 않았으면 좋겠어. 그리고 상호 존중하는 마음가짐도 필요할 테고. 내가 보기엔 코스타리카 사람들이 이런 면에서 매우 훌륭한 것 같아. 이렇게 뿌라 비다라고 매일 외치다 보면 정말로 순수한 삶, 행복한 삶이 되지 않을까? 뿌라 비다! 하하하."

"호호호, 뿌라 비다!"

카푸치노(Cappuccino)

카푸치노를 찾아 바닷가 숲을 걸었다.

산책 겸 걸으며 바다와 숲을 번갈아 바라보는 두 사람의 귀에 무언가 귀여운 소리가 들리기 시작했고, 소리가 점점 커지더니 드디어 원숭이들이 모습을 드러냈다. 원숭이들은 빠르게 움직이며 나무를 타고 있었는데, 정수리와 몸통은 전체적으로 검은색에 가슴, 어깨, 이마 부분은 흰색이었다.

"어머, 너무 귀여워. 이 원숭이 이름이 카푸치노? 재밌다."

"검은색과 흰색이 섞여 있어서 카푸치노를 연상케 한다고 붙인 이름이라네."

"지난번에 내 친구가 터키에서 설명했는데, 기억나요? 스페인의 가톨릭 수도회인 카푸친회에서 생활하는 성직자들의 모자 또는 옷 색깔이 하얀 우유 거품과 비슷해서 카푸치노라는 이름이 만들어졌다고 했죠? 그런데 코스타리카 사람들은 커피 음료 카푸치노를 원숭이 이름으로 사용하네요. 덕기 씨, 나 코스타리카가 너무 마음에 들어. 여기에서 살고 싶을 정도로…. 덕기 씨, 여기 리조트 이름이 로스 수에뇨스라고 했죠?"

"응, 정확히 번역하면 '그 꿈들'이란 뜻인데, 그냥 꿈이라고 이해하면 되지."

"꿈… 덕기 씨, 우리의 꿈은 뭘까요?"

"글쎄… 가비야, 난 그냥 너와 평생 사랑하며 함께 사는 게 꿈이야."

"정말? 호호호. 슐레이만 황제님, 정말 록셀라나 황후만 사랑할 겁니까?"

"그래요, 황후. 난 록셀라나 당신만 영원히 사랑합니다."

"호호호, 고마워요. 나도 우리 여보만 사랑할 거예요."

"가비야, 그리고 어쩌면 우리의 꿈은 바로 뿌라 비다를 이루는 것 아닐까? 인생엔 이런 저런 굴곡이 있기 마련이지만, 서로를 존중하고 또 우리의 동료와 이웃 그리고 고객을 존중하고 도와주다 보면 뿌라 비다 그러니까 순수한 삶을 이루면서 우리 모두 행복해질 거야."

에스프레소(Espresso)

체크아웃을 한 후에 두 사람은 로스 수에뇨스의 요트장 옆에 있는 돌체 비따(Dolce Vita: 이탈리아어, 달콤한 인생-저자 주)라는 카페에 들렸다. 코스타리카의 시중에 판매되는 여러 원두 커피 브랜드들 중에서 가장 비싸지만 맛과 향이 뛰어난 브릿(Britt) 브랜드만 전문적으로 취급하는 곳이었다.

두 사람 모두 에스프레소를 주문했다.

"스페인어로 뿌라 비다에 대해 대화했는데, 이번에 돌체 비따에 왔네요."

"그래. 비다는 스페인어로 인생 또는 삶이고 비따는 이탈리아어로 똑같은 뜻이야. 두 언어 모두 라틴어에 기초하고 있기 때문에 유사한 점이 많지. 가비야, 여기 에스프레소는 어떤 것 같아?"

"아주 좋아 보여요. 어떻게 블렌딩했을까?"

"코스타리카엔 로부스타가 없기 때문에 로부스타와 섞는 블렌딩은 당연히 없고, 뭐 특별한 블렌딩은 하지 않을 거야. 브릿(Britt)의 원두는 공항이나 일반 마트에서도 많이 판매되는데, 봉지마다 커피 산지가 표시되어 있어. 그래서 블렌딩이라 볼 수도 있고 블렌딩이 아니라고 볼 수도 있는데… 각 커피 산지에서 그 지역 농장들의 생두를 모아 로스팅한 후 판매하는 거지."

"그러니까 지금 우리 앞에 놓여 있는 이 에스프레소가 일반 마트에서도 판매되는 동일한 원두로 만들었다는 뜻이죠? 놀라워요. 여

기 이렇게 진한 황금색 거품이 있잖아요? 이걸 크레마(Crema)라고
해요….”

생두를 로스팅한 후, 전문적으로 맛을 보는(cupping) 감별사 또는
시음 전문가(cupper)가 되기 위해서는 타고난 미각에 이론과 실기를
겸비한 전문가 과정을 거치는 등 쉬운 일이 아니지만, 일반인이 좋은
에스프레소를 구분하는 가장 쉬운 방법은 크레마(crema)의 탄력을
보는 것이다.

좋은 원두를 분쇄한 후, 에스프레소 기계를 이용하여 옳바른 방법
으로 커피를 내리면 좋은 에스프레소가 만들어진다. 이 경우 진한 황
금색 거품인 크레마가 형성되는데, 이 크레마가 끈기 있고 힘도 있다
면, 좋은 원두와 실력 있는 바리스타의 합작품이 만들어진 것이다.

크레마의 끈기와 힘, 즉 탄력을 시험해 보는 가장 쉬운 방법은 물이
나 우유를 섞지 않은 에스프레소 원액의 크레마 위에 설탕을 살짝 뿌
려 보는 것이다. 설탕이 잠시 크레마 위에서 멈췄다가 서서히 아래로
사라진 후 설탕이 빠져나간 구멍이 다시 크레마로 뒤덮이게 된다면,
훌륭한 에스프레소라고 할 수 있다.

가장 중요한 것은 좋은 생두(green bean)를 정직하게 로스팅한 원
두여야 한다. 그리고 바리스타의 실력에 의해 원두의 특성과 날씨에
맞는 분말 굵기 선택 및 적절한 탬핑(tamping)까지 추가되면 최고의
에스프레소가 만들어진다.

“설탕을 섭취하지 않는 사람은 곤란하겠지만, 재미 삼아 한 번쯤
해 볼 수는 있어요. 이것 봐요. 크레마가 설탕을 받치고 있죠? 크레

마가 설탕의 무게를 더 이상 이기지 못하니까 설탕이 지금 크레마를 뚫고 아래로 떨어지고요. 설탕이 다 떨어지고 나니까, 보세요. 이렇게 다시 크레마로 뒤덮이죠?"

"전문 바리스타의 설명을 들으며 이렇게 설탕까지 넣어 보니까 아주 이해가 잘 되네. 재밌고, 하하하."

"여기 코스타리카의 문화인 뿌라 비다와 에스프레소가 매우 잘 어울리는 것 같아요. 최고 수준의 커피를 생산하는 나라이고, 이렇게 좋은 에스프레소를 마실 수 있어. 게다가 사람들도 자연 환경도 모두 뿌라 비다예요."

진가비는 에스프레소를 한 모금 마시더니 깜짝 놀라며 말했다.

"여보, 이 에스프레소 맛이… 뿌라 비다!"

"하하하, 뿌라 비다!"

아레날 화산

태평양을 떠나 북쪽으로 향했다. 한참을 달린 후, 동쪽으로 방향을 틀었고, 부드러운 산과 계곡 사이를 지나니 잔잔한 호수가 나타났다. 1979년 다목적 댐을 건설하며 형성된 인공 호수 라고 아레날(Lago Arenal: 아레날 호수-저자 주)이었다.

북위 10도에 위치한 아레날 호수는 가장 깊은 곳의 수심이 60미터이고, 길이 30킬로미터, 넓이 5킬로미터에 이르며 코스타리카의 작은 국토 면적을 고려하면 매우 큰 규모이다. 물론, 코스타리카에서 가장 큰 호수이다.

호수가 만들어지는 과정에 일부 마을을 물에 잠기게 하는 결정을 내렸지만, 전력 생산은 물론 관광 산업도 활성화되어 코스타리카 경제에 큰 도움이 되고 있다.

꼴리브리(colibrí: 벌새-저자 주), 딱다구리, 학, 뚜깐 등 30여 종의 새들과 너구리, 원숭이, 나무늘보, 퓨마, 재규어 등 120종의 포유류, 2,000종 이상의 식물이 서식하는 그야말로 생물다양성의 중심이며, 호수 주변에 풍력 발전을 위해 돌아가는 풍차가 자연 환경과 멋진 조화를 이루고 있다.

호수 곳곳에서 또 주변 도로 곳곳에서 관찰할 수 있는 볼깐 아레날(Volcán Arenal: 아레날 화산-저자 주)은 높이가 1,670미터에 이르는 삼각형 모양의 활화산이다. 이 화산의 이름 아레날이 호수 이름에 적용되었다. 이 일대의 해발 고도가 약 600미터이므로 1,000미터 이상 우뚝 솟아 있는 모습을 볼 수 있는 것이며, 바라보는 각도에 따라 화산은 조금씩 다른 모습을 보여준다.

구불구불한 도로를 따라 정글을 지나고 호숫가를 지난 후 다시 정글로 접어들어 조금 달리자 따바꼰 온천 리조트(Tabacón Thermal Resort & Spa: 고급 온천장과 호텔-저자 주)에 도착했다.

"덕기 씨, 여기 정말 굉장해요. 어떻게 정글 한가운데에 이렇게 화려한 호텔이 있죠?"

"이 호텔엔 나도 처음 와 보는데 정말 멋지네. 호텔이 정글에 파묻혀 있는 것 같아. 천천히 둘러보자. 그리고 잠시 후엔 건너편 온천장에 가서 온천을 즐겨야지. 온천장엔 내가 예전에 몇 번 가 봤는데 뷔페도 아주 훌륭해. 셔틀버스가 있으니 그것을 타고 가면 될 거야."

"온천장이 따로 있다고요? 너무 신나, 어서 가 보고 싶어."

방으로 안내된 두 사람은 잠시 휴식을 취한 후, 온천장으로 이동했다. 물소리와 따뜻한 습기가 느껴지는 곳에 수영장과 온천장은 물론 탁 트인 뷔페식당이 자리 잡고 있었다.

열대과일, 파스타, 해물요리에 즉석에서 구워주는 수제 소시지와 고기까지 다양한 음식을 맛본 후 커피도 천천히 즐겼다. 음식이 좋고 환경이 좋으니 모든 사람들의 표정도 밝았다. 두 사람은 코스타리카에 대해, 커피에 대해 또 진가비가 운영하고 있는 카페에 어떻게 로스팅 기계를 설치하고 로스팅을 시작할 것인지 그리고 로스팅 기계는 어떻게 영업하며 판매할 것인지에 대해 즐겁게 대화하며 의견을 교환했다.

일반적인 온천은 온천 지대에 구멍을 뚫고 펌프로 온천수를 끌어
올리지만, 따바꼰 온천은 샘물이라는 게 그 특징이었다. 미네랄 성
분이 가득한 뜨거운 온천수가 몇 개의 샘에서 솟아나와 작은 천을
이루어 콸콸 쏟아져 내려왔다. 김이 모락모락 나는 물의 방향을 잘
조정하여 수영장은 물론 자연과 잘 어울리도록 설계된 여러 개의
노천탕을 온천수로 가득 채우고 있었다.

한덕기와 진가비는 기분 좋은 습기와 물소리로 가득한 노천 온천
장에서 유난히 물소리가 크게 들리는 곳으로 가 보았다. 작은 폭포
였다.

잠시 동안 입을 벌린 채 감탄하며 바라봤다. 원래 폭포 형태인 곳
에 손을 좀 대어 물이 떨어지는 폭을 길게 만들고 그 밑으로 사람
들이 걸어 다니며 앉을 수 있도록 해놓았다.

두 사람도 떨어지는 물 밑으로 걸어갔고 적당한 곳에 자리잡고
앉았다. 고개를 앞으로 조금 숙이면 목과 어깨에 뜨거운 물이 떨어
져 마사지를 즐길 수 있었고, 고개를 들어 상체를 폭포 안쪽으로 넣
으면 습기 가득한 사우나를 즐기며 동시에 다리에 떨어지는 물로
피로를 풀 수 있었다.

5분 정도 폭포의 수압 아래 있었더니 힘이 빠지는 듯했다. 두 사
람은 천을 따라 또 정글을 비추는 은은한 불빛을 따라 천천히 상류
쪽으로 걸었다. 여러 개의 작은 노천탕들 중에서 아무도 없는 곳으
로 들어갔다.

밤이 되어 열대지방의 열기가 식자 따뜻한 물이 기분 좋게 두 사
람을 감쌌다. 진가비는 한덕기의 따뜻한 품과 따뜻한 물에 나른한

몸을 맡긴 채 그녀의 온몸을 돌아다니는 한덕기의 손길을 아슬아슬하게 즐기고 있었다.

"우리 여보 지금 무슨 생각해요? 어멋! 몰라. 거긴 만지면 안 돼. 누가 보면 어쩌려고요?"

"아, 미안. 내가 너무 적극적이었나? 가비 네가 너무 예뻐서 그렇지, 뭐. 내 잘못은 아니야, 하하."

"후후, 그건 억지다. 그래도 기분은 좋아요. 그런데… 여보, 나도 이제 사십 대인데 아직도 정말 예뻐요?"

"그럼, 예쁘고 아름다운 내 봄장미지."

진가비는 우아한 동작으로 두 팔을 들어 한덕기의 목을 감싸 안으며 "사랑해요"라고 속삭이더니 자신의 부드러운 입술을 그의 입술로 가져갔다.

두 사람의 행동이 다른 사람들의 시선을 끌지는 않았다. 다른 사람들의 시선을 끈 것은 따로 있었다. 갑자기 여기저기서 탄성 소리가 들렸다. 두 사람은 달콤함 속에서 빠져나오고 싶지 않았으나 눈을 뜨고 잠시 서로를 바라보며 미소를 지은 후, 주위를 두리번거렸다.

빨갛고 노란 긴 줄기가 춤을 추고 있었다. 멀지 않은 곳에 삼각형 모양으로 균형을 잡고 서 있는 아레날 화산의 분화구에서 시뻘건 용암이 솟구쳐 나왔고, 아래로 흘러내리며 색깔이 옅어지다가 사라졌다.

"가비야, 저기…."

"응, 봤어요. 아… 어쩜 저렇게 색깔이 고울 수 있을까? 만져볼 수는 없겠지?"

"하하하, 안 되지. 가까이 갈 수도 없어. 아레날 화산 일대가 국립공원이지만, 화산 가까운 곳은 위험하기 때문에 입산 금지 구역이야. 현재 코스타리카에 존재하는 여섯 개의 활화산 중에서 가장 뜨거운 게 바로 여기 아레날 화산이고 그래서 이렇게 따뜻한 노천 온천장이 있겠지.

내가 알기론 1968년에 심한 폭발이 있었고 수십 명이 사망했다고 해. 그리고 예전엔 용암이 흘러내리는 일이 자주 있었대, 한 달에 두세 번 정도. 문제는 최근 화산이 점점 식고 있다는 거야, 화산이 식는 것을 문제로 보아야 할진 모르겠지만. 어쨌든 요즘엔 일 년에 예닐곱 번 정도 용암이 흐르는데, 낮엔 햇빛 때문에 안 보이고, 밤에 흐르면 보이지만 화산 주위에 구름이 없어야 보이겠지. 화산 주위엔 구름이 모이는 경우가 많아서 운이 아주 좋아야 볼 수 있다는데…. 오늘 우리는 운이 정말 좋아. 코스타리카 사람들도 평생 보기 힘든 멋진 구경을 하고 있어, 그것도 여기 따바꼰 노천 온천장에서 말이야.

가비야, 우리가 숫자 10과 관련된 일들을 겪으면서 폭탄 테러에서 살아남았고, 슐레이만과 록셀라나의 커피잔을 터키 국립중앙박물관에 슐레이만의 열 번째 물품이 되도록 기증했잖아? 그 후, 좋은 일이 많이 생기는 것 같아. 이천의 '행복한 도자기 공방 열'에서 만든 커피잔은 진품과 똑같은 효과도 있고, 하하하."

"덕기 씨, 지금 몇 시죠? 설마… 어머, 10시야. 호호호."

"정말 그렇네. 분명히 숫자 10은 우리에게 행운의 숫자야. 내가 바로 오스만 제국의 10대 황제인 슐레이만 황제였기 때문이야. 물론 록셀라나 황후와 슐레이만 황제가 오늘날 너와 나라는 믿음은 터키를 떠난 후 조금씩 약해지고 있지만, 지금 이런 상황이 다시 우리의 존재를 일깨우고 있어."

"숫자 10과 관련된 일은 무시하지 말고 받아들여야겠죠? 후후."

거침없이 움직이는 붓처럼 아레날 화산은 시뻘건 용암으로 그림을 그리고 있었다.

꿈틀대는 그림을 바라본 두 사람은 노천탕을 빠져 나와 조금 걸어 호텔 투숙객만 이용할 수 있는 작은 정자로 갔다. 커튼까지 칠수 있어서 부부나 연인들이 사람들의 시선을 피해 오붓하고 짜릿한 로맨스를 즐길 수 있는 곳이었다. 두 사람은 주저하지 않고 입맞춤을 나누었다.

"로사, 내 봄장미, 내 궐바하르…."

"슐레이만, 사랑해요…."

평화의 커피

다음 날, 두 사람은 차를 타고 천천히 움직이기 시작했다. 아레날 화산 주위의 비옥한 토양 덕분에 그 일대에는 다양한 농산물이 재배되고 있었다. 일 년에 두 번 또는 그 이상 수확하는 수탕수수, 유까(yuca: cassava, 중남미에 흔한 뿌리채소-저자 주), 파파야, 멜론, 파인애플 재배 지역을 지났고, 서서히 오르막길로 접어들어 뽀아스 화산(Volcán Poás: 높이 2,708미터, 활화산-저자 주) 근처 라 빠스 공원(La Paz Waterfall Gardens: 동·식물 및 폭포 공원-저자 주)에 도착했다. 평화라는 뜻의 라 빠스는 말 그대로 평화스러운 곳이었다.

"내가 예전에 이 나라에서 일할 때 직장 동료나 선후배들이 출장 오면, 주말에 이곳에 데려오곤 했어. 짧은 시간 동안에 코스타리카를 가장 잘 느낄 수 있는 곳, 바로 코스타리카의 정수를 볼 수 있는 곳이라고 생각했기 때문이야. 우선 화장실부터 사용할래?"

"도착하자마자? 나 지금 화장실 가고 싶지 않아요."

"그럼 그냥 손이라도 씻고 와, 헤헤."

잠시 후, 진가비가 화장실을 사용하고 나오며 얼굴에 환한 미소를 지었다.

"화장실이 너무 예뻐요. 수돗물은 작은 폭포처럼 흐르고, 수도꼭지는 개구리 모양이고, 호호."

"그렇지? 휴지도 재활용한 것을 사용하고 있고. 나라 규모나 인구와 경제 규모 등을 고려했을 때 코스타리카의 환경 보호 그리고 그것을 표현하고 실천하는 수준은 웬만한 선진국보다 나은 것 같아. 자, 지금부터 코스타리카에 서식하는 여러 동·식물 중 대표적인 것들을 구경하게 될 텐데 아마 사진 찍는 것을 멈추지 못할 거야, 하하하."

색깔이 화려한 열대 지방의 꽃밭을 구경하며 내려가자 나비 모양의 문고리가 달린 문이 있었다.

"이것 좀 봐요. 문고리가 나비야, 후후. 그냥 장식인가?"

"자연을 사랑하는 사람들다운 발상이지? 나비 문고리가 달린 문을 열고 들어가 보면 알게 될 거야, 하하하."

문을 열고 들어갔다. 진가비는 어린 소녀가 되었다. 환하게 웃으며 눈을 반짝였고 끊임 없이 감탄사를 연발했다. 수십 마리의 나비들이 우아하게 날개짓을 하고 있었다. 알록달록한 꽃들 사이로 파랑나비, 노랑나비, 빨강나비에 호랑나비까지 그리고 간혹 연두색 나비도 보였다.

"가비야, 잠깐 움직이지 마. 내가 사진 찍을게. 마음이 착하고 외모가 아름다운 사람에게 나비가 앉는다는데, 하하하. 지금 네 머리 위에 빨강나비가 앉았어."

"정말?"

"그래, 나비가 앉았어. 움직이지 마. 하나, 둘, 셋! 이제 됐어."

"호호, 내 질문은 내가 정말 마음이 착하고 외모가 아름답냐고요?"

"그럼, 당연하지. 이 세상에서 가장 마음이 착하고 외모가 아름다운 사람이 바로 가비 너야."

"고마워요. 아참, 얼마 전에 어떤 기사를 읽었는데, 요즘 우리나라는 물론이고 많은 나라에서 나비와 벌의 개체수가 줄어들어 문제라고 해요. 디지털 기계와 전자파 등이 너무 많은 게 원인이라는데, 나비와 벌이 사라지면 과일을 못 먹게 될 수도 있대요."

"그럼 정말 큰일이지. 그래서 나라는 작지만 환경 보호를 위해 많은 노력을 기울이고 있는 코스타리카를 우리가 응원하고 배워야 해. 그리고 코스타리카는 나비 수출 세계 1위 국가야."

"정말? 나비를 수출해요?"

"그래. 코스타리카는 유럽의 많은 나라들과 우리나라로 나비를 수출하고 있어. 코스타리카로부터 번데기 상태로 수출되어 목적지에 도착한 후 며칠 지나면 나비가 번데기를 뚫고 나오지. 여기 이것 한번 볼래? 나비가 번데기 뚫고 나오는 것 보이지?"

"이게 지금 실제 상황이란 말이에요? 만들어놓은 게 아니고?"

"하하하, 당연히 실제 상황이지."

두 사람은 동심의 세계로 돌아간 듯한 착각 속에서 두 손을 꼭 잡고 나비들을 쫓아 이리저리 걸어 다녔다. 라빠(lapa: 금강앵무새-저자 주)와 뚜깐(tucán: 반금류의 왕부리새-저자 주)을 자세히 관찰했고, 너무 느려 고개조차 돌리지 않는 털투성이 나무늘보 앞에 15분 이상서서 기다린 덕분에 겨우 얼굴을 보며 어린아이들처럼 기뻐했다.

꼴리브리(colibrí: 벌새-저자 주) 수십 마리가 여기저기 날아다니는 곳에서 꼴리브리와 부딪히지는 않을까 하는 쓸 데 없는 걱정을 하며 멋쩍은 웃음을 지었고, 날렵하게 잘생긴 퓨마와 아메리카에서 가장 큰 맹수인 재규어도 구경했다. 개구리 서식지엔 몸은 연두색에 눈과 발만 빨간 개구리들이 나뭇잎에 붙어 있었고, 손톱만큼 작은 빨간색과 녹색 독개구리들이 신중하게 움직이고 있었다.

내리막길로 10분 정도 천천히 걷자 맑은 물소리가 들리기 시작하더니 이내 가슴이 뻥 뚫릴 만큼 많은 양의 물이 떨어지는 소리로 변했다. 폭포였다.

다섯 개의 폭포가 위에서부터 아래로 하나씩 이어지는 구조였다. 다섯 개 중 하나는 높이 5미터로 규모가 작지만, 나머지 네 개는 20~37미터에 이르고 무엇보다 수량이 매우 풍부했다.

폭포 아래 터가 넓은 곳은 물보라가 치고 있어 가까이 다가가면 흠뻑 젖을 정도였고, 어렵게 놓았을 구름다리는 떨어지는 물줄기 바로 옆까지 이어져 있어 폭포를 만져볼 수 있었다. 계단을 따라 내려가니 떨어진 폭포가 잠시 평평한 곳에서 숨을 고르며 준비한 후 다음 폭포가 되어 아래로 뛰어내리는 곳, 바로 폭포의 상단 부분이었다.

난간에서 폭포의 상단 부분을 바라보며 한덕기가 말했다.

"세계 삼대 폭포인 미국과 캐나다의 나이아가라 폭포, 아르헨티나와 브라질의 이구아수 폭포 그리고 아프리카의 빅토리아 폭포와 비교할 수는 없지만, 코스타리카의 아름다운 산과 숲에 딱 어울리는 폭포인 것 같아."

"응, 난 너무 좋아. 어쩌면 코스타리카의 나라 크기를 고려하면 아주 큰 폭포예요. 그리고 폭포 다섯 개가 만약 세로 형태가 아니라 가로 형태였다면 우리 눈에 꽉 차서 매우 큰 폭포로 보였을 거예요."

"네가 좋아하니까 난 무조건 좋아, 하하하. 그건 그렇고, 이제부터 계단을 좀 올라가야 하는데…."

"얼마나요? 힘들까?"

"내려온 것보단 많이 올라가야 해. 평소에 우리가 많이 걸었고 또 가끔 뛰기도 했으니까 문제는 없을 텐데…. 가비야, 이렇게 하자. 너무 힘들면 내게 말해. 그럼 내가 입맞춤 해 줄게, 헤헤."

"어머, 여기서? 안 돼. 그냥 뽀뽀해 줘요, 후후."

진가비는 앞장서서 숫자를 세며 계단을 오르기 시작했다.

"하나, 둘, 셋… 아홉, 열! 나 힘들어요, 뽀뽀해 줘."

"하하하, 물론이지…. 어때, 힘이 좀 나?"

"응, 그런데 계단 열 개 올라가면 또 힘들 것 같아요, 후후."

진가비는 다시 앞장섰다.

"하나, 둘, 셋… 아홉, 열! 나 힘들어, 다시 뽀뽀…."

"사랑해."

행복한 사람들이 평화스럽게 사는 코스타리카에서 계단을 오르 며 웃었다. 친환경국가를 지향하는 생태관광의 천국에서 귀엽게 뽀 뽀하며 사랑한다고 말했다.

계단을 다 오르자 멋진 경치를 품은 카페가 있었다. 로스 수에뇨 스의 돌체 비따처럼 브릿(Britt) 커피만 전문적으로 판매하는 곳이 었다.

이번엔 두 사람 모두 아메리카노를 주문했다.

"맛이 어때?"

"훌륭해요. 신맛과 단맛의 균형이 잘 잡혀 있어요. 지난번에도 말 했는데, 일반 마트에서 판매하는 커피라는 게 믿겨지지 않을 정도 예요. 그리고 무엇보다 이 평화로운 경치가 너무 좋아요."

"하긴 이런 경치에선 어떤 커피를 마셔도 맛있을 거야."

"여기 공원 이름 '라 빠스'가 평화라는 뜻이라고 했죠?"

"그래. 라 빠스, 평화."

"여보, 이렇게 평화스럽고 아름다운 곳으로 날 데리와 줘서 고마워요. 평생 못 잊을 것 같아."

"고맙긴… 네가 내 옆에 있어서 내가 고맙지."

"오늘 우리가 마신 커피는 아메리카노가 아니예요."

"그럼?"

"평화의 커피."

"평화의 커피? 그 이름 아주 좋은데…. 군대를 없앤 평화의 나라에서 마시는 평화의 커피…."

"네. 그리고 우리의 마음도 평화롭게 해주는 평화의 커피…."

두 사람은 뽀아스 화산(Volcán Poás: 높이 2,708미터, 활화산-저자 주) 근처까지 드라이브했다. 도로 가에 몇 대의 차들이 서 있길래 잠시 멈춰 사람들이 모여 있는 곳으로 가 보았더니 나무늘보가 몇 마리 있었다.

"어머! 저기 나무 위에 있어. 너무 귀여워. 털이 정말 많은데 부드러워 보여요."

"가비야, 저쪽에도 하나 더 있어…. 그래, 거기. 나무와 나무 사이 줄에 매달려 있어서 훨씬 잘 보여."

"너무 귀여워. 그런데 어떻게 여기 도로 가에 야생 나무늘보가 있어요?"

"글쎄, 어떻게 하나? 쟤들한테 물어볼 수도 없고, 헤헤. 호주엔 코알라, 중국엔 판다곰이 귀엽고 유명하잖아? 여기 코스타리카엔 나무늘보가 유명해. 제법 개체수가 많다고 들었어. 저지대에 사는 녀석들과 고지대에 사는 녀석들이 있는데, 긴 발톱이 2개 그리고 3개로 모양이 조금 다를 거야. 지금 우리는 해발 2,000미터 가까운 고지대에 있고, 보통 도로 쪽으로는 잘 안 나타나는데 오늘 우리가 운이 좋은 거지."

"며칠 전엔 태평양 근처에서 야생 라빠와 뚜깐도 봤잖아요? 오늘만이 아니라 이번 여행 내내 운이 좋은 것 같아요."

"우리가 슐레이만과 록셀라나의 커피잔 그러니까 우리의 커피잔을 터키 국립중앙박물관에 기증한 후 좋은 일만 생기는 것 같지?"

"정말 그래. 모든 게 술술 풀리고 있어요. 이브라힘의 동생 아틸라와 로스팅 기계 제조업체 사장이 친구라서 아무 조건 없이 한 대를 그냥 선적한 것도 그렇고 또….."

"또 뭐? 이천에 '행복한 도자기 공방 열'에서 효과가 똑같은 커피잔을 만든 것? 헤헤헤."

"몰라. 하긴 그 커피잔이 슬슬 아쉽긴 해요. 갖고 올 걸 그랬나? 후후."

"하하하, 그렇지? 너무 귀한 거라 집에 두고 왔으니… 뭐, 좀 참아야지."

코스타리카의 수도 산호세 방향으로 차를 돌렸다. 해발 1,700~2,000미터 고지대에 부드러운 녹색 카펫이 펼쳐졌다. 목초지대였다. 그 카펫 위 여기저기에 누런색, 검정색 무리들이 하얀 뭉게구름과 함께 느릿느릿 움직이고 있었는데, 바로 소였다. 작은 송아지도 또 덩치 큰 소도 섞여 있었다. 다른 한쪽엔 얼룩얼룩한 젖소들도 보였다. 코스타리카를 왜 중미의 스위스라 부르는지 이해할 수 있게 하는 한 폭의 아름다운 수채화였다.

도로 한쪽에서 다른 쪽으로 소 떼가 이동할 땐 모든 차량들이 여유 있게 기다렸다. 아무도 경음기를 울리지 않았다.

두 사람은 잠시 차에서 내려 지나가는 소 떼를 배경으로 사진을 찍었다. 그때 말을 타고 소 떼를 몰아가던 사람이 손을 흔들며 "뿌라 비다!"라고 외쳤다. 두 사람은 물론, 다른 차 안에 있던 사람들도 모두 "뿌라 비다!"라고 대답했다. 모두들 행복하게 웃고 있었다. 평화, 그 자체였다.

평화스런 경치를 품은 산장형 레스토랑에 들렀다. 코스타리카 전통 음식점이었는데, 밥, 콩, 토마토 샐러드, 바나나 튀김과 고기가 서로 잘 어울렸다.

"고기 맛이 어때? 한우처럼 고소하진 않지?"

"아주 좋아요, 맛이 좀 다르긴 해요. 훨씬 건강한 맛이라고나 할까?"

"정확한 표현이야. 여기 코스타리카는 백 퍼센트 방목을 하고 있어. 축사에 가두고 사료를 먹이면 우리나라 사람들이 좋아하는 마블링이 생기겠지만, 여기 소들은 풀만 먹기 때문에 기름기가 적다고 해."

"그래서 그런가? 소들도 행복해 보였어요."

"하하하, 사람들도 소들도 행복한 나라가 바로 코스타리카야."

식사 후 카페 네그로(café negro: 블랙커피, 아메리카노 또는 유사함-저자 주)가 나왔다.

"이 커피는 어때?"

"뿌라 비다, 후후."

"하하하, 정확한 표현이야. 이제 우리 가비가 코스타리카 사람이다 됐네."

"여기 이런 멋진 경치에선 무슨 커피를 마셔도 좋지 않겠어요? 굳이 평을 하자면… 훌륭해요. 구수하고 쓴맛, 신맛과 단맛을 구분할 필요가 없는 평화스런 맛이라고 할까? 라 빠스 공원에서 마셨던 커피처럼 여기도 평화의 커피… 그래요, 평화의 커피예요."

해발 1,600미터까지 내려오자 어느새 목초지대는 사라졌고, 커피 농장이 펼쳐졌다. 파릇파릇한 진한 녹색의 이파리들이 생기 있어 보였고, 동서남북 사방으로 온통 커피 농장뿐이었다.

"덕기 씨, 그런데 왜 여기까지 내려와야 커피 농장이 있죠? 저 위엔 왜 없을까?"

"뽀아스 화산 때문이야. 그냥 화산도 아니고 활화산이니까 주위에 구름이 더 많이 몰리거든. 오늘 우리는 운이 좋아 파란 하늘이 보이는 곳만 다녔지만, 사실 저 위엔 구름이 끼어 있거나 비가 오는 경우가 많아. 그래서 목초지대가 잘 조성되어 있는 것이고.

커피나무는 햇볕과 그늘을 모두 필요로 하는데, 저 위쪽은 구름과 비 때문에 일조량이 부족해서 커피 재배에 적합하지 않은 거야. 반면에 화산이 가까이 있지 않은 지역은 해발 2,000미터에도 커피 농장이 있어. 뽀아스 지역은 여기 해발 1,600미터부터 아래쪽으로 구름은 점점 줄고 일조량은 점점 증가하니까 여기서부터 커피 농장이 시작되는 거지. 지금부터 저 아래 해발 900미터까지 끝도 없이 커피 농장이 이어질 거야, 심지어 고속도로 옆에도 있어.

그리고 코스타리카의 커피 농장들을 멀리서 바라보면, 커피나무는 보이지 않고 큰 나무들만 있어서 그냥 산처럼 보이기도 해. 그래서 과연 커피 농장이 맞는지 의심이 드는 경우도 있지만, 이는 크기가 30센티미터에서 어른 키 정도밖에 안 되는 커피나무들이 큰 나무들에 가려서 보이지 않기 때문이야. 농장의 토양에 따라 미모사과의 구아바(guaba)라는 나무는 물론 바나나를 심기도 해. 토양과 커피나무의 특성 그리고 기후 조건 등을 모두 따져봐야겠지만, 일반적으로 구름이 많은 지역의 경우 구름에 의해 이미 그늘이 충분히 만들어지니까 나무를 덜 심거나 심지 않는 경우도 있다고 들었어."

"아, 그래서 조금 전에 저기 위쪽 커피 농장엔 나무들이 별로 없었는데, 여기 아래로 내려오니까 나무가 점점 많아지는 것 같아요. 오늘 정말 좋은 구경했어요."

"내일 마누엘 아저씨 농장에 가면 배울 게 많을 거야."

해발 1,700~2,000미터 목초지대에서 아래로 아득히 보였던 수도 산호세(San José)에 도착 할 때 평화스런 저녁노을이 온 도시를 포근히 감싸 안고 있었다.

커피는 예술

아침 6시, 전망 좋은 호텔 방의 커튼을 젖히자 불타오르는 아침 햇살이 온 도시를 활기차게 깨우고 있었다. 진가비는 한덕기의 한쪽 어깨에 기댄 채 얼굴 가득 미소를 띄웠고, 한덕기는 그녀 한 번 그리고 창을 통해 펼쳐진 도시의 아침을 한 번 번갈아 바라보며 말했다.

"가비야, 나 말이야… 정말 너무 행복해. 어떻게 하면 이 행복을 계속 유지할 수 있을까?"

"글쎄… 슐레이만 황제는 정복 전쟁을 많이 했고 또 그래서 록셀라나를 혼자 남겨둔 적도 많았겠죠? 그럼 이렇게 해요…. 슐레이만 황제 폐하, 어디 멀리 가지 마시고 항상 제 옆에 계시오소서. 항상 제 옆에, 후후."

"황후, 내가 약속하리다. 항상 황후 옆에 있겠소. 황후만 사랑하겠소, 하하하."

"오늘 우리 몇 시에 출발하죠?"

"천천히 아침 먹고… 행운의 숫자, 열 시에 출발할까?"

체크아웃을 마친 후, 진가비는 잠시 화장실에 갔다. 정각 열 시였다. 그때 한덕기의 눈에 행색이 초라하고 몹시 초조해 보이는 한 남자가 로비를 서성이는 모습이 보였다. 한덕기는 '저 사람은… 박차장인데?'라고 생각하며 다가갔다.

"저, 실례합니다. 혹시… 박차장, 박상도 맞지?"

"누구신… 한차장?"

"그래. 나야, 한덕기, 하하하. 잘 지냈어? 도대체 이게 얼마만이야? 우리가 1998년 온두라스의 허리케인 미치에서 살아남았고, 내가 2000년 초에 코스타리카로 왔지? 그리고 내가 2007년 섬유업계를 떠나기 일 년 전인 2006년에 네가 코스타리카로 왔을 때 우리가 마지막으로 봤으니까 한 십 년 만인가?"

"벌써 그렇게 되었나? 넌 아주 좋아 보인다. 난 솔직히 잘 못 지냈어. 너도 얘기 들어서 알겠지만, 내가 카지노에 빠졌었잖아? 돈 다 날리고 회사에서 잘린 후, 뭐 되는 일이 없었어. 1998년 온두라스에 허리케인이 왔을 때만 해도 유능한 직원으로 인정받았었는데… 네가 알려준 방법으로 재봉틀을 닦아서 수백 대의 재봉틀을 살렸고, 침수된 원단 중 어두운 색상의 원단은 대형 세탁기에 빨아서 말린 후 생산에 사용했지. 물론 보험 회사에는 모두 망실된 것으로 보고하여 몇 백만 달러의 보험금을 타냈지. 왜 그때 맥주 마시면서 내가 한번 말했지? 힘든 시기였지만 오히려 그때 잘 나갔었던 것 같아."

"박차장, 말 끊어서 미안한데 그때 네가 한 그 행동이 잘못되었던 거야. 그건 보험 사기였어. 너를 부러워하면서 네가 잘한 거라고 맞장구쳤던 내 행동도 잘못되었던 것이고."

"아, 그래. 뭐, 다 지난 일이니까… 요즘엔 우리나라 회사 하나가 여기 코스타리카에 도로 인프라 관련 프로젝트를 진행하려고 준비 중인데 내가 이 회사 일을 돕고 있어. 시작한 지 삼 주 정도 됐고, 사장이 지금 여기 출장와 있는데, 성격이 별로 안 좋아."

"코스타리카 미인과 결혼했다는 말을 들은 것 같은데… 결혼 생활은 어때?"

"처음엔 좋았어. 네 말처럼 라켈(Raquel)은 미인이고 착하고… 하지만 삼사 년 전부터 내가 돈벌이를 못하고 오히려 아내한테 용돈을 받는 처지라 요즘엔 관계가 좋지 않아. 아내가 바리스타고 또 까따도르(catador: 시음하는 사람-저자 주)인데 협회에서 일해. 이 나라 최저 급여보단 많이 받고 있지만, 월 천 달러도 안 되서 아내의 월급으로 어렵게 생활하고 있어. 한식 먹어본지가 언제인지 기억도 안 나, 흐흐. 서울에 가고 싶지만, 이젠 나를 받아 줄 회사도 없어. 궁상맞은 소릴 했네. 아, 저기 사장 온다. 미안해, 이건 내 명함…."

한덕기도 자신의 명함을 건네며 박상도의 명함을 받아들었는데, 아직도 직급이 차장이었다. '최소한 부장 이상은 되었어야 할 나이인데…'라고 생각할 때 뒤에서 거친 목소리가 들렸다.

"야, 박차장. 너 뭐 하는 거야? 차 도착했는지 확인 안 해? 어이구, 내가 저런 새끼한테 월급을 줘야 하나?"

박상도는 멋쩍은 표정을 지었다. 한덕기를 한 번 쳐다보며 낮은 목소리로 "아마 곧 그만둬야 할 것 같아"라고 말하더니 사장이란 사람과 밖으로 나갔다.

'박차장이 나하고 나이가 똑같으니까 마흔 아홉인데, 아무리 사장이라도 저렇게 막말을 하나? 그것도 호텔 로비에서 큰소리로? 아주 무식한 놈인가 보네. 박차장, 저 친구가 꽤나 유능했었는데, 카지노에 빠진 이후 하는 일이 잘 안 풀린 모양이네. 어쩌면 보험 사기를 쳤으니 그에 합당한 벌을 받아야 하는 것일까? 어쨌든 안됐어. 돈 없이 남의 나라에서 한국 음식도 못 먹고 살 텐데….'

한덕기가 굳은 표정으로 잠시 생각에 잠겨 있을 때 진가비가 다가왔다.

"덕기 씨, 누구예요? 무슨 생각을 그렇게 해요? 표정도 어둡고."
"아, 예전에 온두라스에서 일할 때… 직장 동료는 아닌데 내가 일하던 곳 근처 다른 공단에 있던 친구야, 박차장이라고…."
진가비는 직감적으로 알 수 있었다.
'우리 아빠의 회사를 부도나게 만든 바로 그 사람일 거야. 부도 후에 아빠는 자살하셨고, 엄마는 화병으로 췌장암에 걸려 돌아가셨어. 아빠, 엄마, 어떻게 해야 되요? 이미 지난 일이니 잊어야겠죠? 덕기 씨가 반성하며 팔 년 동안 혼자 외국에서 생활했고, 덕기 씨의 어머니는 이유도 모른 채 아들을 외국으로 보내 놓고 홀로 외롭게 생활하셨을 거예요. 우린 기적처럼 아니 운명처럼 터키에서 다시 만났고, 이젠 결혼을 약속한 사이예요…. 아빠, 엄마, 우리 잘 살게요. 그래, 덕기 씨에겐 내색하지 말자.'
"덕기 씨, 지금 10시예요?
"응, 10시 막 지났어."
"그럼 행운의 숫자 10이니까 뭔가 좋은 일이 일어나야 하는데… 그렇죠?"
"그래, 그렇게 믿어보자. 이제 출발할까?"

3월 24일 오후 두 사람이 탄 차는 해발 1,700미터가 넘는 고산지대인 따라쑤(Tarrazú)에 이르렀고, 하얀 언덕이란 뜻인 '쎄로 블랑꼬(Cerro Blanco)'라고 적혀 있는 나무 표지판을 따라 작은 길로 천천히 들어섰다.

"대부분의 커피 농장들은 매우 보수적이기 때문에 외부인의 출입을 반기지 않아."

한덕기가 말할 때 알록달록한 수국으로 장식된 아름다운 농장 입구에 이르렀다.

"그래요? 우리는 마누엘 아저씨 덕분에 이렇게 아름다운 농장을 방문하게 되었네요."

그때 멋진 말을 탄 마누엘이 입구에 나타났다. 모자를 벗어 아래로 내리며 인사하더니 손을 흔들며 "비엔베니도스(Bienvenidos)!"라고 말했고, 따라오라는 손짓을 했다.

말을 타고 앞장선 마누엘을 따라 천천히 차를 운전하며 한덕기가 진가비에게 말했다.

"환영한다는 뜻이야."

"와, 저 아저씨 너무 멋있어. 우리 여보도 말 타면 훨씬 더 멋있을 것 같아요."

"내가 예전엔 말 타고 유럽을 좀 누볐잖아? 이스탄불에서 비엔나까지, 하하하."

"오백 년 전 술레이만 황제였을 때요? 호호호."

한덕기가 차를 주차할 때 마누엘은 자연스러운 동작으로 말에서 내려 풀이 무성한 곳 바로 옆 울타리에 익숙한 솜씨로 말고삐를 맸고, 말은 임무를 마쳤다는 듯 한가로이 풀을 뜯기 시작했다.

한덕기와 마누엘은 힘차게 악수하고 포옹하며 서로 어깨를 두드렸다.

"마누엘 아저씨, 잘 지내셨어요?"

"물론이지. 살로몬, 자네는 어떤가? 아주 좋아 보이는데, 하하하. 여자친구가 매우 아름다워. 결혼은 언제 할 계획인가?"

"가을에 결혼할 예정이에요."

"하하하, 좋아. 아이는 열 명쯤 낳으면 좋겠군."

한덕기가 깜짝 놀라 웃으며 진가비에게 통역했다.

"어멋, 또 열? 숫자 10은 정말 우리와 떼려야 뗄 수 없나 봐요, 후후."

두 사람은 마누엘의 안내에 따라 커피 농장을 바라볼 수 있는 테라스에 앉았다. 파릇파릇 생기 있는 이파리들이 진한 녹색 카펫이 되어 사방으로 펼쳐져 있었다.

마누엘이 진가비를 향해 "바리스타?"라고 묻자, 진가비는 미소 지으며 영어로 "예스"라고 대답했다.

"살로몬, 내가 영어를 잘 못해서, 허허허. 오늘 내가 여러 가지를 설명할 건데… 여기 이 아름다운 자네의 여자친구에게 자네가 통역해 줄 수 있겠지?"

"물론이죠, 마누엘. 말씀만 하세요."

"우선 말이야… 세상에서 가장 아름다운 것은 내일 구경할 거라고, 내일 해 뜰 때 시작해서 아마 아침 10시에 가장 아름다울 거라고 전하게."

통역을 하는 한덕기도 듣는 진가비도 눈을 크게 뜨며 궁금해했지만, 마누엘은 미소를 짓더니 더 이상 관심 갖지 말라는 듯 다른 설명을 시작됐다.

코스타리카에는 1750년경 커피가 소개되어 1780년대에 커피 재배가 시작되었고, 1808년 가톨릭 사제였던 펠릭스 벨라르데(Felix Velarde)가 오늘날 수도 산호세의 대성당 근처에 중미 최초의 커피 농장을 만들었다.

1820년 파나마로 첫 수출이 시작된 후, 커피 농장이 점점 늘어나며 1832년 남미의 칠레에도 수출하게 된다. 특히 1840년 당시 통치자였던 브라울리오 까리요(Braulio Carrillo)는 정책적으로 커피 재배를 장려했고, 가장 큰 시장이었던 영국 런던으로 커피를 수출하기 위해 수도 산호세에서 대서양까지 도로를 건설했으며, 1845년 런던으로 첫 수출이 진행되었다.

오늘날 코스타리카는 약 84,000헥타르의 면적에 2,070,000파네가(fanega: 과일 상태의 무게 단위-저자 주)를 수확하여 95,000톤의 생두를 생산하고 있는 세계 14위의 커피 생산국이 되었다.

코스타리카의 모든 커피는 ICAFE(Instituto del Café de Costa Rica: 코스타리카 커피 협회)의 엄격한 관리 하에 있으며, ICAFE는 커피 매매와 수출 통제, 기술 개발 및 품질 향상은 물론 커피 재배 지역의 자연 생태계 보호와 지속 가능(Sustainability) 재배에도 힘쓰고 있다. 커피 농장들은 이러한 ICAFE의 방침에 전적으로 따르면서 동시에 각 커피 농장마다 토양과 기후에 맞춰 재배 방법을 달리하며 고유의 노하우를 발전시키고 있다.

이와는 별도로 스페셜티(specialty) 커피 협회에서는 좋은 커피를 위한 연구와 정보 수집은 물론 스페셜티 커피를 생산하는 농장들을 엄격히 관리하며 그 수준을 높이고 있다.

이러한 노력의 결과 COE(Cup of Excellence: 최상의 커피로 인정하는 명칭-저자 주) 대회에서 우승 또는 입상한 농장이 많다.

아라비카 커피에는 여러 종류의 나무가 있는데, 일반적으로 중미에서 가장 많이 재배되는 수종은 까뚜라(caturra)이다. 코스타리카에서는 까뚜라는 물론이고 까뚜아이(catuai)와 비야스 사르치(villas sarchi)라는 수종도 많이 재배되는데, 특히 비야스 사르치는 1950년대 코스타리카의 사르치 지방에서 개발된 수종이다.

커피 씨를 심어 싹이 트고 10센티미터 가량 자라면 묘목 재배소로 옮기고, 약 30센티미터 크기의 묘목이 되면 커피 농장으로 옮겨 심으며, 이로부터 약 3~4년 지난 후 열매를 맺기 시작한다. 보통 30년 정도 열매를 수확한 후 나무를 베어버리고 그 자리에 새로운 묘목 심는 것을 반복한다.

코스타리카에서는 나무를 베는 것이 불법이기에 베어야 할 경우 정부의 재가를 받아야 하는데, 커피 농장에는 예외를 적용한다. 그리고 수명이 다해 베어진 커피나무들 중 상당 부분은 치킨집으로 보내져 장작으로 사용되는데, 화력 좋은 커피나무 장작에 구운 치킨은 기름기가 없어 담백하다.

맛과 향이 떨어지는 로부스타는 저지대에서 대량 생산되며 기계로 수확이 가능하여 5미터 이상 성장해도 문제가 없지만, 아리비카는 어른 키 이상 성장하지 않도록 가지치기를 하며 관리한다. 첫째는 손으로 수확하는 데에 어려움이 없도록 하기 위함이고, 둘째는 커피체리로 가야 할 영양분이 나무가 성장하는 데에 사용되는 것을 방지하기 위함이다. 커피체리가 영양분을 빼앗길 경우 맛과 향이 감소하기 때문이다.

마누엘의 긴 설명 끝에 진가비가 질문했다.

"커피를 한 마디로 정의할 수 있을까요?"

"커피는 예술이네."

"마누엘 아저씨, 너무 멋져요. 커피가 예술, 바로 아트라는 말씀은 제가 바리스타로서 지금까지 배운 그 어떤 것보다 소중한 가르침입니다. 제가 사실 라떼 아트를 표현하며 예쁜 무늬를 그려넣을 때마다 뭔가 부족하고 허전한 느낌이 들었거든요. 라떼로 예술을 표현하는 것에 앞서 우선 커피에 예술의 혼을 담아야 하는 것이었어요."

진가비가 이번엔 한덕기를 보며 말했다.

"덕기 씨, 우리 로스팅 시작하면 정말 좋은 생두를 구하고, 정성껏 로스팅해서 최고의 원두를 만들고요. 그리고 한잔, 한잔 진심을 담아 손님들에게 전해야겠어요. 이렇게 해야 커피가 예술이 되겠죠?"

마누엘이 잠시 기다렸다가 마무리했다.

"일반적으로 코스타리카의 커피는 초콜릿 향과 과일의 산미가 잘 어우러진 균형 잡힌 맛이 특징일세. 게다가 커피에 적합한 이 신성한 땅과 아름다운 자연 환경을 신께서 우리에게 선물하셨지. 그래서 이런 말까지 있네… 사람들은 죽어서 천국에 가길 원하지만, 커피 애호가들 또는 바리스타들은 죽어서 코스타리카에 가길 원한다."

마누엘은 잠시 숨을 고르더니 온화한 표정으로 말을 이었다.

"나의 사랑하는 조국 코스타리카는 음… 그 생산량의 많고 적음을 떠나 바로 커피의 나라일세. 법에 의해 아라비카만 생산하고, 스페셜티 커피는 물론 지속가능 커피, 유기농 커피, 탄소중립 커피를 발전시키고 있네. 커피 품질의 중요 척도인 SHB 등급이 매우 많은 나라이고, 미네랄 성분이 풍부하게 함유된 비옥한 화산 토양에서 이백 년 이상의 전통과 경험 위에 커피를 예술로 승화시킨 사람들의 정성에 의해 세상에서 가장 품질 좋은 커피를 재배하고 만드는 아름답고 평화스런 나라가 바로 코스타리카일세. 그리고 커피는 경제적 가치 위에 있는 예술이네."

마누엘의 코스타리카 커피에 대한 긍지, 자신감 그리고 커피와 자신의 삶에 대한 애정이 강하게 전해질 때 붉은 노을이 수줍은 듯 내려앉고 있었다.

아름다운 용서

백마를 탄 기사가 나타났다. 복장이 특이했고 수백 년 전 중세 유럽의 왕이나 장군처럼 보였는데 동양적인 복장이 조금 섞인 듯했다. 당연히 칼을 들고 있어야 할 모습인데 맨손이었다.

"당신은 누구죠? 슐레이만 황제인가요? 그렇군, 맞아. 그럼 내가 바로 당신인데. 온두라스의 홍수 속에서 또 터키 앙카라 테러 속에서도 당신이 날 구해줬어. 그리고 바로 사라졌지. 왜 이번엔 바로 사라지지 않는 건가? 지금은 위험한 상황이 아닌데 왜 나타난 건가?"

백마 옆에 등이 초라해 보이는 동양인이 있었는데 얼굴은 보이지 않았다. 기사는 한 손으로 동양인을 가리키더니 두 팔을 벌려 포옹하는 듯한 자세를 취했다. 그리고 작별 인사라도 하듯이 손을 흔들며 천천히 멀어졌다.

"잠깐, 기다려! 내가 바로 당신인가? 슐레이만, 슐레이만…."

"덕기 씨! 괜찮아? 무슨 잠꼬대를 그렇게 해요? 슐레이만 이름은 왜 그렇게 불렀어?"라고 말하는 진가비의 목소리에 한덕기가 눈을 떴다.

"아, 그게, 그 백마 탄 기사 그러니까 슐레이만 황제가 나타났어. 이게 벌써 세 번째야."

한덕기는 온두라의 홍수 속에서 죽을 뻔했던 상황에 나타난 슐레이만 그리고 터키 앙카라에서 폭탄이 터지기 직전에 나타난 슐레이만에 대해 진가비에게 상세히 설명했다. 그리고 조금 전 꿈에 나타난 슐레이만이 한 손으로 동양인을 가리키더니 두 팔을 벌려 포옹하는 듯한 자세를 취한 것도 설명했다.

진가비는 진지하게 듣고 나서 약간 흔들리는 눈빛으로 핸드폰을 켜 시간을 확인했다.

"아까 저녁에 사방이 캄캄한 이 농장에서 우리가 일찍 잠자리에 들었어요, 아마 그때 시간이 8시도 안 되었을 거예요. 어쨌든 자다가 깼는데 지금 시간이 밤 10시. 숫자 10이에요. 이보다 앞서 또 다른 숫자 10은 오늘 아침 10시였죠? 그때 호텔 로비에서 만난 사람은… 덕기 씨, 난 이제 다 잊고 용서하려고 하니 말해 봐요. 혹시 보험사기를 친 바로 그 박대리 맞죠?"

"아, 이런… 어떻게 알았어? 그래, 맞아. 바로 그 박대리야. 이름은 박상도. 우리 둘을 갈라놓았던 그 어두운 기억을 되살리고 싶지 않아서 굳이 말하지 않았어."

"멀리서 봤는데 행색이 매우 초라해 보였어요. 딱 봐도 그동안 고생 많이 했다 싶었는데, 지금은 섬유업계에서 일하지 않나요?"

한덕기는 자신이 아는 내용과 아침에 박상도로부터 직접 들은 얘기를 모두 말했다.

"그리고 부인 라켈이 가비 너처럼 바리스타고 또 뭐랬더라… 까따 도르… 잠깐만 모르는 단어라 사전 좀 찾아볼게…. 아, 여성이니까 까따도라, 맛을 보는 사람? 아마 부인이 시음 전문가로 일하는 것 같아. 무엇을 시음하는지는 모르겠고, 협회에서 일한다고 했어."

"부인이 코스타리카 사람이라고 했죠? 그럼 커피의 나라인 코스타리카에서… 더군다나 바리스타니까 혹시 커피 맛을 보는 전문가 아닐까요? 조금 전에 뭐라고 했죠? 까따…."

"남성은 까따도르(catdor), 여성은 까따도라(catadora)."

"좋아요, 까따도라. 영어는 남성, 여성 구분이 없으니까 그냥 커퍼(cupper)라고 해요. 만약 그렇다면, 협회는 아마… 아까 마누엘 아저씨가 말한 스페셜티커피협회? 스페셜티커피협회에서 일하는 것 아닐까요?"

잠시 침묵이 흐른 후, 진가비가 다시 말했다.

"덕기 씨, 덕기 씨는 부자가 되고 싶어요?"

"부자가 좋긴 하지만, 가장 중요한 건 아니야."

"그럼, 가장 중요한 건 뭔데요?"

"오늘 아침에 말한 그대로야. 항상 네 옆에 있는 것, 그래야 행복하니까. 그리고 가비 너만 사랑하는 것."

"그런데 로스팅 사업 시작하고 로스팅 기계 수입에 판매까지 하려면 내 옆에 있는 시간이 줄겠죠?"

"아무래도 조금 줄겠지만, 출퇴근한다 생각하면 낮 시간에만 떨어져 있는 건데…."

"어머, 그럼 낮엔 나와 함께 있는 게 싫다는 뜻이네? 난 하루 종일 여보와 함께 있고 싶은데, 치! 여보는 벌써 마음이 그랬구나."

"아니, 그런 게 아니고…."

"호호호, 여보. 왜 이렇게 당황해요? 여보답지 않다. 우리 이렇게 하면 어떨까요?

로스팅 공방은요, 지난번에 여보가 용인에 있는 창고 보고 와서 마음에 든다고 했으니까 박상도 씨를 부장으로 스카우트해서 용인에서 일하게 하는 거예요. 로스팅해서 원두 판매하는 것 그리고 로스팅 기계 수입해서 판매하는 것을 박상도 씨에게 맡기고 여보는 수시로 왔다 갔다 하면서 확인하고 결재하고요…. 어차피 알바 한 명은 채용하려 했잖아요? 우리가 조금 덜 버는 대신 박상도 씨에게 월급으로 이백만 원 정도 드리고, 추후 기계 판매에 대해선 커미션을 넉넉히 적용하면 박상도 씨가 좋아하지 않을까요?

박상도 씨의 부인 라껠은 우리 카페에서 일하면 돼요. 외국인이지만 한국인과 결혼했으니까 한국에서 일하는 데엔 전혀 문제없을 거예요. 이민청에 알아보기로 하고요. 내가 카페에서 소형 로스팅 기계로 로스팅 시작하면 알바 한 명 채용할 생각이었거든요. 물론 나와 내 친구가 로스팅을 잘하는 게 중요한데… 잘할 거라 가정할게요. 사실 이 부분은 동업하는 내 친구도 이미 동의했어요. 그럼 앞으로 우리가 원두를 구매하는 대신 생두를 구매하게 되고 약간의 차액이 발생하니까 카페의 이익도 조금 늘어날 거예요. 그래서 라껠에게 알바보단 훨씬 높은 수준으로 이백만 원 지급하고요… 라껠이 바리스타로 일하면서 동시에 나와 내 친구에게 시음하는 것(cupping), 점수 매기는 것도 가르쳐 주고, 또 가끔 손님들 앞에서 시음하는 것을 직접 보여주면 관심 있는 손님들이 더 많이 와서 선순환이 될 것 같아요.

그리고 지금 우리가 사는 오피스텔에 박상도 씨와 라껠이 살 수 있도록 해주고요, 우리가 월세를 받지 않으면, 두 사람은 이 부분만큼 급여를 더 받는 셈이고 또 저축도 꽤 할 수 있을 거예요."

"그럼 우리는?"

"서울에 아파트는 너무 비싸니까 우리까지 아파트 값 올리는 데에 동참하지 말고요, 우리는… 그래, 여보가 창고 알아본 용인이 좋겠어요. 로스팅 공방도 용인에, 우리 집도 용인에, 후후. 용인에 빌라를 구입하면 어떨까요? 요즘 그쪽에 빌라는 서울 아파트 가격의 4분의 1이면 충분히 살 거예요. 요즘 새로 짓는 빌라는 구조나 인테리어가 아파트 못지않다고 해요.

아까 여보 꿈에 나타난 등이 초라해보였다는 그 동양인… 아마도 박상도 씨였겠죠? 여보가 그 사람을 도와주고 싶었으니까 꿈에 그렇게 나타난 것 아닐까?

여보, 우선 라껠이 정말 스페셜티커피협회에서 일하는지, 그것부터 먼저 확인해보는 게 좋겠어요."

한덕기는 핸드폰을 들었다. 박상도의 전화번호를 입력해놓았기에 이미 SNS에 연결되어 있었다. 수도 산호세에 있는 박상도와 SNS로 대화를 시작한 후, 직접 통화하며 구체적인 대화를 나누었다.

진가비의 예상은 모두 정확했다. 박상도의 부인 라껠은 바리스타였고, 커피 맛을 전문적으로 보는 사람이었으며, 코스타리카 스페셜티커피협회에서 일하고 있었다. 게다가 라껠의 아버지는 코스타리카의 여덟 개 커피 산지 중 하나인 뜨레스 리오스(Tres Ríos)의 해발 1,500미터 지역에 엘 뻬께뇨 씨엘로(El Pequeño Cielo: 작은 천국-저자 주)라는 조그마한 스페셜티 커피 농장을 운영하고 있었다.

사실 박상도는 그날 오후 이미 회사를 그만둔 상태였다. 사장이란 사람이 도저히 함께 일할 만한 수준이 아니었기 때문이다. 낙담한 상태로 무거운 밤공기를 온몸으로 이겨내며 옆에 누워 있는 자신의 아내 라껠이 잠들어 있는지 또는 잠든 척 하고 있는지 몰라 숨소리도 제대로 못 내고 있었다.

아침에 호텔에서 한덕기와 나눈 대화를 떠올리며 예전에 온두라스에서 회사를 위한다는 그릇된 판단으로 보험 사기를 쳤던 것을 후회하고 또 반성하고 있었는데, SNS 신호음이 울렸다. 조심스럽게 침대를 빠져나와 대화를 시작했고, 한덕기와 진가비로부터 좋은 제안을 받은 박상도는 여러 차례 고맙다고 말했다.

그때 늘씬한 라켈이 박상도의 등 뒤로 다가와 박상도를 살며시 안았다. 박상도가 한국어로 대화하고 있었지만, 무언가 좋은 일이 생겼다는 것을 직감했다.

박상도는 몸을 돌려 라켈을 꼭 껴안으며 미소 지었고, 라켈은 "까리뇨, 떼 끼에로 무초(여보, 많이 사랑해)"라고 말했다.

박상도와 라켈은 밤새 속삭였다, 새로운 계획에 대해 그리고 서울에 이들이 머물 수 있는 집이 있다는 것에 대해. 속삭이다가 얼굴이 가까워져 자연스럽게 입맞춤으로 또 오랜만에 열정적인 사랑으로 이어졌다.

자정을 훌쩍 넘어 새벽으로 이동하는 쎄로 블랑꼬의 밤하늘엔 셀수 없이 많은 별들이 반짝이고 있었다.

"여보, 모든 게 잘 되겠죠?"

"물론이지. 저, 가비야, 정말 고마워. 박상도 그 친구를 용서해줘서."

"이제 다 지난 일인 걸요. 사실 나도 잘한 것 없어…. 이렇게 좋은 여보를 팔 년 동안 외국에 살게 했고 그 때문에 어머님은 아무 영문도 모른 채 홀로 사셨잖아요. 그리고 정말 신기해…. 오늘 아침 10시에 박상도 씨를 만났고 또 오늘 밤 10시에 여보가 잠꼬대하면서 깼어요. 우리는 숫자 10을 거부하면 안 될 것 같아, 그렇죠?"

"그래, 숫자 10은 우리에게 행운의 숫자니까."

"그리고 이렇게 아름다운 커피 농장에서는 당연히 용서하고 싶은 마음이 들겠죠, 아름다운 용서…."

"아름다운 용서? 그래 좋은 표현이네. 그건 그렇고, 어떻게… 그토록 빨리 구상을 하는 거야? 그것도 상당히 구체적인 계획을… 메모해 놓은 것도 없는데 말이야."

"우리 아빠가 예전에 사업을 크게 하셨잖아요? 아빠 닮았나 봐, 호호호."

"하하하, 하긴 오백 년 전 록셀라나 황후도 슐레이만 황제 모르게 이런 저런 계획을 세우고 추진하지 않았을까?"

"글쎄요…. 슐레이만, 그러고 보니 오백 년 전 기억이 좀 나는 것 같기도 합니다, 후후."

"흐음… 로사 황후, 그럼 혹시 하렘을 토프카프 궁전으로 옮기게 된 것, 무스타파 왕자가 반란 혐의로 처형된 것과 무스타파를 낳은 마히데브란이 이스탄불 밖 마르마라해 건너 부르사로 쫓겨나게 된 것 그리고 이브라힘이 처형된 것에 혹시 황후의 계획이 포함되었던 것이오?"

"슐레이만, 제가 어찌 그런 무서운 일을 꾸밀 수 있겠습니까? 저는 그저 폐하만 사랑할 뿐입니다."

"하하하."

"여보, 그런데 밖에 무슨 소리 나는 것 같지 않아요?"

"무슨 소리? 내가 나가서 보고 올게."

"아니, 그런 게 아니고요…. 뭐랄까? 동화 속에 나올 것 같은 뭔가 작고 예쁜 게 서로 꼬물대며 속삭인다고 할까…."

진가비는 맑고 높은 명랑한 목소리로 말했고, 한덕기는 온몸이 반응하며 들떴다.

"그게 뭐야? 하하하, 뽀뽀해달라는 거야?"

"아니, 그게 아니 움… 몰라, 그 말도 안 해주고, 치."

"로사, 내 봄장미, 내 퀼바하르…."

"슐레이만, 사랑해요…."

눈꽃@코스타리카

평화로운 아침이 밝았지만, 먼동이 트기 직전에 잠든 두 사람은 아직 꿈나라에 있었다. 마누엘은 들뜬 표정으로 농장 앞에 섰다. 성호를 긋고 잠시 기도했다.

"주님, 감사합니다. 올해에도 어김없이 이 시기에 시작합니다. 모든 게 주님의 은혜임을 잘 알고 있습니다. 사람들에게 행복을 전하기 위한 대장정을 이제 시작합니다."

인기척에 잠을 깬 두 사람은 서둘러 옷을 입고 밖으로 나왔다. 사뿐사뿐 걸음을 옮겨 마누엘이 있는 테라스 쪽으로 가서 새들이 지저귀는 소리를 반주 삼아 말했다.

"마누엘 아저씨, 부에노스 디아스(Buenos días: 좋은 아침이예요-저자 주)!"

"오, 가비, 살로몬, 잘들 잤나? 오늘은 정말 아름다운 구경을 할 텐데 아직 농장 쪽엔 관심을 주지 말고, 여기 앉아서 나와 커피 한 잔 하지. 자, 이쪽으로 앉게."

"네, 고맙습니다."

"대도시 서울에 큰 카페를 운영하는 가비 앞에서, 더군다나 바리스타 앞에서 내가 커피를 준비하려니 좀 멋쩍구만. 하지만, 내 증조부 때부터 해 오던 방식으로 만들어 보겠네."

매일 아침마다 하는 하루의 첫 일과이기에 마누엘은 매우 능숙한 솜씨로 움직였다. 장작불 위엔 마누엘의 증조부 때부터 사용하던 자그마한 팬이 살짝 달궈져 있었다. 어떻게 보면 냄비 같기도 했는데, 손잡이는 길고 윗부분은 좁으며 바닥이 깊은 형태의 특이한 팬이었다.

연둣빛이 살짝 남아 있는 생두는 한 눈에 봐도 좋은 생두임을 알 수 있었다. 무게를 재지도 않았다. 그냥 자연스럽게 생두를 한 움큼 팬에 넣고 뚜껑을 덮더니 팬을 흔들고 불 위에 놓고 또 팬을 흔들고 불 위에 놓기를 계속해서 반복했다. 몇 분 지나자 '딱, 딱'하는 소리가 났다. 마누엘은 뚜껑을 열거나 확인하지 않았다.

십 분이 채 안 되었을 때 '타닥, 타닥'하는 소리가 났다. 로스팅을 좀 배운 한덕기와 진가비에겐 1차 크래킹(뜨거워진 생두가 부풀다가 갈라지는 현상-저자 주)의 소리였다. 마누엘은 흐뭇한 표정으로 팬을 불에서 꺼내 들더니 약 3분 동안 팬을 흔들며 내용물을 계속 뒤집었다. 원두로 완성되어 가는 냄새가 퍼져나갔다.

뚜껑을 열고 철제로 된 망에 내용물을 쏟은 후, 선풍기 바람 앞에서 망을 이리저리 흔들어댔다. 생두는 적당한 색깔의 원두로 변신해 있었고, 생두 자체에서 나온 기름이 약간 있는 미디엄 로스팅으로 완성되었다. 구수하면서도 싱싱한 향기가 모락모락 피어나는 김과 함께 춤을 추며 퍼져나갔다.

장작불 위엔 주전자를 올려놓았다.

원두가 어느 정도 식은 듯하자 마누엘은 "내 증조부 땐 선풍기는 없었네. 선풍기는 우리 아버지께서 처음 사용하셨지"라고 말하더니 원두를 작은 절구에 붓고 빻기 시작했다.

"나한테도 커피 그라인더(분쇄기-저자 주)가 있어. 하지만 이렇게 손으로 빻아야 더 맛있지, 허허허… 요즘 세상은 너무 빨리 돌아가. 15년 전 아버지가 돌아가시고 내가 이 농장을 맡았을 땐 주로 산호세에 있으면서 주말에만 여기 농장에 왔었거든. 그런데 이제 예순다섯 살이 되고 보니 산호세에 있는 시간보다 농장에 머무는 시간이 길어졌어. 그리고 이렇게 원두를 빻는 게 매우 귀한 시간으로 느껴지네. 어디 보자, 주전자에 물이 끓고 있군. 살로몬, 주전자를 테이블 위로 옮겨주겠나? 그래, 고맙네. 물이 너무 뜨거우면 커피 맛에 도움이 안 되거든. 자, 이제 거의 다 됐어. 잠시만 더 기다리게."

모두들 테이블에 앉았고, 마누엘은 손때 묻은 나무틀에 고정된 거즈에 방금 빻은 커피 가루를 조금 부었다. 그리고 주전자를 기울여 천천히 물을 붓기 시작했다. 거즈와 커피 가루 위에 잠시 물이 고였지만, 제법 빨리 아래로 빠져나와 밑에 있던 손잡이가 긴 작은 주전자로 떨어졌다. 색깔이 엷어지자 마누엘은 커피 가루를 조금 더 붓고 물도 더 부었다. 전문 바리스타는 아니지만 오랫동안 이러한 방법으로 커피를 마시며 터득한 마누엘 자신만의 핸드드립 방법이었다.

테이블 위에는 커피잔 세 개가 놓여 있었는데, 그 중 두 개는 이가 빠져 있었다. 오랜 세월 사용해 온 커피잔, 바로 한 가족의 역사가 묻어 있는 커피잔이었다.

작은 주전자의 커피가 세 개의 커피잔으로 나누어졌다.

마누엘은 설탕을 듬뿍 넣었고, 한덕기는 조금 넣으며 진가비에게 귀띔해줬다.

"가비야, 코스타리카는 설탕의 원료인 사탕수수를 많이 재배하는 나라야, 설탕도 많이 생산하고. 그래서 그런지 이 나라 사람들은 설탕을 나쁜 거라 생각하지 않는 경향이 있어. 또 백설탕이라도 이렇게 약간 누런색이라 그리 몸에 나쁘지 않을 거라 믿고 싶네, 헤헤."

진가비는 고개를 끄덕이고 "난 설탕 안 넣어도 되죠?"라고 말하며 미소 짓더니 커피를 한 모금 마셨다. 그리고 잠시 눈을 감았다. 그런데 눈을 뜨지 못했다. 눈을 계속 감고 있었는데, 감은 눈에서 눈물이 한 방울 흘러내렸다. 눈을 떴는데 눈에 눈물이 가득 고여 있었다.

한덕기는 조금 놀라 아무 말도 못했고, 마누엘은 잔잔한 미소만 띠고 있었다.

"죄송해요, 왜 눈물이 나는지 모르겠어요. 제가 지금까지 수만 잔 이상의 에스프레소를 만들었고 또 핸드드립 방식으로도 많이 만들었지만, 이렇게 훌륭한 커피 맛은 처음이에요. 맛도 향도 너무나 훌륭해서 눈물이 나는지… 아니면 바로 여기 이 아름다운 커피 농장에서 커피를 예술이라 여기는 분이 손수 이 농장의 커피를 주셔서…."

진가비는 몇 모금 더 마시며 진정하더니 말을 이었다.

"마누엘 아저씨, 어제 말씀하신 대로 초콜릿 향과 과일의 산미가 잘 어우러져 있어요. 약간의 꽃향기도 섞여 있고요. 이게 바로 따라쑤 지방 커피의 특징이라고 알고 있는데요… 그런데, 음, 그런데… 꽃향기가 커피에서만 나는 게 아니라 여기 테라스 주위에서도 느껴져요. 이건 정말 너무 특별해요, 어떻게 이럴 수가 있죠?"

마누엘은 커피를 마시며 계속해서 미소를 짓더니 일어서며 말했다.

"자, 그럼 이제 일어나볼까?"

한덕기와 진가비는 테라스에서 내려와 마누엘을 따라 농장 쪽으로 걸어갔다.

"자, 이게 바로 내 증조부가 이 농장을 쎄로 블랑꼬(Cerro Blanco: 하얀 언덕-저자 주)라고 부른 이유일세."

하얀, 아주 하얀 눈이 내려 있었다.

커피나무의 가지마다 하얀 눈꽃이 피어 있었다.

커피꽃, 하얀 커피꽃이었다. 아직 작은 봉오리 상태인 것도 있었고, 봉오리가 꼬물대며 피어나고 있는 것도 많았다.

"잠시 후면 10시일세. 농장 안으로 천천히 산책하고 오게, 한 시간도 좋고, 두 시간도 좋아"라는 마누엘의 말을 뒤로 한 채 한덕기와 진가비는 한 걸음, 한 걸음 조심스럽게 걸었다.

"여보, 태어나서 이렇게 많은 꽃, 그것도 피어나고 있는 꽃들까지 보는 건 처음이예요. 아름답다는 표현으론 부족해."

한덕기는 대답 대신 시계를 보더니 미소지었다.

"10시야. 또 숫자 10이네. 온 세상은 하얗고… 우리에게 행운을 주는 거야. 우리를 축복해주는 게 분명해."

"응, 여보. 세상에서 가장 아름다운 눈이 내렸어요. 우리 터키에서 여행할 때 내가 하얀 눈 보면서 코스타리카엔 눈 없을 거라고 말했잖아요? 그런데 내가 틀렸어. 코스타리카에도 눈이 있어. 하얀 눈꽃이 이렇게 활짝 폈어요."

"네가 어젯밤에 뭔가 작고 예쁜 게 서로 꼬물대며 속삭이는 소리가 난다고 말했잖아? 꽃이 피는 소리였을까? 꽃봉오리가 살짝 터지며 꽃잎을 펼치는 소리…."

"여보, 나 안아 줘, 꼭."

셀 수 없이 많은 나비와 벌이 커피 농장에 초대되었다. 나비와 벌은 분주히 움직였고, 축복 받은 두 사람은 세상 그 어떤 것보다 아름다운 곳에서 서로를 안았다. 오백 년 전부터 이어 온 사랑을 함께 안았다. 한 폭의 아름다운 수채화에 초대되었다.

브런치를 즐긴 후, 마누엘과 함께 하얀 눈꽃 사이로 걸었다. 나비와 벌은 여전히 많았지만 사람에겐 관심을 주지 않았다, 귀한 커피꽃을 찾아다니기에 바쁜 모양이었다.

"코스타리카는 지리적으로 북위 8~11도에 위치해 있고, 커피 농장들은 우기와 건기가 뚜렷한 고산 지대에 자리 잡고 있네. 우기는 5~10월, 건기는 11~4월인데, 북반구에 위치해 있기 때문에 12~2월 고산 지대는 날씨가 제법 쌀쌀하지.

이런 날씨를 거치면서 커피나무는 다소 움츠러드는 데, 3월 중순쯤 아직 건기 끝 무렵이고 우기가 시작되기 전이지만, 가지가 촉촉이 젖을 정도로 살짝 내린 비에 기지개를 켜지. 비에 젖고 거의 정확히 열흘 후, 바로 이렇게 하얀 커피꽃이 핀다네.

비가 3월 15일에 왔거든, 그래서 내가 자네들에게 3월 25일에 세상에서 가장 아름다운 것을 구경하게 될 거라고 말했던 거야. 바로 오늘이 3월 25일이고. 하하하, 이 모든 게 신의 축복이지.

여기 코스타리카가 커피의 나라이지만, 도시에서만 생활하는 경우 커피꽃을 모르는 사람도 많아. 약 2센티미터 크기에 5개의 꽃잎으로 구성된 하얀색 꽃이네. 그런데 말이야… 커피꽃이 핀 후 보통 하루 또는 하루 반 만에 다 떨어지지."

이번엔 한덕기가 눈물을 글썽였다. "돌아가신 아버지 생각이 나서…."라고 기어들어가는 목소리로 변명하는데, 마누엘이 한덕기의 어깨를 툭 쳤다.

"괜찮아, 이런 설명을 듣고 눈물 흘리는 남자들이 의외로 많다네"라고 짧게 위로하더니 설명을 이어갔다.

일반적으로 3월 말, 커피꽃이 개화하고 하루 만에 낙화하면 깨알만 한 연두색 열매가 맺히면서 길고 고된 여정을 시작한다. 열대 지방의 뜨거운 낮과 고산 지대의 차가운 밤을 수백 번 지나야 한다. 건기 끝 무렵에서 비 내리는 우기로, 또 다시 건기로. 외유내강이란 말처럼 겉은 부드럽지만 속엔 단단한 두 개의 씨를 만들어내며 정열적인 코스타리카 사람들의 마음처럼 빨간 체리로 익어간다.

수확 시기는 코스타리카의 커피 재배 지역에 따라 조금씩 차이가 있다. 해발 900미터 지역은 10월부터 시작하고, 해발 1,400미터 지역은 이듬해 1월, 해발 1,800미터에 이르는 높은 지역은 2월까지 수확이 진행된다.

법에 의해 아라비카만 생산하며, 커피 품질의 중요 척도인 SHB등급(해발 1,200미터 이상-저자 주)이 매우 많은 코스타리카에서는 열매가 천천히 익으며 씨가 단단해질 수 있는 기간이 무척 길 뿐만 아니라, 일 년에 한 번만 수확하기 때문에 일 년에 두 번 수확하는 곳에 비해 씨가 단단해질 수 있는 시간이 상대적으로 더 길다.

눈꽃이 활짝 핀 하얀 언덕 쎄로 블랑꼬는 그야말로 동화의 나라였다. 한덕기와 진가비는 동화 속의 주인공이 되어 손을 잡고 또 팔짱을 낀 채 하루 종일 걷고 이야기했다. 눈꽃이 활짝 핀 농장이 훤히 내다보이는 테라스에서 식사하고 커피를 마시며 마주보고 미소

지었다. 아무리 나쁜 사람이라도 도저히 표정을 찡그릴 수 없는 아름다운 그곳, 하얀 언덕에 붉은 저녁노을이 들 무렵 하얀 눈꽃이 반짝였다. 파릇파릇 생기 있는 이파리들과 조화를 이루며 더욱 하얗게 반짝였다.

고산 지대라 저녁 6시 전에 해는 이미 떨어졌고, 7시가 되자 농장은 칠흑 같은 어둠에 휩싸였다.

두 사람은 일찌감치 잠자리에 들어 두런두런 속삭이고 있었다.

"덕기 씨, 나 눈 보고 싶어. 우리 잠깐 밖으로 나가봐요."

"그럴까? 여긴 터키의 겨울처럼 추운 곳은 아니니까 목도리는 필요 없지만, 밤공기가 제법 찰 거야. 혹시 추우면 내 품에 안겨야 해."

문을 열고 나와 테라스 층계를 내려갔다. 캄캄한 길을 조금 걸어 농장 앞에 이르렀을 때, 갑자기 구름을 밀어내고 달이 나타났다. 온 세상이 은은한 달빛에 휩싸였다.

"여보! 어떡해… 눈꽃이 달빛에 하얗게 빛나고 있어요. 너무 아름다워."

한덕기는 말없이 진가비를 안았다. 두 사람이 서로 꼭 껴안은 채 10분 정도 지났다. 너무나 행복하여 아무 생각도 나지 않았고, 본능적으로 서로의 입술을 찾았다.

평화스런 코스타리카의 하얀 언덕, 은은한 달빛에 빛나는 아름다운 하얀 눈꽃 사이 슐레이만과 록셀라나는 세상에서 가장 행복하고 아름다운 주인공이었다.

방으로 돌아와 불을 끄자 다시 칠흑같이 어두웠지만, 한덕기 눈에는 록셀라나가 그리고 진가비 눈에는 슐레이만이 선명하게 보였다.

"여보! 슐레이만, 언제까지나 내 옆에서 나만의 슐레이만이 되어 줄 거죠?"

진가비가 맑고 높은 명랑한 목소리로 말했고, 한덕기는 온몸이 반응하며 들뜨는 것을 느꼈다.

"로사… 너는 정말 우아하고 아름다워. 난 이미 오백 년 전부터 너의 무힙비(사랑에 미친 남자-저자 주)야. 사랑해, 내 봄장미, 내 퀼바하르. 다시 태어나도 너만 사랑할게."

"아, 이 말을 들으면 입 맞추고 싶어. 슐레이만, 사랑해요, 영원히…."

깊은 입맞춤이 이어졌다. 달콤함에 정신이 몽롱해졌을 때 진가비가 무언가에 취한 듯 속삭였다.

"여보, 저… 방금 소리 들었어요?"

"무슨 소리?"

"꽃봉오리가 살짝 터지며 꽃잎을 펼치는 소리…."

"아니 못 들었는데"라고 한덕기가 대답할 때 진가비는 말없이 그의 손을 살며시 잡아끌어 그녀의 깊은 곳으로 가져갔다.

꽃이 활짝 피어 있었다.

눈을 떠도 눈을 감아도 온 세상이 하얀 색이었다. 하얀 눈꽃으로 가득한 곳에서 오래도록 머물렀다. 올라가지도 내려가지도 않았다. 그저 하얀 눈꽃이 가득한 아름답고 포근한 곳에서 헤엄치듯 천천히 움직이며 몇 번이고 사랑한다고 말했다.

"여보, 슐레이만과 록셀라나의 커피잔이 없는데, 느낌이 똑같아…."

"그래, 가비야, 하얀 눈꽃 때문일까? 코스타리카의 하얀 눈꽃…."

고산 지대의 밤은 깊었다. 나뭇가지 마다 눈꽃이 활짝 폈고 온 세상에 눈꽃이 날렸다.

지속 가능 커피와 유기농 커피

한덕기와 진가비는 서울로 왔다. 용인에 창고 하나를 임차했고, 때마침 터키로부터 로스팅 기계 한 대가 도착했다. 설립한 회사 이름은 '온 로스팅 & 로스팅 기계'였고, 공방 이름은 '열을 이해하는 로스팅 공방 열'로 정했다.

그리고 얼마 후, 4월 초 박상도와 라껠도 서울에 도착했다. 두 사람 모두 즐겁게 열심히 일했고, 새로운 생활에 만족하며 행복했다.

박상도는 한덕기와 함께 로스팅 기계를 설치하고 연구했으며, 열을 이해하려고 애쓰면서 로스팅을 익혀 나갔다.

라껠은 스페인어를 사용하지 않았고, 어설퍼도 한국어로만 말했다. 두세 달 시간이 지나며 라껠의 한국어는 빠르게 늘었고, 어렵게 외운 것이지만, 지속 가능 커피와 유기농 커피에 대해 관심 있는 손님들에게 한국어로 설명하기 시작했다.

커피의 나라인 아름다운 코스리카에서 온 아름다운 라껠이 설명하는 것을 손님들이 즐겁게 경청했다.

"안녕하세요? 제 이름 라껠입니다. 지속 가능 커피 또 유기농 커피 설명하겠습니다…."

21세기의 화두는 '친환경(eco-friendly)'과 '지속 가능(sustainability)'이다. 전 세계의 여러 회사와 공장은 물론이고 일반적인 경영, 관리, 생산, 개발, 채굴 등에 있어 지속 가능에 기초하는가라는 질문과 답변이 반복되고 있는데, 이에 맞춰 코스타리카의 많은 커피 농장들이 '지속 가능 커피(sustainable coffee)'라는 개념을 추구하고 있다.

화학 비료를 사용하더라도 자연에 미치는 영향을 최소화한 비료를 사용하고, 과도한 살충제나 제초제 사용을 억제하며, 커피농장에 나무를 심는 경우가 많다. 바로 '그늘 재배 방식(shade grown)'인데, 커피체리가 햇볕에 노출도 되고 그늘 속에서 휴식도 취하게 하는 방식으로 커피체리가 천천히 익어가도록 하고 불량률도 낮출 수 있다. 또한 토양 침식 방지 및 토질 개선은 물론 나무에서 떨어진 낙엽이 썩어 비료가 되기도 한다. 나무가 많아지면 자연스럽게 야생 동물의 개체수가 늘어나는 장점도 있다.

지속 가능 커피와 병행하여 유기농 커피(organic coffee)도 증가 추세이다.

유기농 농산물에는 화학 비료와 살충제를 사용하지 않으므로, 사람의 손길이 많이 가는 반면 수확량은 상대적으로 적다.

유기농 커피도 마찬가지다. 특히 전 세계 많은 커피 농장에 피해를 일으키는 로야(roya)라는 일종의 곰팡이 균이 커피나무를 공격하고 있어 유기농 재배는 쉬운 일이 아니지만, 코스타리카에서는 일반 커피 농장은 물론 스페셜티 커피 농장까지 유기농 재배가 증가 추세이며, 당연히 화학 비료와 살충제를 사용하지 않는다. 화학 비료 대신 퇴비를 사용하는데, 커피 가공 중 제거한 커피체리의 과육을 따로 모아 썩혀서 비료를 만드는 것도 대표적인 사례이다.

"그리고 우리 아빠 코스타리카에서 작은 커피 농장 운영합니다. 해발 1,500미터, 높아요. 이름은 엘 뻬께뇨 씨엘로, 작은 천국인데요, 스페셜티 커피 만듭니다. 지금 마시는 이 커피 바로 그 스페셜티 커피입니다. 과일차입니다. 그래서 커피가 식어도 답답… 아니, 텁텁하지 않습니다."

손님들이 놀라워하며 박수를 쳤고, 달콤새콤 과일 향 가득한 맛을 보며 한 번 더 놀랐다.

건강에 도움이 되는 커피

2016년 10월 10일 아침 10시 진가비가 다니는 성당, 혼례 미사의 시작을 알리는 성가대의 성가가 장엄하게 울려 퍼졌다. 한덕기는 아직 가톨릭 신자가 아니었지만, 진가비를 따라 신자가 될 것을 서약했고, 양쪽 집안이 합의하여 성당에서 결혼식을 올렸다. 신부님 앞에서 증인들을 모시고 엄숙하게 영원한 사랑을 맹세했다.

결혼식 피로연은 카페 가비에서 진행했다. 식사는 간단히 도시락을 주문하여 다소 성의가 없어 보였지만, 간단하고 깔끔했다. 그리고 하객들이 식사를 끝낼 무렵 결혼식의 주인공인 신부 진가비가 직접 에스프레소를 만들었고, 동업자인 진가비의 친구와 정식 직원이 된 라켈이 도왔다. 또 한 명의 주인공인 신랑 한덕기는 로스팅 전문가로 변신한 박상도 부장과 함께 에스프레소를 하객들에게 전달했다.

신랑과 신부가 직접 하객들에게 감사를 전하는 특이한 형태였는데, 일반적인 피로연보다 훨씬 더 정겨웠고 반응도 좋았다.

에스프레소는 에스프레소잔이 아닌 큰 잔에 담아냈고, 테이블마다 뜨거운 물, 뜨거운 우유 그리고 크로와상과 함께 안내문이 준비되어 있었다. 안내문에는 이렇게 적혀 있었다.

큰 잔에 담았지만, 에스프레소입니다. 마시는 방법. 1) 그대로 드세요, 바로 에스프레소입니다. 2) 뜨거운 물을 섞어 드세요, 아메리카노입니다. 3) 뜨거운 우유를 조금만 섞어 보세요, 꼬르따도(cortado: 에스프레소에 우유를 조금 섞음, 스페인에서 선호함-저자 주)인데 맛이 부드럽고 특히 (달지 않은) 크로와상과 잘 어울립니다.

에스프레소는 모두 라껠의 부친이 보내준 스페셜티 커피로 만들었다.

2015년 3월 말 커피꽃이 피고 졌을 때 주요 바이어들은 라껠의 부친에게 미리 송금하여 물량을 예약해 놓았고, 2016년 1월 말 수확 및 가공하여 약 2개월 이상 나무 창고에서 숙성시킨 까페 오로(café oro: 황금 커피)의 페르가미노(pergamino, 영어: parchment)를 탈곡기로 벗겨내어 탄생한 귀한 생두(그린 빈)는 2016년 5월에 이미 모두 바이어들에게 수출했다. 하지만 가족과 귀한 손님을 위해 남겨 둔 소량이 있었는데, 그것을 라껠의 부친이 보내주었던 것이다.

카페의 한쪽 벽면 스크린에는 프로젝터가 좋은 내용을 비추고 있었다.

커피 논쟁. 이제 끝내요!!!

커피의 단점: 일종의 식물성 콜레스테롤인 카페스톨(cafestol)이 커피 한 잔에 약 4밀리그램 포함되어 있다. 이는 인체에 콜레스테롤 약 1%를 증가시킬 수 있는 수치이며, 콜레스테롤은 심혈관 질환을 유발할 수 있다.

커피의 장점: 항산화 작용, 암 예방 효과, 호흡 기관에 이로움(천식

예방), 편두통 완화, 진통 효과, 엔도르핀 상승, 이뇨 및 이완 작용, 담낭 및 신장 결석에 대한 위험 감소, 간경변증 감소, 변비 예방, 신경 보호, 파킨슨씨병 예방 효과, 칼로리 거의 없음.

어떻게 마실까요?

종이 필터 사용하는 경우: 커피메이커, 핸드드립이 해당되며, 종이 필터에 카페스톨이 걸러진다. 이 경우 기름이 감소하고 맛이 드라이해진다. 두 방식 모두 에스프레소와 비교하면 물과 만나는 시간이 길어지므로 카페인은 다소 증가한다.

종이 필터 사용하지 않는 경우: 에스프레소(아메리카노, 라떼, 카푸치노 등 포함됨), 프렌치프레스(french press) 방식이 해당되며, 카페스톨이 걸러지지 않는다. 기름이 조금 포함되고 구수한 맛도 난다. 단, 에스프레소는 물과 만나는 시간이 가장 짧아 카페인이 적고, 프렌치프레스는 물과 만나는 시간이 매우 길어 카페인이 증가한다.

노르웨이에서 20년 동안 50만 명을 대상으로 실험을 진행했다고 합니다.

커피를 전혀 마시지 않는 사람들의 사망률을 1이라 할 때 남녀 평균 사망률이 종이 필터 사용한 커피를 마신 경우 0.86, 종이 필터 사용하지 않은 커피를 마신 경우 0.96, 두 가지 커피를 모두 마신 경우 0.84. 그러므로 커피를 마시는 것이 사망률을 낮추는 데에 도움된다고 볼 수 있다. 특히 종이 필터를 사용하는 방법과 사용하지 않는 방법을 병행하는 게 좋다.

단, 이 실험에서 실험 대상의 사람들이 마신 커피가 어떻게 로스팅

된 커피인지는 알 수 없어요….

정확히 과학적으로 밝혀진 것은 아니지만, 지나친 로스팅이 카페스톨(cafestol) 그리고 카웨올(kahweol: 카페스톨과 유사-저자 주)을 증가시킨다는 의견도 있어요.

즉 로스팅을 적당히 조절할 경우 카페스톨과 카웨올이 거의 발생하지 않으므로, 종이 필터 사용하지 않는 방식으로 커피를 마실 경우의 사망률 0.96이 그 이하로 내려갈 수도 있겠지요?

커피는 과일입니다. 그러므로 과일의 씨를 지나치게 태우는 강한 로스팅보다는 미디움 로스팅으로 과일 차를 만들어 과일의 새콤달콤한 맛을 느끼는 게 좋지 않을까요? 물론 취향에 따라 선택하시면 됩니다.

그리고. 저희 임신했어요!!!

하객들은 즐겁게 커피와 크로와상을 즐겼고, 한덕기와 진가비에게 결혼 축하와 임신 축하 인사를 건네면서 결혼 피로연이나 환갑 또는 칠순 잔치 등을 카페 가비에서 스페셜티 커피를 마시며 진행할 수 있는지 문의하기도 했다.

"가비야, 오늘 우리가 준비한 결혼 피로연 방식을 좋아하는 분들이 꽤 많은데… 벌써 세 분이 질문을 하셨어, 카페 가비에서 결혼 피로연이나 잔치할 수 있냐고."

"후후, 그렇죠? 내겐 다섯 분이나 질문했어요. 우리 옆 가게가 임대차 계약 종료되면 연장하지 않을 거라던데…. 우리가 임차해야

하나? 파티 전문 매장으로요? 그럼 로스팅을 위한 공간도 좀 더 여
유 있게 사용할 수 있을 것 같아요."

"고민해보자, 좋은 고민이니까 즐겁네. 역시 10월 10일 10시에 결
혼하길 잘했지? 10은 우리에게 행운의 숫자니까. 아 참, 가비야, 너
무 피곤하게 무리하면 안 돼. 열 달 동안 조심해야 순산할 수 있어."

"물론이죠. 그러고 보니 임신 기간도 열 달이야, 숫자 10, 호호호.
그리고 여보 말대로 신혼여행을 출산 후로 미루길 잘한 것 같아요.
바쁘지 않으니까 마음의 여유도 있고 또 축하해 주기 위해 오신 분
들과 천천히 대화도 하고요. 아 참, 신혼여행은 내년 겨울에 스페인
북부 지방으로 가는 거죠?"

"그래, 터키의 눈꽃, 코스타리카의 눈꽃에 이어 스페인의 눈꽃도
구경해야지."

이스탄불을 출발하여 결혼식 하루 전에 도착한 이브라힘과 그의
부인 카드리예가 한덕기와 진가비 앞으로 다가와 포옹하며 축하
인사를 건넸다.

"슐레이만, 오백 년이나 이어 온 사랑이니 앞으로 오백 년은 더
이어 가야 해."

"고마워, 이브라힘. 아참, 우리가 보내준 커피잔은 사용해봤어?
어때? 효과 있지?"

카드리예가 얼굴을 붉히며 부끄러워했고, 대충 눈치챈 진가비가
카드리예에게 영어로 커피잔에 관한 것이냐고 묻자 카드리예가 그
렇다고 대답했는데, 카드리예는 어느새 부끄러움을 벗어버리고 활
짝 웃었다. 이브라힘은 큰 동작으로 엄지를 들어보이며 말했다.

"이보다 더 좋을 수는 없어. 사실 그 커피잔을 갖고 왔어, 서울에서도 계속 사용하려고, 하하하."

커피 한 잔에 감성적으로 잠시 눈을 감고, 이리저리 형체 없이 움직이는 부드러운 커피 향에 제약 없이 자유로운 상상력을 얹어 봅니다.

한 모금, 두 모금… 초콜릿 향과 과일의 산미가 어우러지며 동화처럼 순수한 사랑, 아슬아슬한 사랑, 애절한 사랑, 운명 같은 사랑이 어우러지면 저 자신을 주인공으로 세우고 낭만적인 상상을 더하여 아름다운 로맨스를 만들어 봅니다.

이런 제가 낭만과는 거리가 먼 직장 생활에 적합하지는 않았을 것입니다. 21년 동안 섬유업계에서 열심히 일했고 멋진 성과도 여러 번 냈으며 좋은 우정을 유지하는 선후배들도 많이 있지만, 직장 생활은 제게 맞는 옷이 아니었습니다. 맞지 않는 옷에 맞추기 위해 변해가는 제 자신을 멈추고자 그 옷을 미련 없이 벗어 던졌습니다.

이제 여행하며 공부하고, 세상 속에 있는 사람들을 또 사람들이 보는 세상을 관찰하며 조금씩 글을 쓰고 있습니다.

때로는 저 자신을 관찰하고 지난 일을 떠올려 보는데, 커피 한잔과 감성적으로 함께한다면 더할 나위 없이 좋습니다. 그래서 저는 이 지구상 커피와 관련된 곳에서 일하시는 모든 분들께 깊은 감사를 드립니다.

중미의 코스타리카와 과테말라에서 일할 때 몇몇 커피 농장들을 방문할 기회를 얻었는데, 제법 자유롭게 구사하는 스페인어 덕분에 농장 주인들과 대화를 나누며 자세히 살펴볼 수 있었습니다. 그 경험을 바로 이 소설 '커피'를 통해 커피를 좋아하시는 모든 분들과 나누고자 합니다.

500년 전, 세 대륙에 걸쳐 강력한 제국을 형성했던 터키(오스만 제국)에서 석 달 그리고 네 대륙에 걸쳐 최초의 해가 지지 않는 제국을 건설했던 스페인에서 삼 년 동안 여행하고 공부하며 일부 이해하게 된 두 나라의 역사와 흥망성쇠 그리고 중미에서 얻은 커피에 대한 적은 지식에 저의 상상과 제가 꿈꾼 로맨스를 올려놓았습니다.

커피와 역사에 대해 제가 아는 내용을 표현했으나, '슐레이만과 록셀라나의 커피잔', 터키 국립중앙박물관 관련 내용, 슐레이만이 커피를 마시는 묘사 등은 제가 만들어낸 픽션입니다. 그리고 부족한 제가 혹시 잘못 기술한 내용이 있다면 픽션으로 고려되기를 희망합니다.

수천 년을 이어온 우리나라가 지금 흥망성쇠의 어느 단계에 있는지 이성적으로는 자신 있게 말할 수 없지만, 감성적으로는 크게 흥하고 이루어 내는 단계에 이르렀다 말하고 싶습니다. 대 유행병 코로나 때문에 모두가 고통을 겪고 있지만, 이를 이겨내고 지인들과 정겹게 손을 맞잡고 포옹할 수 있는 날이 곧 올 거라 커피를 마시며 감성적으로 믿습니다.

그래서 제게 커피는 감성입니다.

감성적인 커피를 이 소설을 읽는 모든 분들께 권하고 싶습니다. 하루 한두 잔에서 서너 잔 또는 그 이상 각 개인의 체질에 따라 즐기면 됩니다. 카페인에 약한 분은 인스턴트커피나 커피메이커, 프렌치프레스, 핸드드립으로 만든 커피보다 카페인 함량이 낮은 에스프레소 또는 이를 이용해 만든 아메리카노, 라테, 카푸치노 등이 좋을 것입니다.

대 유행병 코로나 때문에 여기저기 거리감이 느껴집니다.

하지만 사랑하는 연인끼리 또 부부끼리 커피를 마실 땐 이 소설의 내용처럼 하나의 커피잔으로 나누어 마시는 건 어떻겠습니까? 하나의 커피잔에 감성적인 커피를 담아 함께 맛을 확인하며 사랑도 확인하고 그 사랑을 아름답게 키워 갈 수 있기를 기원합니다.

그리고 저의 두 번째 소설 『커피』가 출판되도록 도움을 주신 분들은 다음과 같습니다.

초보 작가인 저를 믿고 출판을 제안하신 청어 출판사의 이영철 대표님.

클래식 기타를 연주하시는 제 어머니.

내용 전개에 다양한 의견을 제시한 사랑스런 제 아내.

학원에서 영어를 가르치는 제 딸.

코스타리카 영주권자이므로 군대에 갈 의무가 없지만 현재 탱크를 타며 우리나라를 지키고 있는 제 아들.

　제 노트북 컴퓨터 관리에 늘 도움을 주는 사촌동생 김윤택.

　스페인에서 지칠 때마다 격려해 주신 이인철 형님.

　터키에서 여행할 수 있도록 물심양면 도와주신 안형래 형님.

　역사 관련 지식을 공유해 준 동생 김신웅.

　로스팅에 대해 설명해 준 초등학교 시절부터 친구인 김현진.

　제가 글 쓰는지 모르면서 늘 환한 웃음으로 자리를 제공해 주신 이매동 카페 '연이커피'.

　상기 모든 분들, 카페를 운영하시고 카페에서 일하시는 분들 그리고 커피와 관련된 일을 하시는 모든 분들께 진심으로 감사드립니다.

정 욱 배상

찾아보기

커피 커피와 함께하는 사랑, 역사, 여행

정 욱 지음

발 행 처 · 도서출판 청어
발 행 인 · 이영철
영   업 · 이동호
홍   보 · 천성래
기   획 · 남기환
편   집 · 방세화
디 자 인 · 이수빈 ㅣ 김영은
제작이사 · 공병한
인   쇄 · 두리터

등   록 · 1999년 5월 3일
(제321-3210000251001999000063호)

1판 1쇄 발행 · 2020년 10월 30일

주   소 · 서울특별시 서초구 남부순환로 364길 8-15 동일빌딩 2층
대표전화 · 02-586-0477
팩시밀리 · 0303-0942-0478

홈페이지 · www.chungeobook.com
E-mail · ppi20@hanmail.net
I S B N · 979-11-5860-893-4(03810)

이 도서의 국립중앙도서관 출판시도서목록(CIP)은 서지정보유통지원시스템 홈페이지
(http://seoji.nl.go.kr)와 국가자료공동목록시스템(http://www.nl.go.kr/kolisnet)에서 이용
하실 수 있습니다.(CIP제어번호: CIP2020041024)